機動戦士

ガンダムSEED《シード》

MOBILE SUIT GUNDAM

1

すれ違う翼

MOBILE SUIT
GUNDAM SEED
ART GALLERY
illustrated by TOMOFUMI OGASAWARA

GAT-X105 STRIKE&KIRA YAMATO

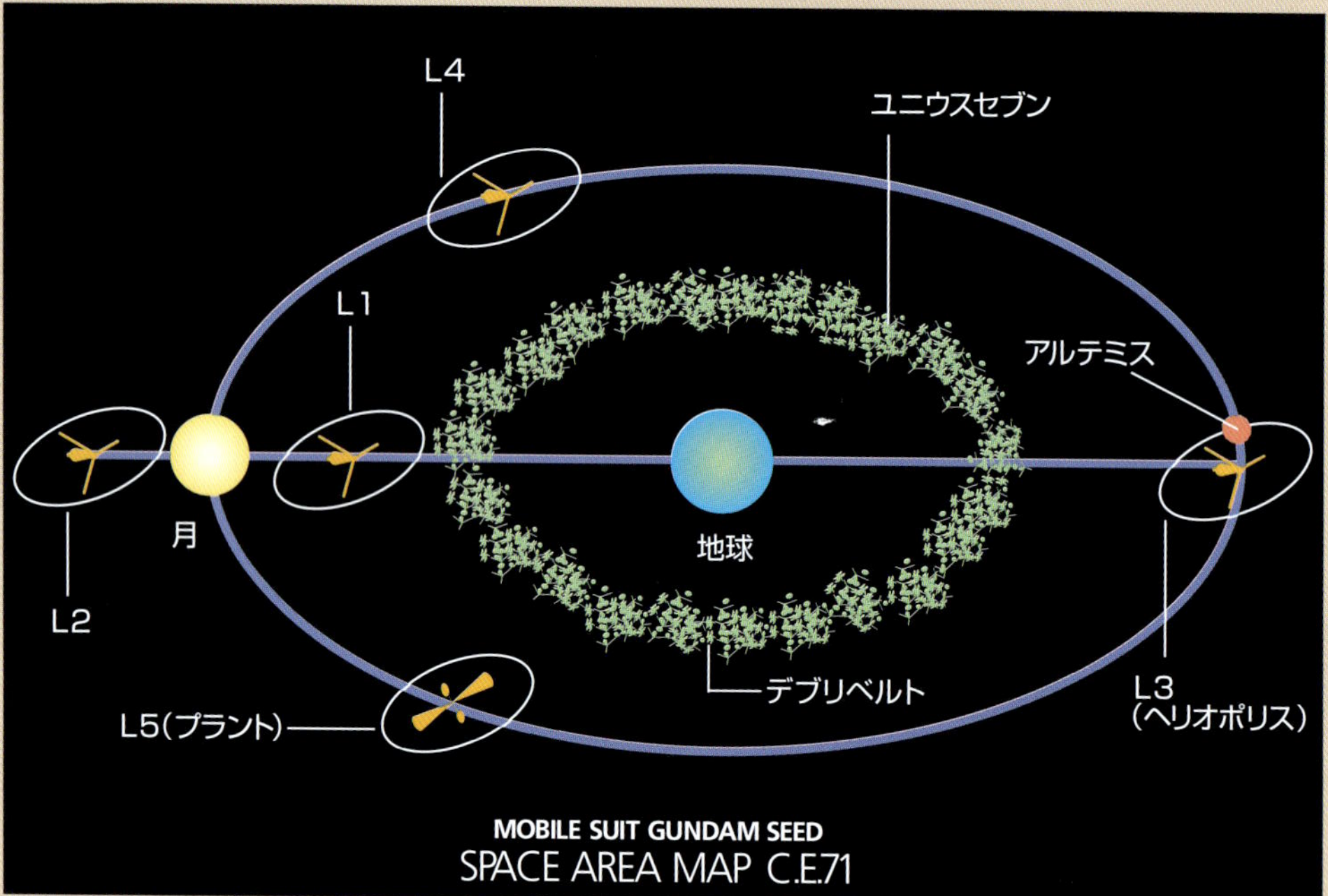
L4
ユニウスセブン
L1
アルテミス
L2
月
地球
デブリベルト
L3
(ヘリオポリス)
L5(プラント)
MOBILE SUIT GUNDAM SEED
SPACE AREA MAP C.E.71

機動戦士ガンダムSEED《シード》①

すれ違う翼

原作/矢立　肇・富野由悠季
著/後藤リウ

角川文庫　12881

MOBILE SUIT GUNDAM SEED ①

CONTENTS

MAIN CHARACTERS

Oppose Militancy & Neutralize Invasion Enforcer

ヘリオポリスの少年たち

フレイ・アルスター
キラが秘かに憧れている学園のアイドル。父親は大西洋連邦の事務次官というお嬢様。

キラ・ヤマト
資源衛星ヘリオポリスの工業カレッジに通う少年。X105ストライクに乗ることになる。

ミリアリア・ハウ
キラの同級生でトールのガールフレンド。気さくで明るい性格で仲間達を元気づける。

トール・ケーニヒ
キラの友人で同じ工業カレッジに通う同級生。友情に篤く、正義感の強い少年。

カズイ・バスカーク
キラたちと同じゼミに籍を置く少年。優秀なキラと自分を比べ、劣等感を抱いている。

サイ・アーガイル
キラの友人でカレッジの同じゼミに所属する。理知的で仲間達のまとめ役を務める。

地球連合軍

ムウ・ラ・フラガ

第七機動艦隊所属の大尉。『エンデュミオンの鷹』の異名を持つエースパイロット。

マリュー・ラミアス

大西洋連邦所属の大尉。ザフトの襲撃で艦長を失ったアークエンジェルの指揮を執る。

ハルバートン提督

大西洋連邦所属の准将にして第八艦隊提督。Xナンバー開発計画の推進者でもある。

ナタル・バジルール

大西洋連邦所属の少尉。軍人の家系出身で、任務遂行を最優先とする冷徹な女性。

MAIN CHARACTERS

アークエンジェルのクルー

ジャッキー・トノムラ
大西洋連邦所属の伍長。アークエンジェルのＣＩＣにて管制官を務める。

アーノルド・ノイマン
大西洋連邦の曹長。ザフトの襲撃でクルーが減ったアークエンジェルの操舵士を務める

ロメロ・パル
大西洋連邦所属の伍長。クルーの減ったアークエンジェルにて射撃指揮の役目に就く。

ダリダ・ローラハ・チャンドラⅡ世
大西洋連邦の伍長。アークエンジェルのＣＩＣにて通信傍受・情報解析を担当する。

コジロー・マードック
連合軍の軍曹。職人気質の頑固な男だが腕はいい。ストライクとゼロの整備を担当。

ザフト

ラクス・クライン
プラント最高評議会議長シーゲル・クラインの愛娘にしてアスランの婚約者。

アスラン・ザラ
クルーゼ隊に所属するエースパイロットの少年。キラとは幼年学校時代からの幼なじみ。

ディアッカ・エルスマン
クルーゼ隊所属のエースパイロットで、常に冷笑的な態度を崩さない少年。

イザーク・ジュール
クルーゼ隊所属のエースパイロットで、プライドと功名心が異常に強い少年。

ラウ・ル・クルーゼ
仮面の下に素顔を隠したザフトの指揮官。エリート部隊を率いて“G”の奪取を目論む。

ニコル・アマルフィ
クルーゼ隊最年少のエースパイロット。穏和な性格ゆえに戦争には疑問を感じている。

MECHANICS

GAT-X105
ストライクガンダム

五機のXナンバー中、最も汎用性の高い機体。三種類の武装パックを換装することであらゆる局面に対応できる。〝ガンダム〟とは機体に搭載されているOS名の頭文字を繋げて読んだもので、アークエンジェル内では、この呼称で呼ばれている。
全高：17.72m　重量：64.8t
武装
●標準装備
75ミリ対空自動バルカン砲塔システム〝イーゲルシュテルン〟
アサルトナイフ〝アーマーシュナイダー〟
●エールストライカー装備時
57ミリ高エネルギービームライフル
ビームサーベル
●ランチャーストライカー装備時
320ミリ超高インパルス砲〝アグニ〟
120ミリ対艦バルカン砲
350ミリガンランチャー
●ソードストライカー装備時
15.78メートル対艦刀〝シュベルトゲベール〟
ビームブーメラン〝マイダスメッサー〟
ロケットアンカー〝パンツァーアイゼン〟

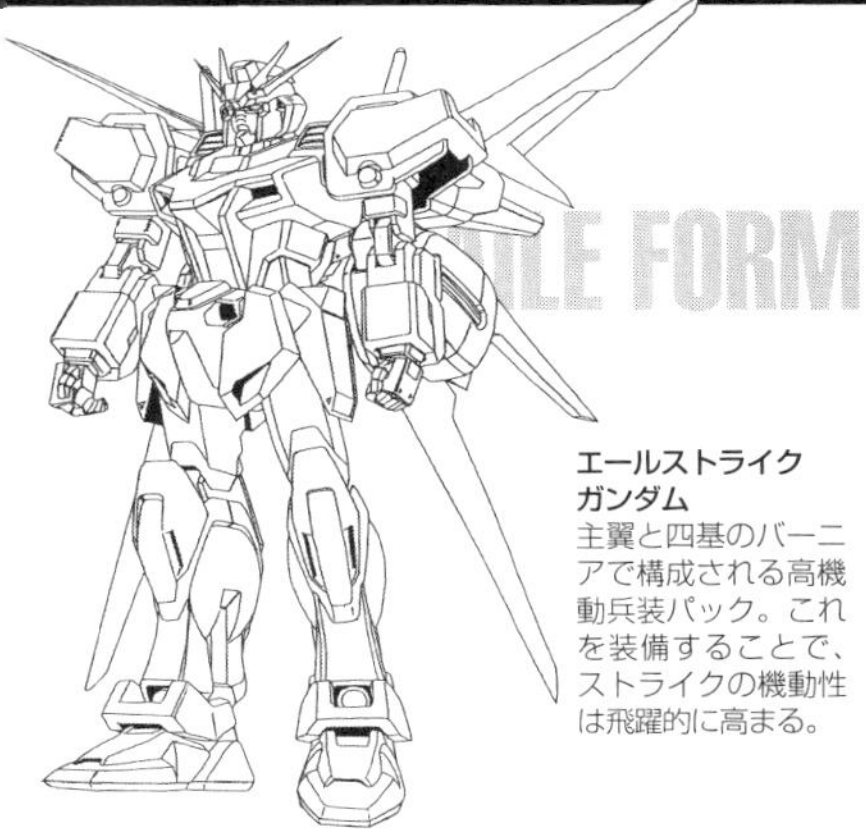

エールストライクガンダム
主翼と四基のバーニアで構成される高機動兵装パック。これを装備することで、ストライクの機動性は飛躍的に高まる。

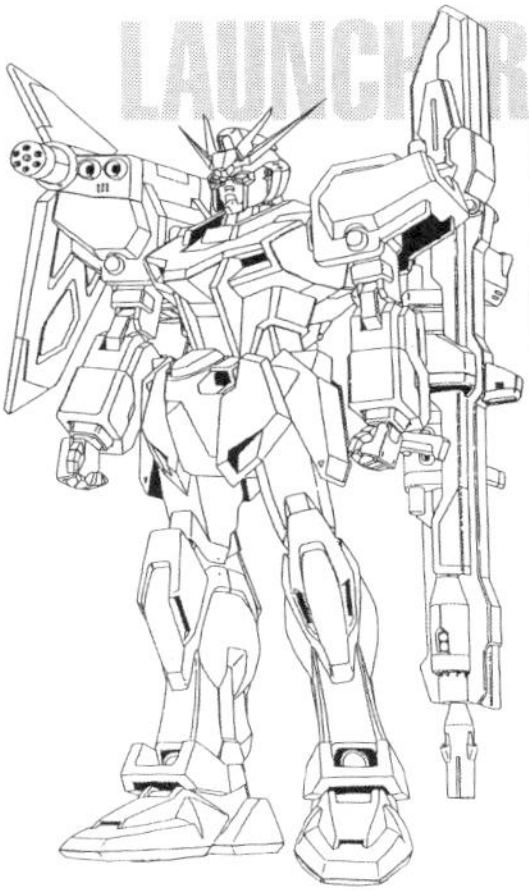

ランチャーストライクガンダム
対艦攻撃を想定して造られた遠距離戦用兵装パック。左背面に装備された超高インパルス砲〝アグニ〟はコロニーの外壁をも易々と貫く威力を持つ。

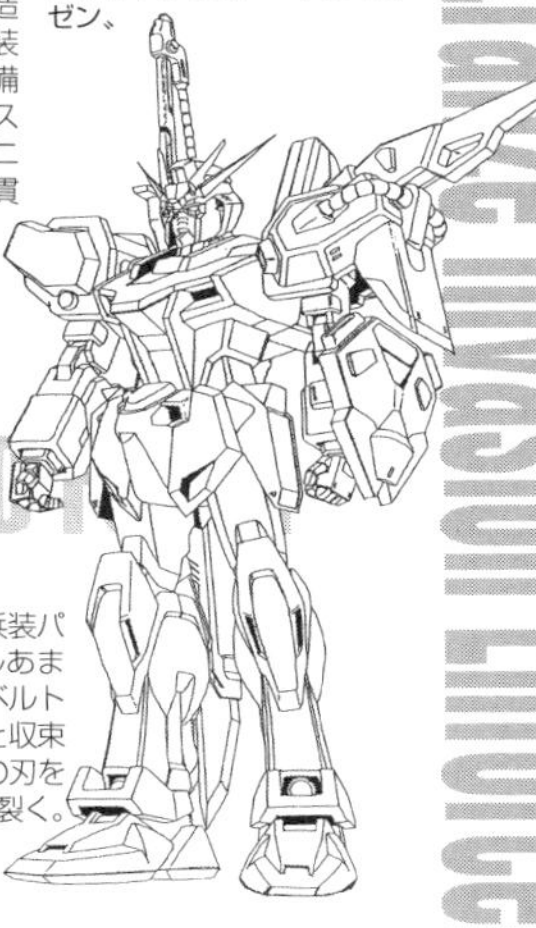

ソードストライクガンダム
近接戦に特化した兵装パック。15メートルあまりある長刀〝シュベルトゲベール〟は実刃と収束ビームによる二種の刃を有し、戦艦すら斬り裂く。

Zodiac Alliance of Freedom Treaty

GAT-X303 イージス

MA形態への変形を可能とする可変MS。高火力の〝スキュラ〟を装備し、一撃離脱の高速戦闘を得意とする機体。
全高：18.86m　重量：79.6t
武装
75ミリ対空自動バルカン砲塔システム〝イーゲルシュテルン〟
60ミリ高エネルギービームライフル
ビームサーベル
580ミリ複列位相エネルギー砲〝スキュラ〟

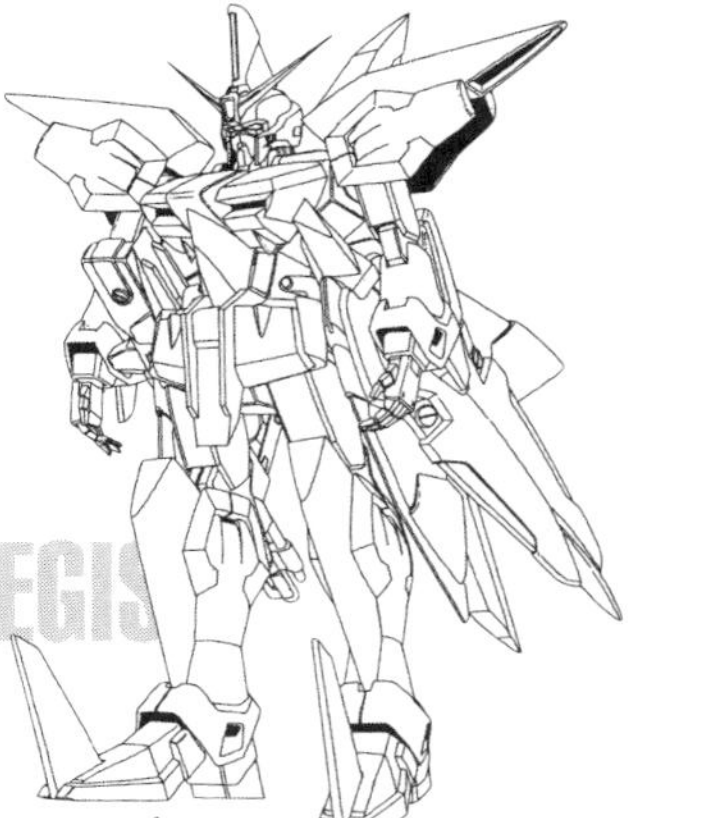

モビルアーマーモード
同時期に開発された他のXナンバーと異なり、MAへの変形が可能なイージスは、遠距離の戦域まで高速で移動ができる。

580ミリ複列位相エネルギー砲〝スキュラ〟
畳まれている両腕脚部は展開すると強力な鉤爪と化す。腹部に装備された〝スキュラ〟は、戦艦すら沈める威力を秘めている。

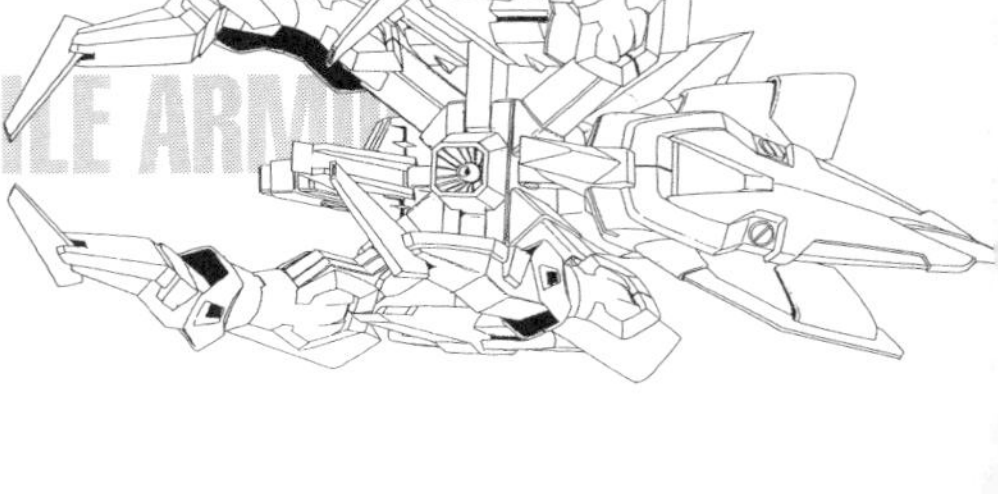

MECHANICS

Zodiac Alliance of Freedom Treaty

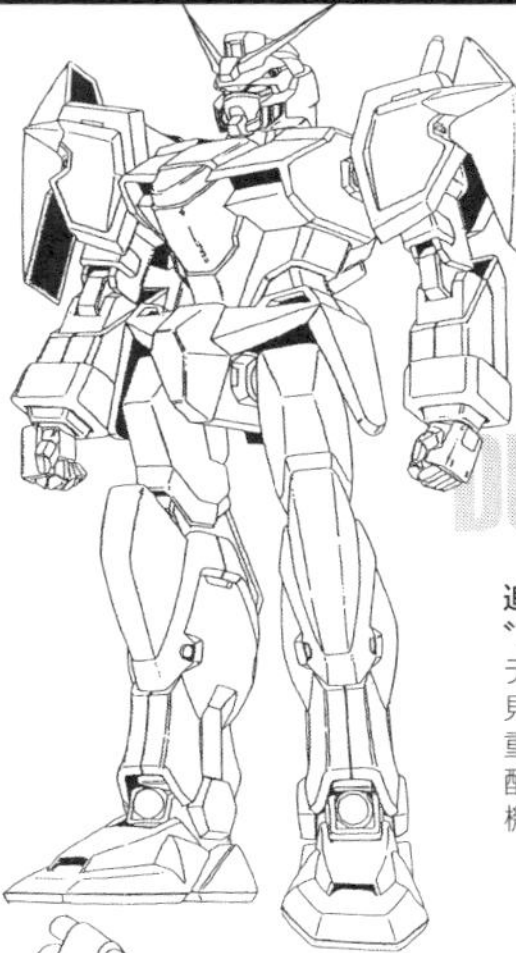

GAT-X102
デュエル

Xナンバーの開発において、ベースになったと思われる機体で、最もスタンダードな性能を有する。
全高：17.50m　重量：61.9t
武装
75ミリ対空自動バルカン砲塔システム〝イーゲルシュテルン〟
175ミリグレネードランチャー装備57ミリ高エネルギービームライフル
ビームサーベル

追加装備
〝アサルトシュラウド〟
デュエルの追加兵装。一見、鎧のような装甲が鈍重にも見えるが、各所に配されたバーニアにより機動性も向上している。

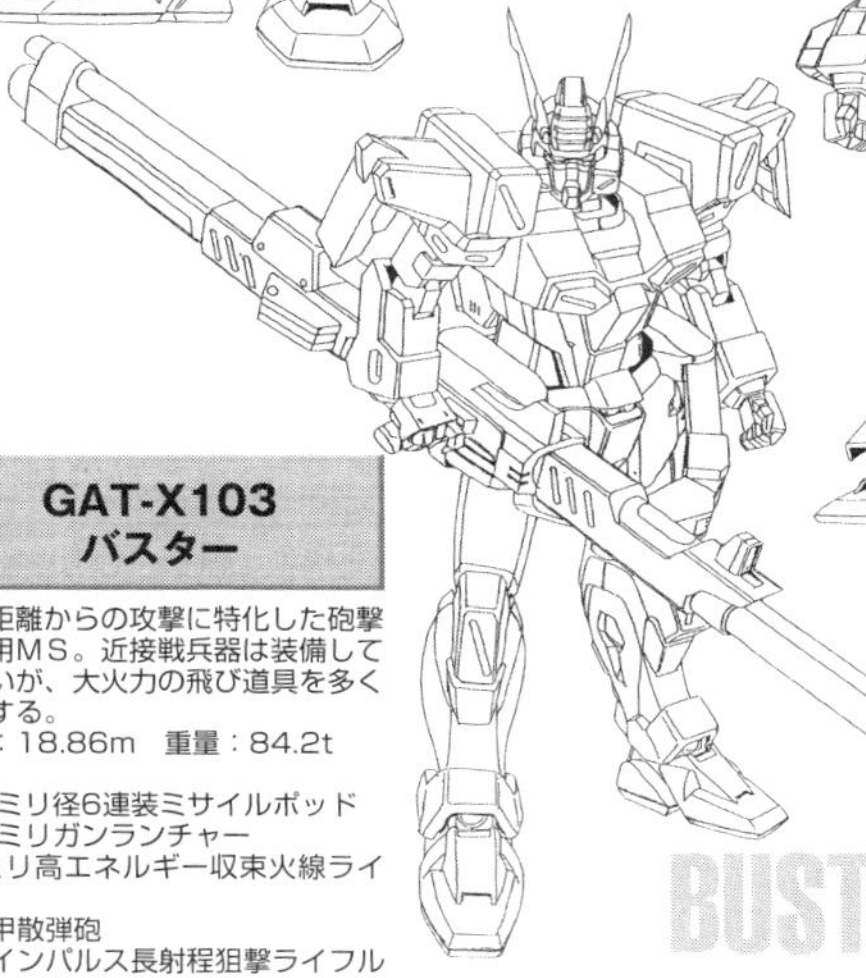

GAT-X103
バスター

中遠距離からの攻撃に特化した砲撃支援用MS。近接戦兵器は装備していないが、大火力の飛び道具を多く装備する。
全高：18.86m　重量：84.2t
武装
220ミリ径6連装ミサイルポッド
350ミリガンランチャー
94ミリ高エネルギー収束火線ライフル
対装甲散弾砲
超高インパルス長射程狙撃ライフル

Zodiac Alliance Freedom Treaty

GAT-X207
ブリッツ

肉眼やレーダーで捉えられない隠蔽機構〝ミラージュコロイド〟など特殊兵装を多く装備した偵察・近接戦用の機体。
全高：18.63m　重量：73.5t
武装
攻盾システム〝トリケロス〟
3連装超高速運動体貫徹弾〝ランサーダート〟
50ミリ高エネルギービームライフル
ビームサーベル
ピアサーロック〝グレイプニール〟

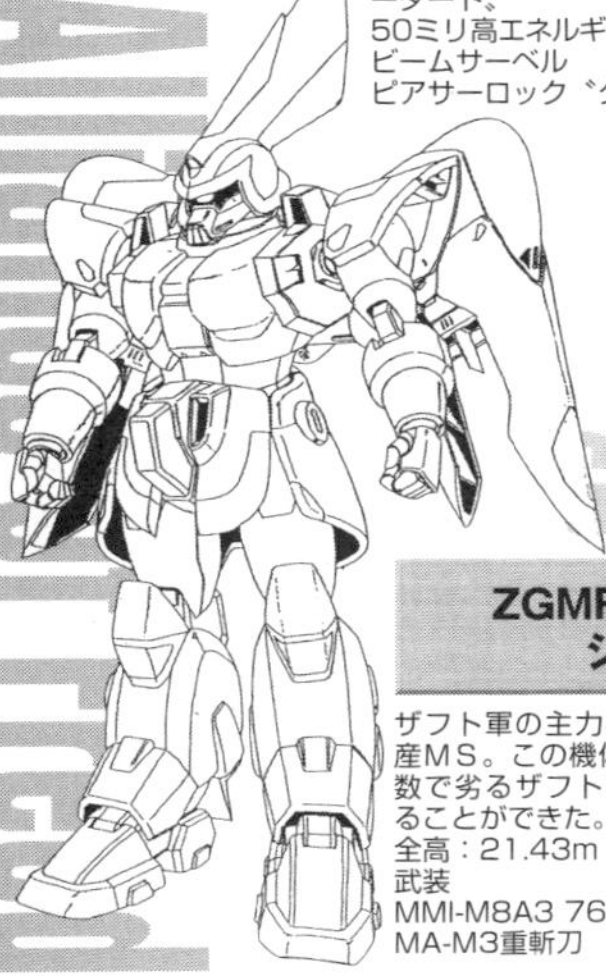

ZGMF-1017
ジン

ザフト軍の主力兵器である汎用量産MS。この機体の活躍によって、数で劣るザフトは地球軍を圧倒することができた。
全高：21.43m　重量：78.5t
武装
MMI-M8A3 76ミリ重突撃銃
MA-M3重斬刀

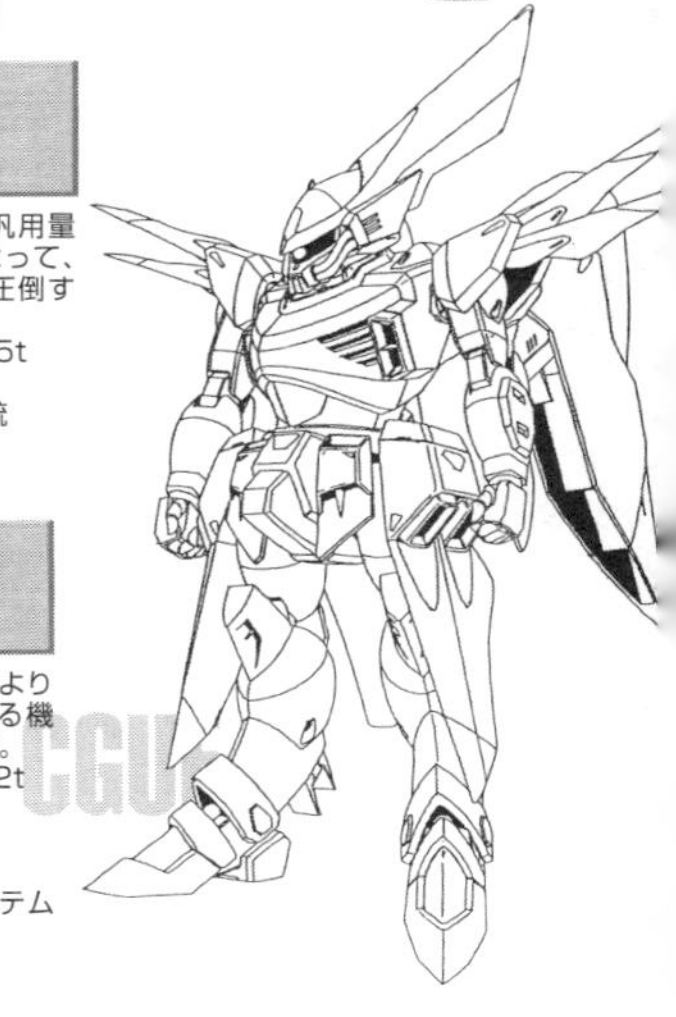

ZGMF-515
シグー

ザフト軍の指揮官用MS。ジンよりも高いスペックと武装を有する機体。ラウ・ル・クルーゼの愛機。
全高：21.43m　重量：80.22t
武装
MMI-M7S 76ミリ重突撃機銃
MA-M4A重斬刀
M7070 28ミリバルカンシステム
内装防盾

Oppose Militancy & Neutralize Invasion Enforcer

MOEBIUS〈ZERO〉

メビウス
〝ゼロ〟

地球連合軍の主力宇宙戦闘機メビウスのカスタムモデルで、ムウ・ラ・フラガ大尉の専用機。非常にコントロールが難しい有線式ガンバレルを装備したこの機体を自在に操れるのは、地球軍でもフラガ大尉だけだ。

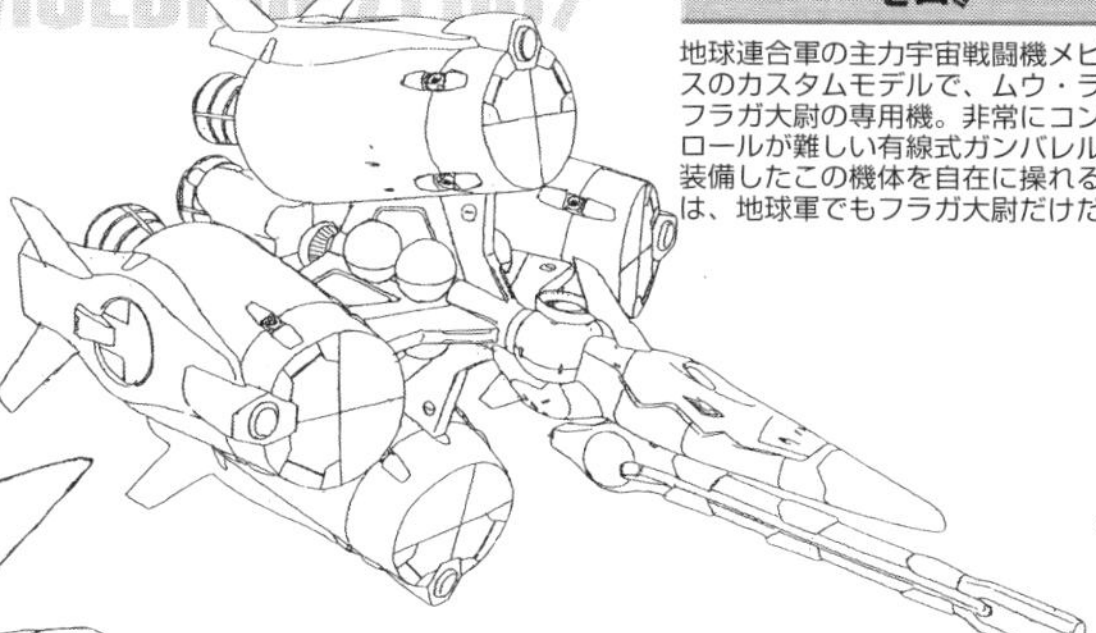

有線式ガンバレル
ゼロに四基装備されているガンバレルは、機体から離脱して、さまざまな方向からの攻撃を可能とする遊撃砲台である。

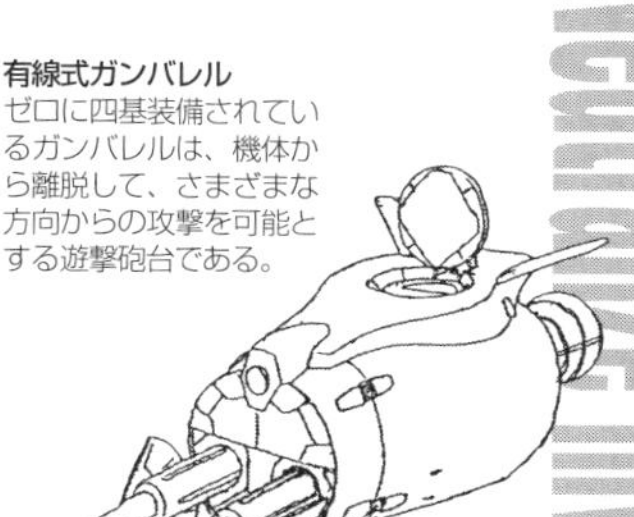

GUNBARREL OF
WIRE SYSTEM

強襲機動特装艦
アークエンジェル

武装
陽電子破城砲〝ローエングリン〟×2
225センチ2連装高エネルギー収束火線砲〝ゴットフリートMk.71〟×2
110センチ単装リニアカノン〝バリアントMK.8〟×2
75ミリ対空自動バルカン砲塔システム〝イーゲルシュテルン〟×16
対空防御ミサイル〝ヘルダート〟×16
艦尾大型ミサイル×12

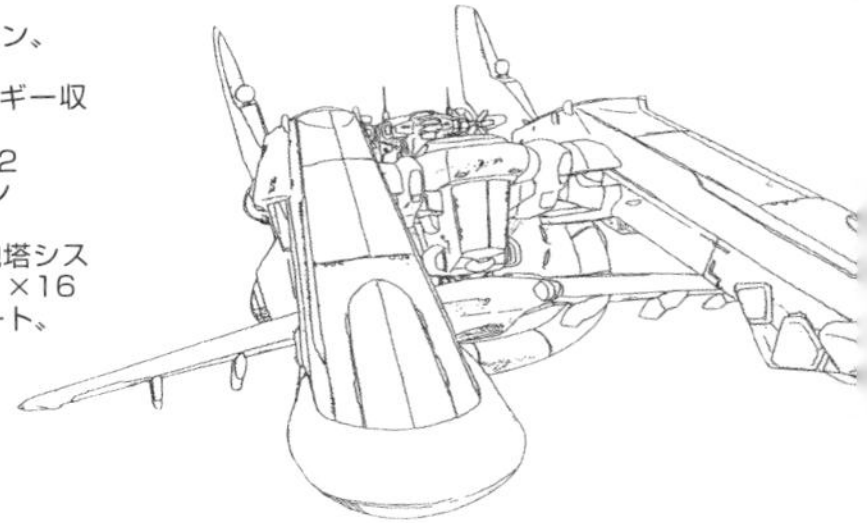

ASSAULT MOVEMNT
SPECIAL EQUIPMENT WARSHIP
ARCHANG

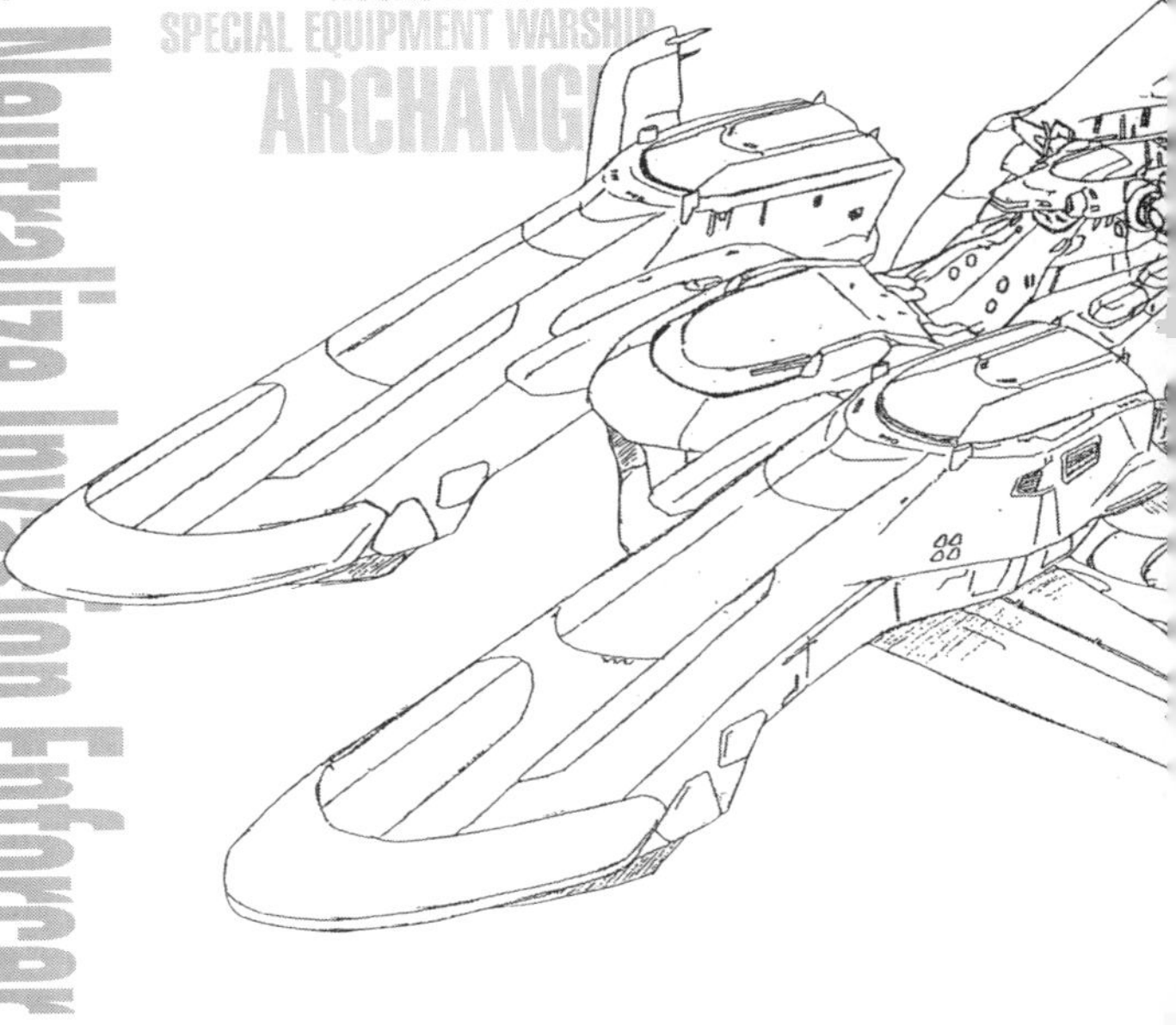

口絵・本文イラスト／小笠原智史
口絵デザイン／design CREST
本文デザイン／廣重雅也

C.E.《コズミック・イラ》30年代にピークを迎《むか》えた遺伝子改変ブームによって、人類は新たな対立の図式を作り出すこととなった。

受精卵の段階で遺伝子を操作されて生まれた、「コーディネイター」と呼ばれる新たな人類は、旧来の人類「ナチュラル」にとっての脅威《きょうい》となった。彼らコーディネイターは知力、体力、すべての能力においてナチュラルを凌駕《りょうが》し、その数こそ少ないものの、学術、スポーツなど、あらゆる分野のトップを占《し》めるようになる。やがてその格差が対立を生み、数において不利なコーディネイターは地球各地で迫害《はくがい》を受けることとなった。住み慣れた土地を追われ、彼らがめざした安住の地は、宇宙だった。

のちにコーディネイターたちの本拠地《ほんきょち》となる〝プラント〟は、C.E.50年代から着工し、エネルギー問題に悩《なや》む地球に、豊富な宇宙資源から得られたエネルギーと、無重力を生かした工業生産物を供給する役割を負っていた。その利益は一部の地球におけるオーナー国が独占《どくせん》し、彼らは〝プラント〟に武器と食糧《しょくりょう》の生産を禁じることで、自《みずか》らの支配を確固たるものとした。

いわれのない支配と搾取《さくしゅ》。当然コーディネイターたちはそれに反発し、独立と対等貿易を地球側に求めた。繰《く》り返し話し合いの場が持たれたが、そのたび決裂《けつれつ》に終わり、両者の緊張《きんちょう》は徐々《じょじょ》に高まっていく。そして――

C.E.70年、〝血のバレンタイン〟の悲劇によって、地球、〝プラント〟間の緊張は、一気に本格的武力衝突《しょうとつ》へと発展した。

誰《だれ》もが疑わなかった、数で勝《まさ》る地球軍の勝利。が、当初の予測は大きく裏切られ、戦局は疲《ひ》弊《へい》したまま、すでに十一ヶ月という時が過ぎようとしていた――。

PHASE 01

〈――では次に、激戦の伝えられる華南《カオシュン》戦線、その後の情報を……〉

キラ・ヤマトは、いつのまにかあらぬ方をさまよっていた視線をコンピュータに戻《もど》し、投げやりぎみにキーボードを叩《たた》いた。黒い髪《かみ》、黒い目の小柄《こがら》な少年だ。まだ幼さを残す繊細《せんさい》な顔立ちは、東洋系のようだが、一見して人種を判別できない。

ここは工業カレッジのキャンパスだ。緑したたる中庭、あふれる陽射《ひざ》し、楽しげにたわむれ、行き過ぎていく若者たち――地球のどこでも見られるような、ごくありふれた日常風景。

だが彼らが踏《ふ》みしめている芝生《しばふ》の下には、厚さ約一〇〇メートルに及《およ》ぶ合金製のフレームがあり、その外には真空の宇宙が広がっている。

ここは〝ヘリオポリス〟。地球の衛星軌道《きどう》上、L3に位置する宇宙コロニーである。

コンピュータ画面の上方に開いた別窓の中では、アナウンサーが相変わらず深刻そうな顔でしゃべっている。

〈――新たに届いた情報によりますと、ザフト軍は先週末、華南宇宙港の手前六キロの地点ま

で迫《せま》り……〉

きらり、と、小さな翼《つばさ》で日光をはね返し、キャンパスの上空を一巡《ひとめぐ》りして、トリィが戻ってきた。メタリックグリーンの翼を羽ばたかせてキラのコンピュータにとまる。トリィは小鳥を模した愛玩《あいがん》ロボットだ。キラの大切な、小さな友だち。

トリィを見るたび、キラの脳裏《のうり》にはこれをくれた親友の面影《おもかげ》が浮《う》かぶ。

『——父はたぶん、深刻に考えすぎなんだと思う』

別れの日、少年は十三歳とは思えない大人びた口調で言った。黒い髪、穏《おだ》やかで物静かな面差し、伏《ふ》せられた目は印象的な緑だった。

彼とキラは四歳のときから、月面都市〝コペルニクス〟で幼年学校時代をともに過ごした。二人はいつも一緒《いっしょ》だった。

『〝プラント〟と地球で、戦争になんてならないよ』

うん……と、キラはうなずいた。

『でも、避難《ひなん》しろと言われたら、行かないわけにはいかないし』

キラはずっと、うつむいていた。

彼らは賢明《けんめい》な子供だった。それでもしょせん子供でしかなく、社会の情勢や親の意向に従うしかない。別れを受け入れることしかできなかった。

友はうつむいたキラを励《はげ》ますように言った。

『キラもそのうち、〝プラント〟に来るんだろ？』

その言葉にこめられた希望が、少しキラをなぐさめてくれた。やっと目を上げて見ると、友は綺麗《きれい》な緑の目を細めて笑った。その色が、キラはとても好きだった。

——きっとまた、会える。

そう信じて別れた。あのときからもう三年——。

「お、新しいニュースか？」

突然《とつぜん》、ぬっと肩《かた》ごしにのぞき込まれて、キラは我に返った。

「トール……」

工業カレッジで同じゼミのトール・ケーニヒだった。隣《となり》にはミリアリア・ハウの姿もある。

コンピュータの画面では、ニュースの続きが映し出されていた。立ち昇《のぼ》る黒煙《こくえん》と爆音《ばくおん》、逃《に》げまどう人々、ビルの立ち並ぶ町並みは半壊《はんかい》し、どこか近くで戦闘《せんとう》が続いているらしい。

去年、〝プラント〟の擁《よう》するザフト軍は、地球への侵攻《しんこう》を開始した。中立国オーブのコロニーであるここ〝ヘリオポリス〟でも、開戦当初はみな、地上で行なわれている戦況《せんきょう》を息をつめて見守っていたものだが、最近はもうそれにも慣れてしまった。

〈——こちら、華南から七キロの地点では、依然《いぜん》激しい戦闘の音が……〉

リポーターがうわずった声で報告する。

「うわ、先週でこれじゃ、今ごろはもう陥《おち》ちゃってんじゃねえの、華南？」

トールがお気楽にコメントする。キラは苦笑《くしょう》し、コンピュータを閉じた。

少々軽率《けいそつ》なところがトールの欠点だ。だが開けっぴろげで裏のない彼が、キラは好きだった。いつも朗《ほが》らかでしっかり者のミリアリアとは、似合いのカップルだ。

「華南なんてけっこう近いじゃない？　大丈夫《だいじょうぶ》かな、本土」

ミリアリアは対照的に、不安そうな口調になる。

「そーんな。本土が戦場になるなんてこと、まずナイって」

どこまでも楽観的なトールの観測が、かつて親友の口にした言葉に重なる。キラはふいになんとも言えない不安を感じた。

それでも彼らは、「戦争」なんて、自分たちと関係ないものと思っていた。コンピュータを閉じたら終わってしまう、画面上の単語にすぎないと——このときは、まだ。


「だからぁ、そういうんじゃないってばーっ」

華《はな》やいだ嬌声《きょうせい》が上がる。大学のレンタルエレカポートで騒《さわ》いでいる少女たちの中に、フレイ・アルスターの姿を見つけ、キラの鼓動《こどう》は一瞬《いっしゅん》高まった。

長くつややかな髪は燃えるような赤、肌《はだ》はミルクのようになめらかで、今はかすかに上気している。高貴さを感じさせる整った顔立ちと、しなやかな立ち居ふるまいが、大輪の薔薇《ばら》のような華やかさを感じさせた。たくさんの少女の中にいても、ぱっと人目を引く存在だ。彼女の姿を見ると、キラの心臓はいつも勝手に暴れはじめる。ろくに口をきけもしないのに。

「あ、ミリアリア！　ねえっ、あんたなら知ってるんじゃない？」

フレイを囲んでいた女の子たちが、こちらに気づいて話しかけてくる。その後ろで顔を赤くし、「もうっ、やめてってばぁ！」とフレイが叫《さけ》んだ。だが友人たちは取り合わない。

「この子ね、サイ・アーガイルから手紙もらったの！　なのに『なんでもない』って話してくんないんだよーっ」

「ええ〜っ!?」

伝染したみたいに、ミリアリアもすっとんきょうな声を上げた。

彼女らがさらにフレイを問いつめようとしていたとき、キラの背後から落ちついた声がかかった。

「——乗らないのなら、先によろしい？」

サングラスをかけた女性と、その後ろに二人の男性が立っていた。声をかけたのは先頭の女性だ。いずれもまだ若く、二十代前半から半ばというところだろう。だが学生には見えなかった。発された言葉は丁寧《ていねい》だったが、彼女の口調や声には妙《みょう》な威圧《いあつ》感があり、若い女性らしい柔《やわ》らかさを拒絶《きょぜつ》したような、硬《かた》く鋭《するど》い雰囲気《ふんいき》を漂《ただよ》わせていた。

「あ、すいません。どうぞ」

トールが頭を下げ、みな気まずい思いで先を譲《ゆず》ると、彼らはきびきびとした動作でエレカに

乗り込み、走り去った。ばつの悪い雰囲気を振《ふ》り払《はら》うように、

「もう知らない！　行くわよ」

フレイが叫び、次のエレカをつかまえる。連れの少女たちが口々に「待ってよぉ」などと言いながら、騒がしくあとに続いた。

ポートが静かになると、突然トールが、ばん、とキラの肩を叩いた。

「なーんか意外だよなあ、あのサイが。けど、強敵出現、だぞ、キラ！」

「は？　な、なに……」

とまどうキラに、ミリアリアも「がんばってね」と笑いかけ、トールに続いてエレカに乗り込んだ。

「ま、待ってよ。ぼくは別に……」

一人しどもどするキラだった。

「——なんとも平和なことだな」

幹線道路を自動操縦でエレカが走っていく。風に短い黒髪《くろかみ》をなぶらせながら、サングラスの女がつぶやいた。

彼女の名はナタル・バジルール。自分の身分を明かすことなくこのコロニーを訪《おとず》れ、極秘《ごくひ》の目的地に向かう途中《とちゅう》だった。

「あれくらいの歳《とし》で、もう前線に出る者もいるというのに……」

彼女の声に苛立《いらだ》ちを聞きとって、隣の席からアーノルド・ノイマンは視線を向けた。さっきの学生たちのことを言っているのだろう。

〝ヘリオポリス〟は中立国オーブに属す、工業コロニーである。オーブ本土は赤道直下、太平洋上に浮かぶ群島から成り、火山島の地熱を利用した工業力の高さと宇宙港の運営で発展した国家だ。

この時代、宇宙港を擁《よう》することは、国家にとって重要な意味がある。エネルギー資源の枯渇《こかつ》した地球は、その大半を宇宙での産出に頼《たよ》っているからである。シャトル打ち上げには赤道付近が適しているという理由から、低緯度《いど》の地域ががぜん注目されることになった。

昨年三月に始まった、ザフト軍の地球侵攻《しんこう》作戦『オペレーション・ウロボロス』も、その標的は主に宇宙港だった。

地球連合対〝プラント〟という図式で始まった戦争は、地球上の連合非加入国を巻き込み、長期化のきざしを見せている。

だが、そんな情勢が嘘《うそ》のように、道路ぞいを流れていく風景は平和そのものだ。立ち並ぶ商店には色とりどりの商品があふれ、買い物客がのどかに行き交《か》う。戦火の中で窮乏《きゅうぼう》する地球を見てきたナタルの目には、この平和が許しがたいものに思えるのだろう。ノイマンとて、なんとなく理不尽《りふじん》な思いを禁じえない。

エレカは鉱山部へ続くセンターシャフトへ向かっていた。シャフトへ上がるエレベータの中へそのまま乗り入れ、ドアが開くとエレカが自動的に進む。このあたりはもう無重力だ。センターシャフトはこの〝ヘリオポリス〟の背骨ともいうべきもので、円筒形《えんとうけい》のコロニーの中央にまっすぐ通っている。そこと円筒状の内壁《ないへき》を無数の支柱《アキシャルシャフト》が繋《つな》ぎ、このように地表、センターシャフト間の移動手段と、回転する外殻《がいかく》を支えるステーの役割を果たしている。

センターシャフトの内部は工場区になっており、無重力という条件を生かした工業生産物を、主に地球向けに製造している。片方の端《はし》に宇宙港があり、もう片方に、もとは宇宙空間を漂う小惑星《わくせい》であった鉱山が接続している。今エレカが向かっているのは、鉱山の内部だった。

このブロックは、国営企業《きぎょう》〝モルゲンレーテ〟の所有地である。エレカは小惑星の奥深くに隠《かく》された広大なドックにたどりつき、彼らはそこで降り立った。この場所こそが、彼らの目的地だった。

目の前に張り出した監視台《かんしだい》から、白く輝《かがや》く巨大《きょだい》な戦艦《せんかん》が見下ろせた。全長三百四十五メートル、艦橋の突《つ》き出した基部の両側に、うずくまる獣《けもの》の前足にも似た舷側蹄部《げんそくていぶ》が伸《の》び、艦体中央から左右に広げられた両翼《りょうよく》から、大気圏内《けんない》での飛行も可能であるとわかる。旧来の戦艦とまったく違《ちが》う巨大な外観は、船というより要塞《ようさい》と呼ぶにふさわしく思え、ノイマンは惚《ほ》れ惚れとその姿を見下ろした。

〝アークエンジェル〟――地球連合軍が〝モルゲンレーテ〟において、秘密裏《り》に建造させた新造戦艦である。

彼らがひそかに〝ヘリオポリス〟に入国したのは、この艦にクルーとして乗り込むためだ。そう、彼ら──ナタル・バジルール少尉《しょうい》、アーノルド・ノイマン曹長《そうちょう》、そして今一人のジャッキー・トノムラ伍長《ごちょう》はみな、地球連合軍第八艦隊に所属する軍人であった。

「──何をしている。艦長がお待ちだぞ！」

鞭打《むちう》つような鋭《するど》い声に、戦艦に見とれていたノイマンははっとする。

ナタル・バジルール少尉はすでに通路を半分行きかけて、いらだたしげに彼とトノムラを待っていた。有能だが軍規に厳しく融通《ゆうずう》のきかない彼女には、この艦の美しさもなにも訴《うった》えかけないようだ。

「申し訳ありません！」

「すぐに着替《きが》え、五分後に司令ブースへ集合！　急げ！」

ナタルの指令に追われて無重力の通路を進みながら、最後にノイマンはもう一度、ちらりと背後の〝アークエンジェル〟に目をやった。

──『大天使《アークエンジェル》』の名にふさわしく、この艦はきっと現在の膠着《こうちゃく》状態を打破し、自分たちに救済をもたらしてくれるだろう……。

ノイマンがそんな甘い希望を抱《いだ》くのも当然のような、その威容《いよう》であった。

〃ヘリオポリス〃は旧来の円筒形コロニーだ。全長三十二キロメートル、直径三キロメートルにおよぶ巨大な円筒を、太陽光線を集める三枚のミラーが、細長い花びらのように取り囲んでいる。この巨大な円筒を回転させ、遠心力によってコロニーの内壁に重力を作り出しているのである。

〃ヘリオポリス〃を特徴《とくちょう》づけているのは、付属している資源採掘《さいくつ》用の小惑星であろう。遠くからこのコロニーに近づいていくと、まるで宇宙空間を漂《ただよ》う巨大な岩塊《がんかい》から、ぬっと生え出したもののように見える。

アスラン・ザラは、ゆっくりとその岩塊に近づいていた。周囲には彼と同じく気密服を身につけた人影《ひとかげ》が数十人おり、一人、また一人と、コロニー内部へと続く排気口《はいきこう》に取りつく。アスランも岩塊に身を寄せ、ちらとリストウォッチに目をやった。自分の呼吸音がやけに耳につく。時計が予定時刻を示すと、排気口の監視装置が切れた。それを確認《かくにん》したとたん、彼らは無駄《むだ》のない動きで順番にそこへすべり込んでいった。予定どおり、誰《だれ》にも感知されることなくコロニー内部に潜入《せんにゅう》し、彼らは整然と四方へ散る。命令や質問はいっさい発されず、訪《おとず》れたことのない場所を進む戸惑《とまど》いもまったく見せない。彼らは完全に統制のとれた動きで、工場区の主要な場所を選び、黒い小さなボックスをセットしていった。

セットしたとたん、ボックスにはカウンタ表示が灯《とも》る。

その数字は、爆発《ばくはつ》までの残り時間を示していた。

「そう難しい顔をするな、アデス」

かたわらの男に苦笑《くしょう》されて、アデスはさらに眉間《みけん》の皺《しわ》を深めた。

「は……しかし」

ここは〝ヘリオポリス〟からほど近い宙域である。小惑星の陰《かげ》に、二隻《せき》の戦艦が待機していた。ザフトのナスカ級〝ヴェサリウス〟と、ローラシア級〝ガモフ〟だ。アデスは〝ヴェサリウス〟をまかされる艦長だった。がっしりした体型で、四角くいかつい顔立ちの彼は、自分の懸念《けねん》を口にした。

「——評議会からの返答を待ってからでも、遅《おそ》くはなかったのでは……隊長」

隊長と呼びかけられた男は、風変わりな銀色のマスクで顔の上半分を覆《おお》っていた。波打つ金《きん》髪《ぱつ》、すらりと引き締《し》まった体つき、マスクで隠れていない顔の部分は整い、かなりの美丈夫《びじょうふ》ではと思わせる。彼こそがラウ・ル・クルーゼ、敵にも味方にも、有能さと容赦《ようしゃ》ない戦いぶりで知られる、この部隊の長である。

アデスの問いかけに「遅いな」と彼は返した。

「私の勘《かん》が告げている。ここで見過ごさば、その代価、いずれ我らの命で支払《しはら》わねばならなくなるぞ」

ラウは手にしていた写真を、ピンと指先ではじいてよこした。不鮮明《せんめい》な画像だが、そこには巨大な人型にも見える装甲《そうこう》の一部が写っていた。

「──地球軍の新型兵器、あそこから運び出される前に、奪取《だっしゅ》する」


「大尉《たいい》ーっ」

トレーラーから胴間声《どうまごえ》で呼びかけられ、マリュー・ラミアスは振《ふ》り返った。メカニックマンのコジロー・マードック軍曹《ぐんそう》が不精髭《ぶしょうひげ》だらけの顔を窓から突《つ》き出し、怒鳴《どな》った。

「んじゃあ、俺たちゃ先に艦《ふね》に行ってますんでー！」

「お願いね！」

周囲が騒《さわ》がしいので、自然とマリューも怒鳴り声になる。

ここは、〝モルゲンレーテ〟の地上部分に当たる。周囲は作業をする男たちの活気あるやりとりで賑《にぎ》わい、雑然としていた。その中で、男たちと同じ作業服姿ながらも、肩《かた》までの栗色《くりいろ》の髪《かみ》を振って指示を出すマリューの姿は自然と際立《きわだ》つ。彼女もまた地球連合軍に籍《せき》を置く身だ。二十六歳にして階級は大尉、ここにいる中では最上官であるものの、なかなかの美人であるからこんな声もかかる。

「大尉、コレがすべて終わったら一杯《いっぱい》お付き合い願えませんかね？　〝ヘリオポリス〟最後の夜にでも」

「上官侮辱罪《ぶじょくざい》で最後の夜を営倉で過ごしたい？」

若い下士官にマリューがそう切り返すと、横にいたハマナ曹長が豪快《ごうかい》に笑った。

「ばぁか、おまえがこのねえちゃんを口説こうなんざ、十年早い」

みな、計画の終了《しゅうりょう》を目前に控《ひか》え、陽気になっているのだ。長かった——と、マリューの胸にも感慨《かんがい》があふれる。極秘《ごくひ》裏《り》に〝G〟計画が動きはじめて数ヶ月、彼女はその初期からたずさわり、こうして〝ヘリオポリス〟につめて、すべての過程を見守ってきた。

〝モルゲンレーテ〟で新造艦《かん》〝アークエンジェル〟とともに開発、製造された、地球連合軍の新型秘密兵器は〝G〟と呼ばれ、これからの戦局を占《うらな》ううえで重要な価値を持つものであった。その〝G〟が完成し、搬出《はんしゅつ》も目の前という段階までこぎつけたのだ。これからこの新型兵器は微調整《びちょうせい》を終え、マリューが副長を務めることとなる〝アークエンジェル〟に移送されて、ひそかに〝ヘリオポリス〟を出港する運びとなっていた。

これでやっと肩の荷が下ろせる、と、マリューは思った。

——だが、安堵《あんど》するには早すぎることを、彼女はまだ知らなかった。

「接近中のザフト艦に通告する！　貴艦の行動はわが国との条約に大きく違反《いはん》するものである。ただちに停船されたし！」

通告もなく近づいてきたザフトの戦艦二隻を捕捉《ほそく》した、〝ヘリオポリス〟管制区にアラートが鳴り響《ひび》いた。中立の立場を取るこのコロニーでは、戦艦の入港を認めていない。だが〝ヴェサリウス〟、〝ガモフ〟とも、停船勧告《かんこく》に応《こた》える様子はなかった。全通信が雑音《ノイズ》にまぎれていく。

管制官の一人が叫《さけ》んだ。

「強力な電波干渉《かんしょう》！　ザフト艦から発信されています！」

とたん、管制室に冷たい空気が流れる。その意味するところは一つだった。

「——これは、明らかに戦闘行為《せんとうこうい》です！」

ちょうどそのとき、港には一隻の貨物船が入港していた。その船の艦橋《ブリッジ》でも、緊迫《きんぱく》したやりとりが飛び交《か》っていた。

「敵は!?」

「二隻だ！　ナスカ級ならびにローラシア級。電波干渉直前にモビルスーツの発進を確認《かくにん》した！」

「ひよっこどもは？」

「もう〝モルゲンレーテ〟に着いてるころだろう」

「せめてもの幸いですな。——ルークとゲイルは〝メビウス〟にて待機！　まだ出すなよ！」

船内インターフォンに向けて指示したのは、二十代後半のすらりとした金髪の男だった。端《たん》整《せい》ともいえる顔立ちだが、緊迫したこの状況《じょうきょう》でもどこか飄々《ひょうひょう》とした雰囲気《ふんいき》を漂《ただよ》わせ、口元は不敵そうに曲げられている。指示を終えると彼は、すぐ自分も格納庫へ向かった。そこには貨物船には不似合いなモビルアーマー——宇宙戦闘機が並んでいる。

一般船籍《いっぱんせんせき》に偽装《ぎそう》しているが、この船のクルーは全員軍人であった。黒いパイロットスーツに身を包んだ男は、ムウ・ラ・フラガ大尉。『エンデュミオンの鷹《たか》』との異名を取る、地球連合軍のエースパイロットだ。彼らの任務は、数人のパイロット候補生をこのコロニーに送り届けることだった。

まもなく港口からザフトのモビルスーツ、〝ジン〟が突入《とつにゅう》した。圧倒《あっとう》的物量を誇《ほこ》る地球連合軍のモビルアーマーを圧倒し、戦局を現在の形に持ち込んだのは、人型のボディを持つこの機動兵器の力が大きい。甲冑《かっちゅう》を着けた武者のようにずんぐりしたグレイのボディを持ち、インディアンの羽飾《はねかざ》りを思わせる頭部の鶏冠《とさか》と、背中に負った翼《つばさ》のような推進装置が特徴《とくちょう》的である。

これらの兵器はみな、バッテリーを動力源としている。従来の兵器に用いられていた核分裂《かくぶんれつ》エンジンは、ザフトが開発したニュートロン・ジャマーによって無効化されてしまった。このニュートロン・ジャマーは核分裂そのものの働きを阻害《そがい》するため、かつての最終兵器であった核ミサイル等はこれで完全に封《ふう》じ込められ、結果、戦局はこれらの機動兵器によって左右されることになる。

〝ジン〟の突入を認めたムウは、艦長に通信した。

「船を出してください！　港を制圧される。こちらも出る！」

「――クルーゼ隊長の言ったとおりだな」

冷静な口調で言ったのは、イザーク・ジュールだった。バイザーごしにもわかる、冷たく整った顔立ち、まっすぐに切りそろえられたプラチナブロンドがさらにその印象を強めるが、今はヘルメットに隠《かく》されている。パイロットとして一流ではあるが、怜悧《れいり》な外見にそぐわずやや癇症《かんしょう》の面をたまに見せる。アスランは少々この同僚《どうりょう》を敬遠していた。ことあるごとにアスランをライバル視して、つっかかってくるようなところがあるからだ。

「つつけば慌《あわ》てて巣穴から出てくる——って？」

ディアッカ・エルスマンがくすくす笑った。金髪《きんぱつ》に浅黒い肌《はだ》、陽気そうな外見だが、じつはけっこうの皮肉屋だ。

彼らも、その後ろに控えていたアスランらも、いずれもザフト軍のエースであることを示す、赤いパイロットスーツを着用していた。パイロットたちを守るように、それぞれのチーム構成員が周囲を取り巻く。

ザフト艦侵攻《しんこう》の報《しら》せが届いたのだろう。にわかにあわただしくなった〝モルゲンレーテ〟工場付近の様子を、〝ヘリオポリス〟内部に侵入していたアスランたちはスコープで見つめていた。作業服を身に着けた栗色の髪の女性が、視界に入る。彼女が中心となって指示を出しているようだ。背後の開かれたシャッターから、巨大《きょだい》なコンテナを積載《せきさい》したトレーラーが出てくる。

「……あれだな」

「やっぱり間抜《まぬ》けなもんだ。ナチュラルなんて」

イザークが冷たく言い放つと、発信機のボタンを押した。

アスランは隣《となり》にうずくまっているニコル・アマルフィが、緊張しきった顔をしているのに気づき、軽くその腕《うで》を叩《たた》いた。ニコルは彼を見やり、ややこわばった笑《え》みを浮《う》かべる。淡《あわ》い色の巻き毛と大きな目をし、色白で少女めいた顔立ちの彼は、アスランより一つ年少の十五歳だ。ナチュラルの世界ではまだほんの子供とされる年齢《ねんれい》だが、体力、知力ともに基本レベルの高いコーディネイターとしては、この年で成人と見なされる。後ろにいたラスティ・マッケンジーが、からかうようにニコルの背中をどやした。

「――時間だ」

カウンタがゼロになった。工場区のあちこちで爆発《ばくはつ》が起こる。爆風に飛ばされる人々、誘爆《ゆうばく》を引き起こし、炎上《えんじょう》する施設《しせつ》、鉱山内部の岩盤《がんばん》が崩《くず》れ、瓦礫《がれき》が降り注ぐ。

それとほぼ同時に、港を突破《とっぱ》したモビルスーツが〝モルゲンレーテ〟を攻撃《こうげき》しはじめた。建物の外壁《がいへき》がライフルの弾《たま》でえぐられ、被弾《ひだん》した車両が爆発し、爆風が搬送《はんそう》作業中の人員を襲《おそ》う。混乱に乗じて、アスランたちは行動を開始した。


キラたちのエレカは〝モルゲンレーテ〟の社屋に入って止まった。彼らの指導教官であるカトウ教授のラボがそこにあるのだ。

「あ、キラ。やっと来たか」

彼らが部屋に入っていくと、同じゼミ仲間のサイ・アーガイルが顔を上げた。色つきの眼鏡《めがね》をかけ、派手なジャケットを着ているが、風貌《ふうぼう》は理知的で穏《おだ》やかだ。キラたちより一歳年上の彼は、やはり彼らの中でもっとも常識的で思慮《しりょ》深く、自然とまとめ役になることが多い。

部屋にはサイと、やはり同じゼミのカズイ・バスカーク、そして今一人、キラの知らない人物が、壁《かべ》ぎわに身を寄せるようにして座っていた。帽子《ぼうし》を目深《まぶか》にかぶり、顔はよく見えないが、キラたちと同年輩《どうねんぱい》か、少し下の少年に見えた。

「……誰《だれ》？」

トールがカズイに小声でたずねる。

「ああ、教授のお客。ここで待ってろって言われたんだと」

キラは少し奇異《きい》の念を抱《いだ》いた。教授の『お客』というには、ずいぶんと幼い。帽子からはみ出した髪《かみ》は硬質《こうしつ》な金色で、ちらりと見えた顔は小さく丸く、手足もほっそりと華奢《きゃしゃ》だ。こんな少年が、サイバネティック工学の第一人者であるカトウ教授になんの用なのだろう？

「これ預かってる。追加とかって。渡《わた》せばわかるってさ」

サイが一枚のメディアを取り出し、キラにさし出した。

「うえ〜？　まだ前のだって終わってないのに〜」

キラは情けない声を上げた。この間から、カトウ教授の研究に付随《ふずい》するプログラムの解析《かいせき》を頼《たの》まれているのだ。いくらキラの情報処理が速いからといって、一学生にすぎない彼をお手軽にこき使ってくれるものだ。そこらへんの無頓着《むとんちゃく》さが教授のいいところではあるが……と、思いつつ、うんざりした顔で追加分を受け取る。そんなキラに、トールが後ろからタックルして首を絞《し》め上げた。

「そんなことより、手紙のことを聞けーっ！」

「手紙？」

きょとんとするサイの顔を見て、キラはあせってトールの口をふさぐ。

「な、なんでもない！」

たしかにフレイ・アルスターは可愛《かわい》いし、トールにそう言ったこともある。でも、告白とかつきあうとか、そういう勇気は出せずにいた。友だちのサイが、もし彼女とそういう関係になるなら、キラの片思いなんてできれば知らせずにすませたい。

なのにそこにカズイまで加わって、「なに、トール？　おれにだけ。おれにだけ」と、トールにせがむ。

ふとキラは視線を感じ、そちらに目をやった。壁ぎわに座っていた『お客』が、じゃれあっている彼らを睨《にら》むように見ている。ほとんど金色に近い褐色《かっしょく》の、驚《おどろ》くほど鋭《するど》い目だった。顔立ちはどちらかというと繊細《せんさい》で整っているのに、その目だけが野のけものを思わせる猛々《たけだけ》しさを宿している。キラと目が合うと、少年はふっと視線をそらした。その顔に焦《あせ》りの色が浮かぶのを、キラは心を奪《うば》われたように見つめた。

そのとき突然《とつぜん》、轟音《ごうおん》と凄《すさ》まじい揺《ゆ》れが彼らを襲った。

「――なに？」

「隕石《いんせき》か？」

少年たちはあわてて部屋を出て、エレベータを目指した。その間にも足をすくうような振動《しんどう》が襲ってくる。エレベータは電圧が不安定で動かず、一同は非常階段へと走った。ちょうど駆《か》け上がってきた職員にサイが、「どうしたんです？」とたずねる。職員は叫《さけ》んだ。

「ザフトに攻撃されてる！　コロニー内にモビルスーツが入ってきてるんだよ！」

「ええっ!?」

みな、一瞬《いっしゅん》立ちすくむ。事態がよくつかめないまま、彼らは職員にうながされてあとに続いた。そのとき、キラの横にいた少年が、ぱっと身をひるがえした。あの金色の目をした少年だ。

「――きみ！」

逆方向へ駆けていく彼のあとを、キラは思わず追いかけた。

「キラ！」

背中にかかるトールの声に、「すぐ行く！」と答え、キラは走った。

教授の客という少年は、工場区の方へ向かっていた。キラが追いついてその腕《うで》をとらえたとき、背後のどこかで爆発が起こり、爆風が帽子を吹《ふ》き飛ばした。あらわになった顔と、つかんだ腕の頼《たよ》りない感触《かんしょく》、とっさに身をすくめたその仕草――。

「お……おんな……の子？」

キラがぽかんとつぶやくと、相手は例の鋭い目で彼を睨んだ。

「……なんだと思ってたんだ、今まで」

確かに華奢だし、繊細な顔をしていると思ったが、服装と、そして女の子らしい甘さの感じられない物腰《ものごし》のせいで、キラは相手をすっかり男だと思いこんでいた。一瞬気まずい雰囲気《ふんいき》が漂《ただよ》ったが、続けざまに起こった爆発《ばくはつ》がそれを吹き飛ばす。少女はキラの手を振《ふ》りほどいた。

「なんでついてくる!?　おまえは行け！」

「行け……ったってどこへ？　もう戻《もど》れないよ」

さっきの爆発で、来た道は無惨《むざん》に崩《くず》れ落ちている。キラはしばし考え、いきなり少女の手を取って走り出した。

「こっち！」

「なっ……離《はな》せ！　バカ！」

「ば……」

さすがにむっとして、キラは相手の顔を見た。だが少女の目にうっすら涙《なみだ》がにじんでいるのに気づき、ぎょっとする。彼女はつぶやいた。

「私には、確かめなければならないことが……！」

「確かめる？」

キラは不審《ふしん》に思って問い返す。

「もう遅《おそ》いのか……!? こんなことになってはと思って、ここへ来たのに……!」

「きみ……?」

まるでこうなることを予測していたかのような彼女の言葉に、キラは立ち止まる。だが、また建物の中で起こった爆発の音に我に返り、再び彼女の手を引いた。

「とにかく! 避難《ひなん》が先だよ! 工場区に入れば、まだ退避《たいひ》シェルターがある!」


工場区の外では、激しい戦闘《せんとう》が繰《く》り広げられていた。地球連合軍は地対空ミサイルで応戦しようとするが、ミサイルを積んだ装甲車《そうこうしゃ》は片端《かたはし》からザフトのモビルスーツ、〝ジン〟に潰《つぶ》されていく。ザフトの潜入《せんにゅう》部隊はその間隙《かんげき》をぬって、搬出口《はんしゅつこう》へ接近しつつあった。

工場から出たところで、三台のトレーラーが身動きならなくなっていた。その荷台にはそれぞれ一体ずつ、明らかにモビルスーツとわかる機体が積まれている。潜入部隊の目的はそれだった。彼らの姿に気づいた地球軍兵士がライフルを撃《う》ちかけるが、一瞬にして射殺される。無駄《むだ》のない動きでトレーラーに取りつきながら、イザークが指示する。

「運べない部品と工場施設はすべて破壊《はかい》しろ!――報告では五機のはずだが、残り二機はまだ中か?」

「俺とラスティの班で行く。イザークたちはそっちの三機を先に!」

アスランが叫び、ラスティたちに合図する。

「任せよう――各自搭乗《とうじょう》したら、すぐ自爆《じばく》装置を解除！」

イザークの台詞《せりふ》の後半は、トレーラー上の機体に乗り込もうとしていたディアッカとニコルに向けた言葉だった。そして彼自身も、一機のコクピットに滑《すべ》り込む。それを確認《かくにん》して、アスランは工場の搬出口をめざした。


キラと例の少女は通路をたどって走り、やがてひらけた場所へ出た。格納庫のようながらんとした空間に突《つ》き出た、キャットウォークの上だった。キラはシェルターの方へ歩き出そうとして、銃声《じゅうせい》にはっと首をすくめた。階下では銃撃戦《じゅうげきせん》の真っ最中だ。外からはなにかが爆発する音も聞こえる。だが目に入ったものに、キラは思わず足を止めてしまった。

「――これ……って……」

異教の神の姿を模したような巨大《きょだい》な人型が、床《ゆか》に横たわっていた。それは、キラの視線を受けて、今にも動き出しそうに見えた。

鋼《はがね》の色をした装甲、四本の角を生やしたかのような頭部、すらりとしたボディ――明らかにザフトの〝ジン〟とは違《ちが》う形状の――。

「地球連合軍の新型機動兵器……やはり……」

キラの隣《となり》で少女が、がくりと膝《ひざ》をついた。キャットウォークの手すりを両手でかたく握《にぎ》りしめ、うめくように叫ぶ。

「――お父さまの……うらぎりものッ……！」

彼女の声は高い天井《てんじょう》にはね返り、思ったより大きく響《ひび》いた。きら、と光るものがこちらへ向けられるのを見てとって、キラは少女を手すりから引き離し、後ろへ飛びのいた。銃声が響き、間一髪《かんいっぱつ》のところで、銃弾《じゅうだん》が手すりをかすめて飛ぶ。

キラは少女を抱《かか》えるようにして走り、退避シェルターの入口へたどりついた。インターフォンを押すと、スピーカーから応答の声がした。

〈――まだ誰《だれ》かいるのか？〉

キラはほっとして答えた。

「はい！　ぼくと友だちもお願いします。開けてください」

〈二人!?〉

「はい」

スピーカーからの応答に、一瞬《いっしゅん》間があいた。

〈……もうここは一杯《いっぱい》だ。左ブロックに37シェルターがあるが、そこまでは行けんか？〉

キラは振り返り、左ブロックを見た。そこまでは、銃撃戦のまっただ中を横断していくことになる。一人ならなんとかなるかもしれない。だが、この女の子を連れては――。

キラはインターフォンに向かって叫《さけ》んだ。

「なら、一人だけでも！　お願いします、女の子なんです！」

キラの声の幼さと、『女の子』の一言が効いたのだろう。しばしの沈黙《ちんもく》ののち、スピーカーから返答があった。

〈わかった——すまん！〉

ロックを示すランプが赤から青へ変わり、扉《とびら》が開いた。中はシューターになっている。キラはそこへ少女の体を押し込んだ。

それまで虚脱《きょだつ》したように黙《だま》りこくっていた彼女は、このときになってやっと事態に気づいた。

「なに……おまえは……？」

「いいから！　ぼくはあっちのシェルターへ行く。大丈夫《だいじょうぶ》だから！　早く！」

キラは無理やりシューターの扉を閉めた。ガラスを通して少女の口が「待て！」と動くのが見えたが、すぐ下層のシェルターへと運び去られた。

ランプが元どおり赤になるのを確認して、キラは走り出した。

「——ハマナ、ブライアン、早く！　X一〇五、三〇三を起動させるんだ！」

女の声が格納庫内に響いた。キラは思わずキャットウォークの下に目をやり、例のモビルスーツの陰《かげ》に身を隠《かく》しながらライフルを撃つ、作業服姿の女性に気づく。奥にあったもう一体のモビルスーツの方から、銃撃の音に混じって怒号《どごう》と悲鳴が上がった。さっきザフトが攻《せ》めてきたと、あの職員が言っていたのを思い出す。敵がザフトというなら、彼らは圧倒《あっとう》的に不利だ。

ザフト兵はみなコーディネイターで、運動能力、視力、判断力すべてにおいてナチュラルを凌《りょう》駕《が》している。

キラははっとした。一人のザフト兵が、軍人らしいさっきの女性を、背後から狙《ねら》っている。思わず「うしろ！」と叫んでいた。

彼女は声に反応して振《ふ》り返り、敵兵を撃《う》ち殺した。そして、その上にいたキラに目をとめる。

「――子供……!?」

女性が目を見開くのが見えた。彼女は撃ってきたザフト兵に撃ち返すと、キラに向かって怒《ど》鳴《な》った。

「来い！」

「左ブロックのシェルターへ行きます！　おかまいなく！」

キラが大声で言うと、彼女はライフルを撃ちながら叫び返した。

「あそこはもう、ドアしかない！」

その言葉にキラは足を止めた。彼の決断は早かった。ためらいもなくキャットウォークから身を躍《おど》らせた彼の姿に、女性兵士は目をみはった。落差は五、六メートルあるだろう。もの柔《やわ》らかな外見にそぐわぬ敏捷《びんしょう》さで、キラは猫《ねこ》のようにモビルスーツの上に着地した。

驚《おどろ》きに一瞬動きを止めた女性の背後で、モビルスーツを守って戦っていた男が、一人のザフト兵を撃ち倒《たお》した。

「ラスティ！――くそぉっ！」

赤いパイロットスーツのザフト兵が叫び、仲間の命を奪《うば》った男に銃を向ける。放たれた銃弾が命中したのか、崩《くず》れるように男が倒れた。

「ハマナ！」

女性兵士がその名を呼んだ瞬間、ザフト兵は振り向きざまに彼女を撃った。

「あうっ……！」

銃弾が彼女の肩《かた》に命中し、血が飛び散る。弾《たま》づまりでも起こしたのか、ザフト兵は手にしていた銃を捨て、ナイフを抜《ぬ》き放って彼女に迫《せま》る。キラは思わず駆《か》け寄った。そのとき――

「――キラ？」

声を上げたのは誰あろう、ナイフを構えたザフト兵だった。キラは驚いてその顔を見る。ヘルメットは、さっきの男の血で汚《よご》れていた。だが炎《ほのお》の照り映《は》えるバイザーごしに、その顔ははっきり見えた。

――きっとまた、会える……。

「……………アスラン？」

キラの口からその名が、意識しないうちにこぼれ落ちる。その声に、相手の体が一瞬震《ふる》えるのが感じ取れた。

意志の強そうな緑の瞳《ひとみ》が、キラの姿を映して見開かれていた。

その目の色が、キラはとても好きだった。物静かそうな顔立ちは成長とともに鋭《するど》さを増し、落ちつきと聡明《そうめい》さを漂《ただよ》わせるものと変わっている。だが三年の月日も、親友の面影《おもかげ》を消し去ることはできなかった。

思ってもみなかった形での再会に、二人は言葉もなく立ちつくす。

——その隙《すき》をついて、女性兵士が負傷した肩をかばいつつ、銃《じゅう》を構えた。間一髪《かんいっぱつ》のところで、それに気づいたアスランは飛びのく。銃声が響《ひび》き、さっきまで彼のいた空間を弾が薙《な》いだ。驚いて振り返るキラは女に体当たりされ、彼女もろともモビルスーツのコクピットへ転がり込む。

「シートの後ろに！」

女は指示し、モビルスーツのシステム立ち上げにかかった。

「私にだって……動かすくらい……」

計器類に光が入り、ブゥン……という駆動音《くどうおん》が徐々《じょじょ》に高まる。モニターが明るくなり、外の風景を映し出した。横のモニターの中を一瞬《いっしゅん》、赤いパイロットスーツがよぎり、もう一体のモビルスーツへ向かうのが見えた。

——アスラン……アスランがザフト兵……？

そんな馬鹿な。やさしいアスランは戦争なんて大嫌《だいきら》いだった。あれが彼であるはずが……。

次々と起こるできごとについていけず、呆然《ぼうぜん》としていたキラの目に、モニターに浮《う》かび上がった文字列が飛び込んでくる。

——General
Unilateral
Neuro-Link
Dispersive
Autonomic
Maneuver……

とっさにキラの目は、赤く輝《かがや》く頭文字《かしらもじ》を拾い上げていた。

「ガ……ン・ダ・ム……?」

命を吹《ふ》き込まれたかのように、モビルスーツの両目に光が灯《とも》り、ぴくりとその指が動く。エンジンが低い唸《うな》りを上げ、巨大《きょだい》な四肢《しし》がぎくしゃくと動き始めた。メンテナンスベッドに機体を固定していたボルトが、バシバシと音を立てて弾《はじ》け飛んでいく。

歩行を覚えたての幼児のようにどこかぎこちない動作で、それでもモビルスーツは爆炎《ばくえん》の中、立ち上がる。炎が鋼色《はがねいろ》の装甲《そうこう》に照り映え、聳《そび》え立つその威容《いよう》を朱《あか》く照らし出した。

〝ヘリオポリス〟の周辺宙域でも、戦闘《せんとう》は継続《けいぞく》していた。

ムウ・ラ・フラガは彼専用のモビルアーマー〝メビウス・ゼロ〟を駆り、一機の〝ジン〟と対峙《たいじ》していた。流線型の赤い機体を取り囲むように付属していた〝ガンバレル〟が、パッと展開し、独自の動きで目標を掃射《そうしゃ》する。

この〝ガンバレル〟を使いこなせるのは、地球連合軍広しといえど彼しかいない。死角、あるいは複数への攻撃《こうげき》をも可能とするこの武装を自在に操《あやつ》ることによって、彼は月面エンデュミオンクレーターにおけるグリィマルディ戦線で、〝ジン〟五機撃墜《げきつい》という戦果を上げ、『鷹《たか》』の異名を得たのである。〝ジン〟と対比したノーマルタイプ〝メビウス〟の戦力が五分の一——つまり〝ジン〟一機が〝メビウス〟五機分の働きをする——とされる現状で、この戦果は群を抜いたものである。

〝ゼロ〟の横で僚機《りょうき》が被弾《ひだん》し、吸い込まれるようにコロニーの鉱山部へと激突《げきとつ》した。広がる爆炎を視界の隅《すみ》で感じつつ、ムウはトリガーを絞《しぼ》る。すれ違《ちが》いざまの一射が〝ジン〟の肩に命中し、ムウはすばやく離脱《りだつ》した。反転したところで、港から飛び出してきた機影《きえい》をモニターに捉《とら》える。

「——あれは!?」

見たことのない形状のモビルスーツが、三機、ザフトのローラシア級に向かっている。地球連合軍の虎《とら》の子の新型モビルスーツ〝G〟——Xナンバーだ。極秘《ごくひ》で開発していたはずなのに、こうもあっさり奪《うば》われるとは、ザフトに情報が漏《も》れていたとしか考えられない。ムウは歯嚙《はが》みした。

「オロール機被弾！　緊急帰投《きんきゅう》！」

〝ヴェサリウス〟艦橋《かんきょう》では、ラウ・ル・クルーゼが通信の内容に眉《まゆ》を上げた。

「オロールが被弾だと？　こんな戦闘で？」

艦長のアデスが意外そうに声を上げる。ザフトにおけるパイロットの基本レベルは高い。そしてこの隊に配備されたのは、精鋭《せいえい》中の精鋭であるエースパイロットばかりだ。中立コロニーごときの軍備に遅《おく》れを取るはずがない。

だが、宙を見るように目をさまよわせていたラウは、ふっと笑った。

「どうやら、いささかうるさいハエが一匹《ぴき》、飛んでいるようだぞ……」

「は？」

意味がわからず聞き返すアデスに、ラウはなめらかな動作で立ち上がり、告げた。

「私も出る」

シャフトの中で、ナタル・バジルールは意識を取り戻《もど》した。ザフト艦侵攻《しんこう》の報《しら》せののち、艦長の指令を受けて、司令ブースを飛び出したことまでは覚えている。直後、爆発が起こり、爆風によってどこかへ叩《たた》きつけられ、意識を失ったのだ。

あたりには薄《うす》く煙《けむり》が立ちこめ、爆発で吹っ飛ばされた破片《はへん》や、血まみれの死体が浮かんでいる。あまりの惨状《さんじょう》に、ナタルもふだんの冷静さを取り戻すには時間がかかった。やっと呆然自失の状態から脱《だつ》すると、彼女は壁《かべ》を蹴《け》って司令ブースへと向かった。

「艦《かん》は……〝アークエンジェル〟は……!?」

ドックに面した司令ブースへ飛び込み、彼女はぞっと身をすくませた。そこは爆発によって完全に破壊《はかい》されていた。前面のガラスは粉々に割れ、わずかに残った非常灯が動くもののない室内を照らしている。ドックの方も同様で、破壊されたキャットウォークが垂れ下がり、クレーン類は倒《たお》れ、繋留《けいりゅう》されていた〝アークエンジェル〟は大きく傾《かたむ》いていた。外見からは大きな損傷は見当たらないが、内部はどうなっているかわからない。

ナタルは室内に目を戻した。散らばる瓦礫《がれき》の合間に、兵士や士官の制服が見える。その中に艦長の死体を見つけ、彼女は膝《ひざ》の力が抜《ぬ》けるのを感じた。

「バジルール少尉《しょうい》!?」

ふいに背後から声が上がり、ナタルははっと振《ふ》り向いた。ノイマン曹長《そうちょう》が、通路からブースをのぞき込んでいた。

「……無事だったのは爆発のとき、艦にいたほんの数名です。ほとんどが工員ですが……」

ノイマンが先に立って歩きながら、状況《じょうきょう》を報告する。爆発の衝撃《しょうげき》で斜《なな》めにずれたハッチから、彼らは艦に乗り込んだ。

一室に集まっていた生存者が、ナタルの姿を見てぱっと顔を明るくした。これだけか――と、対照的にナタルの気分は重くなる。士官は少尉である彼女しか残っていないようだ。

ともあれ彼らは艦橋《ブリッジ》をめざした。艦橋へ入るとナタルは、パイロットシートの前に並んだスイッチを次々とオンにした。ひとつひとつ光が入り、起動し始めるコンソールやスクリーンを確認《かくにん》し、彼女はほっと息をつく。

「さすが〝アークエンジェル〟だな。これしきのことで沈《しず》みはしないか」

「しかし港口側の隔壁《かくへき》周辺には瓦礫が密集しています。完全に閉じ込められましたね」

ノイマンの言葉に再び暗然たる気分になりながら、ナタルは次に通信回線を開いた。通信機からは耳をつんざくようなノイズが入る。まだ電波妨害《ぼうがい》が続いているのだ。彼女はふっと考え込む。

〝アークエンジェル〟が標的ならば、すでに目的は達せられたはずだ。それを証拠《しょうこ》に、最初の爆発《ばくはつ》以来、攻撃は止まっている。それなのに電波妨害が続いている、ということは――。

「……こちらは陽動？　ザフトの狙《ねら》いは〝モルゲンレーテ〟ということか!?」

自《みずか》らたどりついた結論に、ナタルは愕然《がくぜん》とした。

〈――〝ヘリオポリス〟全土にレベル8の避難《ひなん》命令が発令されました。住民はすみやかに、最寄《もよ》りの退避シェルターに……〉

政府広報のアナウンスが、がらんとした街に響《ひび》き渡《わた》っている。

アスランは奪取《だっしゅ》したモビルスーツに乗り込み、爆発する〝モルゲンレーテ〟をあとにした。

そのあとを追うように、奪《うば》いそこねた最後の一機が飛び出してくる。

――キラ・ヤマト……。

別れの日に見た幼なじみの、今にも泣き出しそうな顔がアスランの脳裏《のうり》をよぎる。いや――彼は首を振り、しいてその可能性を頭から振り払《はら》おうとした――彼じゃない。キラは月にいるはずだ。こんなところで……よりによって、地球連合軍の新型兵器などにかかわっているはずがない。

残されたパーツや製造工場を破壊していた〝ジン〟から、通信が入った。

〈よくやった、アスラン！〉

モニターに映ったのはミゲル・アイマンだ。アスランは辛《つら》そうに応答した。

「ラスティは失敗だ！　むこうの機体には地球軍の士官が乗っている！」

〈なに!?　ラスティは？〉

アスランは唇《くちびる》を噛《か》み締《し》め、首を振った。パイロットの中でも一番陽気で、お調子者のところがあったラスティ。彼の明るさは、時にライバルとしてぎくしゃくしがちな仲間たちの空気を緩和《かんわ》してくれた。その彼が、もういない。

モニターの中で、ミゲルの顔がぱあっと激昂《げっこう》する。

〈なら、あの機体は俺が捕獲《ほかく》する！　おまえは先に離脱《りだつ》しろ！〉

着地したとたん、機体が大きく傾き、キラは倒れないようにシートの背にしがみついた。あの女性兵士は怪我《けが》をおして、懸命《けんめい》にあちこちのレバーやスロットルを調整している。それでもモビルスーツの動きはかなりぎこちない。

モニターには外部カメラを通した映像が刻々と映し出されている。キラはそれを見て唖然《あぜん》とした。通い慣れた道筋、日常の風景が、見るも無惨《むざん》に破壊されていた。街路には瓦礫が散らばり、消火システムが追いつかないのか、あちこちから黒煙《こくえん》が上がっている。画面の隅《すみ》に動く人影《ひとかげ》を見て、キラはさらにぎょっとして、身を乗り出した。

「サイ!? トール!……ミリアリア……!」

瓦礫の間を縫《ぬ》うように走っていたのは、ゼミの仲間たちだ。彼らも退避シェルターを見つけられなかったのか。

そのとき、〝ジン〟がマシンガンを発砲《はっぽう》し、放たれた七六ミリ弾《だん》が足下《あしもと》にクレーターを穿《うが》つ。やっとバランスを保っていた機体が、再び大きく揺《ゆ》らいだ。

「うわっ!」

勢い余って、キラはシートに座った女の胸に頭から突《つ》っ込んでしまった。

「下がってなさい! 死にたいのっ!?」

「す、すみませんっ」

キラはあわてて身を起こす。そのとたん、サーベルを振りかぶってモニター一杯《いっぱい》に迫《せま》る〝ジン〟の姿が目に入り、思わず悲鳴を上げる。

女も声を上げながら、とっさにコンソールのボタンを押し込んだ。

サーベルが頭上に振《ふ》り下ろされようというとき、鋼《はがね》の色だった装甲《そうこう》が瞬《またた》くように色づいた。

――やられる！

息をのんだキラの目の前で、〝ジン〟の動きが止まった。衝撃《しょうげき》とともに、彼らのモビルスーツは白い両腕《りょううで》で〝ジン〟のサーベルを受け止めていた。

「なに……!?」

事態がわからないキラに、女性兵士は吐《は》き捨てるように言った。

「〝ジン〟のサーベルなど、この〝ストライク〟には通用しない！」

「――〝ストライク〟……？」

彼女がさっき操作したのは、フェイズシフト・システムのスイッチだった。フェイズシフト――位相転移システムは、以前から理論的には開発されていた。だが、兵器にそれを応用したのは、このXナンバーがはじめてだ。一定の電流を流すと位相転移が起こり、装甲が硬質《こうしつ》化して、ミサイルなどの実体弾をはじめ、あらゆる物理的攻撃《こうげき》を無効化する強度を持つようになる。

今、〝ストライク〟の装甲は、本来のメタリックグレイから、胸部と腹部が鮮《あざ》やかな青と赤、四肢《しし》は輝《かがや》くような白に変化していた。

〝ジン〟の背後に立つ奪取された機体が、やはりフェイズシフト・システムをオンにしたのだろう。暗い鋼の色を脱《ぬ》ぎ捨てるように、鮮やかな赤に色を変え、飛び立った。

再び〝ジン〟が迫る。女がトリガーボタンを押した。〝ストライク〟の頭部にマウントされたバルカンが、七五ミリ弾をばら撒《ま》いたが、まるきり当たらない。このときキラは気づいた。

――この機体……もしかして……!?

一撃をくらって〝ストライク〟はよろめき、背後の建物にめり込むようにして止まる。〝ジン〟は続けざまに、コクピットめがけてサーベルを振り下ろしてきた。

操縦者《そうじゅうしゃ》が息をのみ、その一撃を避《さ》けようと、懸命にペダルとレバーを操《あやつ》る。

そのとき、キラはモニターの中に見た。

瓦礫に隠《かく》れるようにしていたトールたちの姿を。モビルスーツの巨大《きょだい》な足がぎくしゃくと動き、彼らの方に向かう。ミリアリアが悲鳴を上げ、トールはその肩《かた》を抱《かか》えて走ろうとし――

キラは飛びつくように計器を操作し、女の手を押しのける。そして、目の前に迫ってくるサーベルを睨《にら》みつけ、レバーを引いた。

くっと身を沈めた機体が〝ジン〟のサーベルをかいくぐり、そのまま体当たりする。〝ジン〟の巨体が吹《ふ》っ飛ぶのを、地上でトールたちが目を丸くして見ている。それをモニターの隅で確《かく》認《にん》し、キラはほっと息をつくと、唖然としている女性兵士を振り返った。

「まだ人がいるんです！　こんなものに乗ってるんなら、なんとかしてくださいよ！」

「――きみ！」

女がとがめるように叫《さけ》んだ。だがキラは目もやらず、計器をチェックしていく。

「……無茶苦茶だ！　こんなお粗末《そまつ》なＯＳでこれだけの機体、動かそうなんて！」

「ま、まだすべて終わってないのよ！　しかたないでしょう！」

「──どいてください！」

倒《たお》れた〝ジン〟が立ち上がり、再び向かってくるのを見つめながら、キラが叫んだ。

「はやく！」

その声に思わず女は腰《こし》を浮《う》かし、そこへキラが割り込むように座った。シートの横からプログラム入力用キーボードを引き出すや、凄《すさ》まじい勢いで叩《たた》きはじめる。プログラム画面を睨みつつ、目の隅では正面の〝ジン〟をとらえ、同時に到達《とうたつ》予想時間と処理作業に要するプロセスを頭の中で秤《はかり》にかけている。

「──キャリブレーション取りつつゼロ・モーメント・ポイントおよびＣＰＧを再設定……ちっ！　なら擬《ぎ》似《じ》皮質の分子イオンポンプに制御《せいぎょ》モジュール直結……」

ぶつぶつつぶやき、間に舌打ちや悪態をさし挟《はさ》みつつ、キラは猛然《もうぜん》とモビルスーツのＯＳを書き換《か》えていく。その間にも〝ジン〟のサーベルが迫る。キラはぱっと顔を上げ、片手でトリガーとレバーを操作した。バルカンが発射され、今度は当たる。そして押しのけるように〝ジン〟の腕《うで》をはね返した。

その間にもその指は、常人にはありえない速さと正確さでキーを叩いていく。

「――ニューラルリンゲージ・ネットワーク再構築――メタ運動野パラメータ更新《こうしん》、フィードフォワード制御再起動、伝達関数――コリオリ偏差《へんさ》修正――運動ルーチン接続、システム、オンライン、ブートストラップ起動……！」

再びマシンガンを構えようとする〝ジン〟の動きを見て、キラはペダルを踏《ふ》み込んだ。それに即座《そくざ》に反応し、〝ストライク〟は高くジャンプする。さっきまでの稚拙《ちせつ》な動きが嘘《うそ》のようだ。〝ジン〟が、あとを追って飛んだ。キラは人や施設《しせつ》の少なそうな鉱山部を目指しながら、スペックを呼び出す。

「ほかに武器……あとは〝アーマーシュナイダー〟……？」

モニターに機体図が表示され、頭部バルカンのほかに、腰部《ようぶ》に収納されたアサルトナイフが点滅《てんめつ》する。キラは舌打ちした。

「――これだけか!?」

ボタンを押すと、機体の両腰から巨大なナイフが射出される。それをつかみ、マシンガンを乱射しながら追いすがってくる〝ジン〟に向かって飛びかかった。

「こんなところで……」

射線を縫《ぬ》うようにかいくぐり、一瞬《いっしゅん》にして〝ストライク〟は〝ジン〟に迫った。

「やめろぉぉぉっ！」

キラの操る機体のスピードと運動性に、避ける間もなく、〝アーマーシュナイダー〟の切っ先が〝ジン〟の首のジョイント部に突《つ》き立てられた。電気系統が火を噴く。〝ジン〟は動きを止め、バランスを崩《くず》して斜面《しやめん》に倒れ込んだ。

シートの後ろで一部始終を見ていた女性兵士は、唖然《あぜん》としてモニターを見つめ、次に、キラを見た。その目には驚愕《きようがく》と、なにかに気づいたらしい畏敬《いけい》の念がこめられていた。


〈ミゲル・アイマンよりエマージェンシー！　機体を失ったようです！〉

コクピットに入った通信に、ラウ・ル・クルーゼはさすがに眉《まゆ》をひそめたようだが、仮面に阻《はば》まれて実際の表情はわからない。抵抗《ていこう》らしい抵抗を予測していなかっただけに、オロールの被弾《ひだん》に続き、この報《しら》せに誰《だれ》もが意外の念を禁じえない。コロニー内部へ侵入《しんにゆう》していたミゲルがやられたということは、奪《と》りそこねた機体がそれほどの能力を示したということだ。

すでに彼専用のモビルスーツ〝シグー〟に乗り込んでいたラウは、艦橋《かんきよう》のアデスに指示を出した。

「私が出たら、モビルスーツをいったん呼び戻《もど》し、D装備をさせろ」

〈D装備……ですか？〉

それは、要塞攻略《ようさいこうりやく》戦用の最重装備だ。モニターの中でぎょっとするアデスに笑いかけたあと、ラウは愛機を発進させた。

〝シグー〟は〝ジン〟の次世代機として開発されたモビルスーツである。〝ジン〟のそれと比ベシェイプアップされたパールグレイのボディ、さらにスラスターが追加され、推進力の面も強化されている。

〝ヘリオポリス〟へ帰投しかけていた〝ゼロ〟が、なにかためらったかのように回頭した。それを見て、〝シグー〟のコクピットの中で、ラウがひとりごちた。

「私がおまえを感じるように、おまえも私を感じるのか……？　不幸な宿縁《しゅくえん》だな、ムウ・ラ・フラガ……」

その口調は滴《したた》るような憎悪《ぞうお》と、そしてなぜか奇妙《きみょう》な愉悦《ゆえつ》に満ちていた。

ラウのモビルスーツが、ムウのモビルアーマーに迫《せま》る。

〝シグー〟の接近をいち早く感知したらしいムウは、ライフルの狙撃《そげき》をきわどいところでかわし、すれ違《ちが》って背後を取った。赤い〝メビウス〟のガンバレルが展開し、四方からラウ機を狙《ねら》う。だがその一射も、ラウはあっさりかわした。

「——おまえはいつでも邪魔《じゃま》だな、ムウ・ラ・フラガ！　もっとも、おまえにも私がご同様かな!?」

「きさま……ラウ・ル・クルーゼ！」

〝ゼロ〟のコクピットでムウが毒づいた。彼も相手が誰であるか、不思議と感じ取っていた。これまで戦場で何度も命のやりとりをしてきた宿敵だ。その名と戦いぶりはとうに認知《にんち》していたが、それ以上に五感より深いところで感じるなにかがある。背筋を冷たい刃《やいば》で撫で上げられたような、不快をともなう戦慄《せんりつ》。

二機はひとしきり交戦する。だが、撃《う》ってくる——と見せかけて、突然《とつぜん》ラウの〝ジグー〟が転針した。

「——〝ヘリオポリス〟の中に……！」

〝ヘリオポリス〟港口に飛び込んだラウ機を、ムウも追う。

ラウはあっという間に港を抜《ぬ》け、コロニーの背骨とも言えるセンターシャフトへと向かう。無重力のシャフト内で、工場の施設を遮蔽物《しゃへいぶつ》に使い、〝ジグー〟は追いすがる〝ゼロ〟にライフルを向ける。ムウも照準を合わせようとするが、シャフトを傷つけまいという気持ちが先に立って、思うように発砲《はっぽう》できない。

〝ジグー〟のライフルが〝ゼロ〟のガンバレルを次々と落としていく。ムウはギッと歯を食いしばった。一気に反転して攻撃《こうげき》をしかけてくるラウを、かろうじてかわす。

ふいに、〝ジグー〟のライフルがシャフトの内壁《ないへき》に向けられた。ムウははっとする。

——まずい！

吹っ飛ばされたシャフトの穴から、ラウはするりとコロニー内部へ侵入した。

「この野郎《やろう》……！」

ムウはあとを追うように、その穴をくぐった。コロニー内部の風景が、ジオラマのように目の前に広がる。破壊《はかい》された街並――中でもひときわ黒煙《こくえん》が濃《こ》く漂《ただよ》っている区域に目が行き、彼は地表に立つ白いモビルスーツに気づいた。

「最後の一機か!?」

ラウもその機体に気づいたようだ。〝シグー〟はまっすぐに最後のXナンバーへ向かい、ムウは必死にそれを阻もうする。

「やらせん……!」

二機は空中をもつれ合うように飛び交《か》い、互《たが》いに応射する。〝シグー〟の放った銃弾《じゅうだん》が、〝ゼロ〟の機体を貫《つらぬ》いた。

「くっ……!」

被弾した〝ゼロ〟は煙《けむり》の尾《お》を引いて脱落《だつらく》し、ラウの転針を阻むことができない。〝シグー〟が降下する先には、無防備に立ちつくすXナンバーの姿があった。

「そんな！　艦《かん》を発進させるなど……この人員では無理です！」

ノイマンは抗議《こうぎ》した。だがナタルは起動作業の手も止めず、彼を叱責《しっせき》する。

「そんなことを言ってる間に、やるにはどうしたらいいかを考えろ！　〝モルゲンレーテ〟はまだ戦闘《せんとう》中かもしれんのだぞ！　それをこのままここにこもって見過ごせとでも言うのか!?」

トノムラ伍長《ごちょう》が、数名の人員を連れて戻ってきた。

「ご命令どおり、動ける者すべて連れてまいりました！」

「シートにつけ！　コンピュータの指示どおりやればいい！」

命じるナタルを、ノイマンはなんとか思いとどまらせようとする。

「外にはまだザフト艦がいます！　戦闘などできませんよ！」

「わかっている。艦起動と同時に特装砲《ほう》発射準備――できるな、ノイマン曹長《そうちょう》！」

睨《にら》みつけられて、ノイマンもついに腹をくった。パイロットシートに飛び込むように座り、コンソールに向かった。

「発進シークエンススタート！　非常事態のためプロセスC30からL21までを省略！　主動力オンライン！」

自分は艦長席《かんちょう》に座ったナタルが、きびきびと指示を出す。

「出力上昇《じょうしょう》　異常なし！　定格まで四五〇秒！」

「長すぎる！　〝ヘリオポリス〟とのコンジットの状況《じょうきょう》は？」

突然ふられたトノムラがうわずった声で「い、生きています！」と答える。

「そこからもパワーをもらえ！　コンジット、オンライン！　パワーをアキュムレーターに接続……」

着々と発進シークエンスが進められていく。

「……主動力、コンタクト。エンジン異常なし、〝アークエンジェル〟全システム、オンライン……発進準備完了《かんりょう》！」

ノイマンが不安を押し隠《かく》して叫《さけ》ぶと、ナタルの声が響《ひび》いた。

「気密隔壁閉鎖《かくへきへいさ》！　総員、衝撃《しょうげき》に備えよ……！　特装砲発射と同時に最大戦速！　〝アークエンジェル〟、発進！」


――ドォン……！

爆発音《ばくはつおん》とともに、大地が揺《ゆ》れた。〝ジン〟を倒《たお》して、ほっと息をついたキラだったが、その音に頭上を振《ふ》り仰《あお》いだ。

新たなモビルスーツがシャフトを破壊し、舞《ま》い降りてくる。〝ジン〟よりすっきりした形の白っぽいボディ、背中の翼《つばさ》の形も違《ちが》う。そのあとに地球連合軍のモビルアーマーが続いた。

「戻《もど》って……！」

シートの後ろで、傷ついた肩《かた》を押さえた女性兵士が叫んだ。

「〝モルゲンレーテ〟へ戻って！　武器がなくては〝シグー〟相手は無理！　それに、今の戦闘でかなりの電力を消費したはずよ。バッテリーを換装《かんそう》しなければ！　電力の供給が止まればフェイズシフト装甲《そうこう》も無効になってしまう！」

彼女の言葉にかぶせて、機体を衝撃が襲《おそ》った。

「うわああっ！」

ライフルが連射され、かわしそこねた数発が直撃《ちょくげき》した。〝ストライク〟はバランスを崩《くず》して倒れ、その衝撃で傷を負っていた女性兵士が失神する。

「くっ……！」

キラは懸命《けんめい》に機体を操作し、なんとか立ち上がらせた。だがその頭上に〝ジグー〟が迫《せま》っている。

そのとき――。

凄《すさ》まじい轟音《ごうおん》とともに、鉱山の岩盤《がんばん》が崩れ落ちた。もうもうと立ちこめる土煙をかきわけるように現われたのは、白く輝《かがや》く巨大《きょだい》な戦艦だった。

キラは呆然《ぼうぜん》とモニターを見つめる。

「戦艦……コロニーの中に……!?」

自分たちの暮らす街並の上に、全長三百メートルはあろうかという戦艦が浮《う》かんでいた。その規模と、これまで見たことのない外観に、キラはしばし目を奪《うば》われる。

戦艦はザフトのモビルスーツに気づいたらしい。艦尾から数発のミサイルが発射され、〝ジグー〟を襲った。〝ジグー〟は追尾してくるミサイルを撃《う》ち落とし、コロニーを支えるシャフトの後ろに回り込んで逃《に》げる。その動きに対応できずに、ミサイルはシャフトに次々と当たり、爆発が起こった。地表がギシギシと嫌《いや》な音を立てて揺れる。

「ちょっ……冗談《じょうだん》じゃないよ！」

キラは怒《いか》りにかられた。〝シグー〟が戦艦の攻撃《こうげき》を回避《かいひ》しているすきに、〝モルゲンレーテ〟へ向かい、運び出される寸前で止められたトレーラーを見つける。

「武器——これか!?」

たずねようとしたが、女性兵士はコクピットの床《ゆか》にくずおれたまま、ぴくとも動かない。

この人の手当ても、早くしてあげないと……。キラはぎゅっと唇《くちびる》を噛《か》み、モニター上に呼び出した情報をもとに、〝ランチャーストライカー〟のパワーパックを取り出した。長大な砲身とバルカンがセットになったパックを、〝ストライク〟の背中に負うようにアジャストする。

左肩後方《ひだりかた》にセットされた長い砲身は三二〇ミリ超《ちょう》高インパルス砲〝アグニ〟、右肩上には一二〇ミリ対艦バルカン砲と三五〇ミリガンランチャーの二種がマウントされる。

〝シグー〟がこちらを見つけた。キラは手探《てさぐ》りするように照準スコープを引き出し、のぞいた。向かってくる〝シグー〟の機影《きえい》が捉《とら》えられ、ロックオンの表示が出る。

キラはトリガーを引いた。

〝ストライク〟が腰《こし》だめに構えた〝アグニ〟から、凄まじいまでのエネルギーが放たれた。一瞬《いっしゅん》視界が真っ白におおわれる。察知した〝シグー〟はあわてかわしたが、太い光条はその左腕《ひだりうで》をもぎ取り、威力《いりょく》を削《そ》がれることなく、そのまままっすぐコロニー内壁《ないへき》の対面へ向かった。

「——あああっ!?」

コロニーの地表が白熱し、外殻《がいかく》ごと外へ向かってまくれ上がる。ビームの消えたあとには、ぽっかりと巨大な穴が空いていた。

キラは自分のしてしまったことに青ざめ、シートの上で凍《こお》りついていた。

「こ……こんな……」

一体のモビルスーツに、これほどまでの火力を持たせるなんて……。

手にした武器のあまりの威力に戦意を失ったキラは、敵が損傷した機体を転針させ、できたばかりの穴からコロニーの外へ逃《のが》れていくのを見送るばかりだった。

アスラン・ザラは奪取《だっしゅ》した機体ですでに〝ヘリオポリス〟から脱出《だっしゅっ》し、〝ヴェサリウス〟に向かう途中《とちゅう》だった。

──キラ……。

さきほど爆炎《ばくえん》の照り返しの中で見た顔が、目の前にちらつく。大きく目を見開き、その口は確かに「アスラン？」と動いたように見えた。

まさか、こんなところでかつての親友と再会するなんて。

「いや……あいつがあんなところにいるはずが……」

否定しつつ、心の奥底では確信していた。自分がキラ・ヤマトを見間違えるなどありえない。

──そのとき、コロニーの隔壁内から一条の光が漏《も》れ、一瞬のちに大きく弾《はじ》けた。

「！」

空気が吸い出され、含《ふく》まれていた水蒸気が一瞬にして凍り、白い雲のようにたなびく。気流に巻き込まれた流出物が、太陽光を受けてちらちらと光った。

そこを突破《とっぱ》してきたモビルスーツの姿があった。隊長機だ。通信がこちらにも漏れ聞こえる。

〈……被弾《ひだん》した。帰投する！〉

クルーゼ隊長が被弾？　いったいあそこで、なにが起こっている？

自分の任務は奪取したこの機体を、無事に〝ヴェサリウス〟へ持ち帰ることだ。だがアスランはためらった。その脳裏《のうり》に幼いころのままの、キラ・ヤマトの面影《おもかげ》が浮かぶ。

「……ええい！」

彼は機体を引き返させた。確かめるために――。


「……しかしすげーなー、これ、キラが動かしてたわけ？」

「『ガンダム』？　なにそれ？」

「それよりこの人の手当て……あ、目を覚ましたみたいだ」

マリュー・ラミアスはゆるゆると現状を認識《にんしき》し、自分が公園のベンチらしいものに横たえられているのに気づき、身を起こした。さっきの黒髪《くろかみ》の少年が、気づかわしげに顔をのぞき込んでくる。かたわらには膝《ひざ》をついた姿勢のX一〇五〝ストライク〟と、そのコクピットにもぐり込み、騒《さわ》いでいる民間人の少年たちが見えて、彼女ははっとした。差し伸《の》べられた手に向かって、彼女は拳銃《けんじゅう》をつきつけた。

「機体から離《はな》れろ！」

身動きすると、負傷した肩にずきんと衝撃《しょうげき》が走った。彼女を見る少年たちの顔にきょとんとした表情が浮かぶ。かまわずマリューは、彼らの頭上に向けて一発撃《う》った。

「なっ……なにするんです！」

抗議《こうぎ》しようとした黒髪の少年の鼻先に銃口をつきつけ、コクピットから少年たちが降りてくると、マリューは口をひらいた。

「……これは軍の最重要機密よ。民間人がむやみに触《ふ》れていいものではない」

少年たちが一様に、不満げな顔つきをしているのを見て、彼女はため息をつきたくなった。

この子たちに含むところはない。意識を失って大切な機密から目を離してしまった自分に腹が立つが、少しは彼らも自分たちの立場を理解するべきだ。それに――。

彼女の目がさっきの黒髪の少年の上に止まった。〝ストライク〟のコクピットで見せた、彼のあの能力――あれは……。

彼女は内心の迷いを押し隠《かく》し、断固とした口調で言った。

「――私はマリュー・ラミアス。地球軍の将校です。申し訳ないけど、あなたたちをこのまま解散させるわけにはいきません。事情はどうあれ、軍の最高機密を見てしまったあなたたちは、しかるべき所と連絡《れんらく》が取れ、処置が決定するまで、私と行動をともにしていただきます」

案の定、少年たちはいっせいに不平の声をもらした。

「なんで！」

「冗談じゃねえよ、なんだよそれ！」

「ぼくらは〝ヘリオポリス〟の民間人ですよ？　中立です。軍なんて関係ないです！」

「黙《だま》りなさい！　なにも知らない子供が！」

マリューの一喝《いっかつ》に、みな気圧《けお》されて黙った。

「中立だ、関係ない、と言ってさえいれば今でもまだ無関係でいられる、まさか本当にそう思っているわけじゃないでしょう？　まわりを見なさい！」

少年たちはそっと、周囲に目をやった。人っ子一人残っていない街並、傷ついたシャフト、自動修復されつつはあるが、ぽっかりその向こうに宇宙空間を覗《のぞ》かせた外壁《がいへき》の穴――。

「――これが、今のあなた方の現実です。……戦争をしてるのよ。あなた方の世界の外はね」


「――ラミアス大尉《たいい》！」

少年たちに〝ストライク〟の部品を乗せたトレーラーを運転させ、マリューが〝アークエンジェル〟に到着《とうちゃく》すると、ナタル・バジルールが駆《か》け寄ってきた。

「ご無事でなによりでありました！」

「あなたたちこそよく〝アークエンジェル〟を。おかげで助かりました」

「あー……感動の再会を邪魔《じゃま》して悪いんだがー」

突然脇《とつぜんわき》から声をかけられて、マリューはそちらへ顔を向けた。パイロットスーツ姿の長身の男が、端整《たんせい》な顔に愛想よい——やや軽薄《けいはく》に見えるほどの——笑《え》みを浮《う》かべ、歩み寄ってくる。

「地球軍第七機動艦隊《きどうかんたい》所属、ムウ・ラ・フラガ大尉だ、よろしく」

「あ……地球軍第二宙域第五特務師団所属、マリュー・ラミアス大尉です」

それぞれ敬礼して名乗りあったあと、ムウが切り出す。

「乗艦許可をもらいたいんだが。俺の乗ってきた船は、ザフトに落とされちまってね。……この艦の責任者は？」

重い口調でそれに答えたのは、ナタルだった。

「艦長はじめ、主だった士官はみな戦死されました。——よってラミアス大尉がその任にあるかと思いますが」

「え……!?」

マリューは衝撃に凍《こお》りつく。艦長が——？

横からムウが、そっと尋《たず》ねた。

「……俺は、例のXナンバーのパイロットになるひよっこたちの護衛で来たんだがね。連中は……？」

ナタルが沈痛《ちんつう》な面持《おもも》ちで首を振《ふ》ると、軽薄そうだったムウの横顔が、一瞬《いっしゅん》重々しく引き締《し》められる。そのとき、艦内通信が入った。

〈ラミアス大尉、バジルール少尉！　至急ブリッジへっ！〉

「どうした!?」

〈またモビルスーツですっ！〉

死者を悼《いた》む余裕《よゆう》もなかった。身を固くしたマリューの背中を、ムウが叩《たた》く。

「指揮を執《と》れ！　君が艦長だ」

「わ――私が……!?」

「だろ？　先任大尉は俺だろうが、この艦《ふね》のことはわからん」

マリューとナタルは一瞬顔を見合わせた。

「――〝ストライク〟は……まだ外ですか!?」

「回収している余裕はないわ。自力で合流させましょう。〝アークエンジェル〟発進準備！

総員第一戦闘《せんとう》配備！」

艦内に警報が響《ひび》き渡《わた》った。それを聞きながら、ミリアリアがそっとつぶやいた。

「キラ……大丈夫《だいじょうぶ》かしら」

トールが強く、その肩《かた》を抱《だ》いた。

激しい爆音《ばくおん》がコロニーを揺《ゆ》さぶった。隔壁《かくへき》に新しい穴が空き、そこから〝ジン〟の編隊が侵入してくる。それぞれ大型のミサイルランチャーや特火重粒子砲《りゅうしほう》を装備した〝ジン〟をモニターで捉《とら》え、艦橋のCICに入ったムウが毒づいた。

「拠点攻撃《きょてんこうげき》用の重爆撃装備だと!? あんなもんをここで使う気か?」

編隊のあとから、一機、きらりと赤く光る機体が見えた。情報を分析《ぶんせき》していたトノムラが、息をのむ。

「い……一機はX三〇三――〝イージス〟です!」

奪取《だつしゅ》されたXナンバーの一機だ。艦橋に重苦しい空気が流れた。自分たちの造り上げたモビルスーツに攻撃されるとは……。

「もう実戦に投入してくるなんて……!」

マリューは苦々しくつぶやき、拳《こぶし》を握《にぎ》りしめた。するとムウがあっさり言い放つ。

「今は敵だ。あれに沈《しず》められたいか?」

「〝コリントス〟発射準備! レーザー誘導《ゆうどう》、厳に!」

CICのナタルの指令にかぶせ、マリューが命じた。

「フェイズシフトに実体弾《だん》は効かないわ。主砲レーダー連動、焦点拡散《しょうてん》! 戦闘ではコロニーを傷つけないよう、留意せよ。本艦は〝ヘリオポリス〟からの脱出《だつしゅつ》を最優先とする!」

〝ストライク〟のキラは、破壊《はかい》された〝モルゲンレーテ〟で〝ストライク〟のパーツを探すように、兵士ではなく士官だとわかったマリュー・ラミアスに命ぜられていた。〝ジン〟が突入《とつにゅう》した爆音に、彼はぎくっと空を振り仰《あお》いだ。そして、〝ジン〟の装備している大型ミサイルや長砲身のライフルに気づき、顔色を失う。あれをコロニーの中で使われたら……!

「〝ソードストライカー〟……剣《けん》なのか?」

彼は瓦礫《がれき》の中から運び出そうとしていたコンテナを見つめ、おもむろにそれをアジャストする。今度のストライカーパックは、モビルスーツの身の丈《たけ》を越《こ》える長剣を背負う形だ。十五・七八メートル対艦刀〝シュベルトゲベール〟——実刃、レーザー刃《は》を兼《か》ね備え、戦艦の装甲《そうこう》さえ切り裂《さ》く強度を持つ。近接戦用の装備である。

「……これならあんなこと、ないよな……」

コロニーの傷跡《きずあと》はまだ生々しい。キラは〝ストライク〟を駆り、高くジャンプさせた。その機体に向けて、〝ジン〟の大型ミサイルが発射される。ロックオンの警告がコクピットに響き、キラは思わず回避《かいひ》行動に入った。ミサイルは〝ストライク〟を追い、とっさに回り込んだアキシャルシャフトに命中する。センターシャフトと地上を繋《つな》ぐシャフトは、まるで紐《ひも》のように引きちぎれ、宙をのたうって落下した。下敷《したじ》きになったいくつもの建物が、粉々に打ち砕《くだ》かれる。

「ああっ……!」

キラは悲鳴のような声を上げた。次のミサイルが発射される。

——これ以上コロニーを傷つけるわけにはいかない。どうすればいい?

彼はギッと歯を食いしばり、迫《せま》ってくるミサイルを睨《にら》みつけた。〝ストライク〟は引きつけるように間を取り、そして、ミサイルに追いつかれた。爆炎《ばくえん》が上がり、その機体を覆《おお》う。

撃墜《げきつい》を確信した〝ジン〟の目の前に、次の瞬間《しゅんかん》、立ちこめた煙《けむり》の陰《かげ》から〝ストライク〟が躍《おど》り出た。キラは一発のミサイルを〝シュベルトゲベール〟で切り落とし、一発を肩で受けとめたのだ。

「うわあぁぁぁぁぁっ！」

声を上げながら、キラはソードを振り下ろし、その一撃は〝ジン〟の胴体《どうたい》を真っ二つに削《そ》いだ。機体が爆発する。

それを見ていた〝イージス〟が上空から舞《ま》い降りてくる。見覚えのある赤い機体を前にして、キラは目をみはった。

「あのモビルスーツ……！」

あのとき〝モルゲンレーテ〟から飛び立った機体だ。アスランと出会った直後に――。

いいや、あれはアスランじゃない。アスランが平然と人を殺したりするわけがない。

つよく首を振《ふ》って否定しようとしたキラだったが――

〈キラ……キラ・ヤマト！〉

無線から入ってきた声に、はっと目を上げる。

「アスラン？……アスラン・ザラ!?」

〈やはりキラ？　キラなのかっ？〉

二人の周囲では戦闘が続いていた。〝ジン〟のミサイルランチャーから放たれたミサイルが、容赦《ようしゃ》なく〝アークエンジェル〟を襲《おそ》う。縦横無尽《むじん》に飛び回り、なんの遠慮《えんりょ》もなく攻撃をしかけてくるザフトのモビルスーツに対し、コロニーの損傷を気にしつつ防戦する〝アークエンジェル〟は押されぎみだ。回避したミサイルは地表やシャフトに当たり、爆発が起こる。

飛び回る〝ジン〟の一機に、〝アークエンジェル〟の放ったミサイルが命中した。推進ガスに引火して〝ジン〟は爆発し、それによってまた一本のアキシャルシャフトが損傷し、誘爆を引き起こした。シャフトは炎《ほのお》の尾《お》を引きながら地表に倒《たお》れ、衝撃《しょうげき》でコロニー全体が軋《きし》み声を上げる。

僚機《りょうき》を失い、むきになったように執拗《しつよう》に攻撃してくる〝ジン〟に、〝アークエンジェル〟は応射したが、ミサイルはかわされ、次々と地表やシャフトに命中する。

モビルスーツごしにかつての親友と向き合ったキラは、しばし呆然《ぼうぜん》となっていた。だが驚《おどろ》きがさめ、懸念《けねん》が確信に変わると、どうしようもない怒《いか》りがこみあげてきた。

「なぜ……なぜきみがっ！」

キラは泣きそうになりながら叫《さけ》んだ。軍隊——人殺しの集団に属するなんて、アスランには似合わない。

「〝ヘリオポリス〟にっ……中立のコロニーに、なんでこんなひどいことをっ……！」

さいぜんから大きく軋み、過負荷に耐《た》えて身をよじるように揺《ゆ》れていたセンターシャフトが、

ついに崩壊《ほうかい》をはじめた。轟音《ごうおん》を立てながら、コロニーの背骨とも言うべきシャフトが分解をはじめると、ねじ切られるように、残っていたアキシャルシャフトが次々とはじけ飛び、地表を傷つけさらに崩壊を加速させる。フレームがねじれ、軋みながら歪《ゆが》む。シャフトを失った外壁《がいへき》は支えをなくし、回転によるそれ自体の遠心力に振られ、構造体にそって切り取られるように分解しはじめた。稲妻《いなずま》が走るように、コロニー全体にビシビシと亀裂《きれつ》が広がっていく。

〈おまえこそ……！　どうしてそんなものに乗っている!?〉

アスランの方も叫び返す。

〈コーディネイターのきみが……なぜ地球軍のモビルスーツなどにっ……！〉

空気の急激な流出による乱気流がコロニー全体を吹《ふ》き荒《あ》れ、すでに崩壊していた建造物の破片やエレカが、木《こ》っ端《ぱ》のように舞い上がる。あちこちで爆発の炎が散り、それさえも燃焼のための空気を失って、命の絶えるように消えていく。

シェルターが一斉《いっせい》に救命艇《きゅうめいてい》として射出された。それが、終止符《しゅうしふ》となった。

「〝ヘリオポリス〟が……！」

キラは悲鳴のような声で叫んだ。対峙《たいじ》している〝ストライク〟と〝イージス〟の足下《あしもと》にも、凄《すさ》まじい勢いで亀裂が広がっていた。その機体に流出物が打ち付けられ、激しい音を立てる。

見慣れた街並が崩壊していく。建物の屋根が吹き飛び、ガラスが砕け、道路が引き裂かれて、その後ろに真空の暗闇《くらやみ》がぽっかりと口を開ける。乱気流が機体を揺さぶり、まったくコントロールできない。

「うあぁぁぁっ――――!」

キラは悲鳴を上げた。バーニアを噴射《ふんしゃ》するが、気流に押され、虚空《こくう》へ引きずり込まれていく。

〈キラ!〉

アスランが叫び、〝イージス〟を寄せようとしている。だがやはり乱気流に押し流され、二機の距離《きょり》は離《はな》れるばかりだ。〝ストライク〟は散っていく隔壁《かくへき》とともに、果てしない宇宙に押し出されていった。

PHASE 02

〈X一〇五〝ストライク〟、応答せよ――〉

通信機はさっきから、同じ呼びかけを続けている。コクピットの中ではキラのせわしない呼吸音だけが聞こえていた。

――〝ヘリオポリス〟が……。

ついさっきまでキラが踏《ふ》みしめていた大地は、バラバラに四散し、宇宙空間を漂《ただよ》っていた。瓦礫《がれき》や金属片に混じって、見覚えのある看板や建物の一部が目の前をよぎる。

――どうして……？

明日も明後日《あさって》も変わらないと信じていた日常。それは、これほどまでに脆《もろ》いものだったのだ。

〈……X一〇五〝ストライク〟！　聞こえているか？　応答せよ！〉

通信機の声には焦《あせ》りが混じっていた。ふいに、

〈……キラ・ヤマト！〉

自分の名を呼ばれ、キラははっと自失からさめた。あの女性士官――マリューの声だった。

〈聞こえていたら……無事なら応答しなさい。キラ・ヤマト！〉

「あ……はい、こちら……キラです」

キラは通信機のスイッチを入れ、答えた。マリューの声に安堵《あんど》がにじむ。

〈無事なのね？〉

「はい」

〈こちらの位置はわかる？　帰投できるかしら〉

「はい……」

キラはきゅっと口元をひきしめ、あらためてレバーを握《にぎ》りなおした。両親の安否が気になったが、無事に避難《ひなん》しただろうと思うしかない。そのとき、電子音がコクピットに響《ひび》き、モニターになにかが表示された。

「――救難信号……？」

そこには、ランプを点滅《てんめつ》させている、円筒《えんとう》形の細長い漂流物《ひょうりゅうぶつ》が映っていた。

「推進部が壊《こわ》れて漂流してたんです」

〝アークエンジェル〟に無事たどりついたキラだが、右舷《うげん》に開かれたハッチのところでもめていた。〝ストライク〟は、その両手に一隻《せき》の救難ボートを抱《かか》えていたのである。

「このまま放《ほう》り出せとでも言うんですか？　避難した〝ヘリオポリス〟の市民が乗ってるんで

すよ！」

キラが喧嘩腰《けんかごし》に言うと、モニターの中でマリューがため息をついた。

〈……いいわ、許可します〉

すると、もう一人の女性士官がきっとなった。

〈本艦《ほんかん》はまだ戦闘《せんとう》中です！　避難民の受け入れなど……〉

〈壊れていてはしかたないでしょう。今はそんなことで揉《も》めて時間を取りたくないの〉

〝ストライク〟と救命ボートが着艦したのは、カタパルトレールが細長く延びた発着デッキだった。〝ストライク〟が奥の格納庫に入ると、エアロックの巨大《きょだい》な扉《とびら》が閉まる。モビルスーツ用のメンテナンスベッドが奥に据《す》えられ、横には被弾《ひだん》したモビルアーマーが収容されていた。

〝ストライク〟のハッチが開き、キラが顔を出すと、クルーの間にざわめきが走った。

「おいおい、なんだってんだぁ？　子供じゃねえか。あの坊主《ぼうず》がアレに乗ってたてえのか!?」

整備士のマードックが、あからさまにみなの意見を代弁した。首にタオルを巻き、ぼさぼさ頭に不精髭《ぶしょうひげ》の、お世辞にもさわやかとは言えない風貌《ふうぼう》の男だ。

〝ストライク〟の着艦を聞いて駆《か》けつけた友人たちが、コクピットから降り立ったキラに飛びついた。

「よかったあ、キラ！」

「無事だったんだな！」

トールに抱《だ》きつかれ、サイに頭をぐしゃぐしゃかき回され、キラは目を白黒させつつも、ほっとした様子で笑った。すると格納庫の別の方から、声が上がった。

「——サイ！」

赤い髪《かみ》がたなびいた。救難ボートから出てきた避難民の中から、一人飛び出した少女はフレイ・アルスターだった。彼女はまっしぐらにサイの胸に飛び込む。

「ねえっ、いったい何があったの？〝ヘリオポリス〟は？私ジェシカたちとはぐれちゃって……とっても心細かったのよ！」

抱きつかれたサイは驚《おどろ》き、しかしすぐ嬉《うれ》しそうにフレイの肩《かた》に腕《うで》を回した。目を丸くしていたキラは、二人の親密そうな様子に少し顔を曇《くも》らせる。だが、とにかく全員が無事だったのだ。再会を喜び、興奮して話し合っている子供たちは、周囲の状況《じょうきょう》など見ていなかった。そんな彼らに、ムウ・ラ・フラガが歩み寄った。

「へえ、こいつは驚いた」

彼は愛想よさそうな顔で、キラの前に進み出た。

「な、なんですか？」

突然《とつぜん》、目の前に立ちはだかった背の高い軍人の姿に、キラは思わず身を引いた。ムウは微笑《ほほえ》んで、さらっと言った。

「きみ、コーディネイターだろ？」

ムウの言葉に、その場の空気が凍《こお》りついた。

艦橋から降りてきていたマリューが、渋《しぶ》い顔でこっそりムウを睨《にら》んだ。キラはためらったが、ふいにきっとムウを見つめ返す。

「……はい」

とたんに、マリューとナタルの背後に控《ひか》えていた兵士たちが、銃《じゅう》を構えた。銃口はキラを狙《ねら》っている。

これは、この戦争の縮図だ。ナチュラル対コーディネイター。

コーディネイター——それは、遺伝子を人為《じんい》的に操作して生まれた者たちをさす。ヒトの持つ潜在《せんざい》的な能力を最大限に引き出した、人の手で創《つく》り出された超人《ちょうじん》。彼らは知力、体力ともにすぐれ、あらゆる病気にかかることのない体を持つ。以前から深刻化していた遺伝病への対策としても有効とされ、C.E.20年代から世界的な遺伝子調整ブームが起こった。

だがコーディネイターとナチュラル——遺伝子改変を受けずに生まれた者たち——との能力差があからさまになると、それを排斥《はいせき》する勢力も生まれた。流血の歴史を繰《く》り返し、ナチュラルとくらべて宇宙での生活に適していたコーディネイターたちは地球外へ移り住むようになる。彼らが住処《すみか》と定めたのが、L5に建造された宇宙コロニー群——〝プラント〟であった。

そして今、〝プラント〟の擁《よう》する軍隊ザフトと地球——コーディネイターとナチュラルが戦っているのだ。「コーディネイター」と聞いて兵士たちが反射的に銃を向けるのも、無理のない状況だった。

「……なんなんだよ！　それ！」

　トールが叫《さけ》び、かばうようにキラの前に出た。

「コーディネイターでもキラは敵じゃない！　ザフトと戦って俺たちを守ってくれただろ⁉

あんたら見てなかったのか⁉」

　彼はキラに向けられた銃口を睨みつけ、一戦をも辞さないという様子で必死に訴《うった》えた。

「銃を下ろしなさい」

　マリューが命じた。

「そう驚くことではないでしょう。〝ヘリオポリス〟は中立国のコロニーだった。戦火に巻き込まれるのが嫌《いや》でここに移ったコーディネイターがいたとしても、不思議じゃない」

「ええ……ぼくは〝一世代目〟ですし……」

　キラがぼそっと言った。

　〝一世代目〟とは、はじめて改変を受けた遺伝子を持つもののことだ。つまり、ナチュラルの両親が、自分たちの受精卵に遺伝子改変を受けさせ、生み出した子供ということになる。両親がナチュラルならば、なおさら中立のコロニーに住むのは抵抗《ていこう》がなかっただろう。

「いや、悪かったな。とんだ騒《さわ》ぎにしちまって」

　と、その騒ぎを引き起こした張本人が、悪びれない調子で言った。

「俺はただ聞きたかっただけなんだ。——ここに来るまでの道中、〝ストライク〟のパイロットになるはずだった連中のシミュレーションをけっこう見てきたからさ。やつらノロクサ動かすにも四苦八苦してたんだぜ」

ムウはちょっと肩をすくめると、きびすを返した。

「——それをいきなり、あんな簡単に動かしてくれちまうんだからさ」

「ザフト艦《かん》の動き、つかめるか？」

マリューの問いかけに、レーダーパネルを見るパル伍長《ごちょう》の答えは冴《さ》えなかった。

「無理です。〝ヘリオポリス〟の残骸《ざんがい》の中には、いまだ熱をもつ物も多く、これではレーダーも熱探知も……」

「むこうも同じだと思うがね」

ムウが、少しは気休めになることを言った。マリューは考え込む。

「……いま攻撃《こうげき》を受けたら、こちらに勝ち目はありません」

「だな。こっちには虎《とら》の子の〝ストライク〟と、俺のボロボロの〝ゼロ〟のみ。戦闘《せんとう》はな……。じゃ、最大戦速で振《ふ》り切るかい？　かなりの高速艦なんだろ、こいつは？」

「むこうにも高速艦のナスカ級がいます。振り切れるかどうか……」

「なら、素直《すなお》に投降するか？」

その言葉に、マリューがぎょっと目を見開く。だがムウは飄々《ひょうひょう》と肩をすくめてみせた。

「それもひとつの手ではあるぜ」

マリューは、にやにや笑いながらとんでもないことを言い出す年上の男の顔を睨みつけた。試《ため》されているような気がする。

突然《とつぜん》『艦長』と呼ばれ、この席につかされることになって、実戦経験のほとんどない彼女はまだ困惑《こんわく》していた。もっともクルーのほとんども彼女と同様だ。だからこそ今後の行く先が暗く感じられるのだが。このムウ・ラ・フラガという男はもちろんだが、ナタル・バジルールについても、互《たが》いを知ってはいるがこれまで同じ部署で働いたこともない、未知の要素が多い人物だ。彼らを自分が束《たば》ねて行くことなどできるのだろうか。ことに——このいかにも曲者《くせもの》そうな男を？

「投降するつもりはありません」

彼女はしいて、きっぱりと言った。

「この艦と〝ストライク〟は、絶対にザフトには渡《わた》せません。我々はなんとしても、これを無事に大西洋連邦《れんぽう》指令部へ持ち帰らねばならないんです」

「だが月本部とすら連絡《れんらく》の取れないこの状況《じょうきょう》でどうする？　意気込みは買うが、それだけじゃな……」

今度は揶揄《やゆ》するだけでなく、ムウも難しい顔で考え込んだ。そこへ、ナタルが口を挟《はさ》んだ。

「艦長、私は〝アルテミス〟への寄港を具申いたします」

その提案に、二人の大尉《たいい》が、はっと顔を上げた。

「あそこは現在の本艦の位置から、もっとも取りやすいコース上にある友軍です」

「〝傘《かさ》のアルテミス〟か……」

ムウがつぶやいた。〝アルテミス〟とは、現在地からほど近い宙域にあるユーラシアの軍事衛星だ。〝アークエンジェル〟の所属する北大西洋連邦とは軍事同盟下にある。だが――。

「でも〝G〟もこの艦も、公式発表どころか友軍の認識《にんしき》コードすら持っていない状態よ……」

「ですがこのまま月に針路を取ったとしても、途中《とちゅう》戦闘もなくすんなり行けるとは、まさかお思いではないでしょう？　物資の搬入《はんにゅう》もままならぬまま発進した我々には、早急に補給も必要です」

ナタルの言うとおりだ。このままめざすには、地球を挟んで衛星軌道《きどう》の対極にある月はあまりに遠い。戦闘がなかったとしても、途中で物資が足りなくなることは目に見えている。

ナタルは言葉をついだ。

「――事態はユーラシアにも理解してもらえるものと思います。現状はなるべく戦闘を避《さ》け、〝アルテミス〟にて補給を受け、そのうえで月本部との連絡をはかるのが、もっとも現実的な策かと思いますが」

「〝アルテミス〟ねえ……」

ムウが懐疑《かいぎ》的につぶやく。

「そうこちらの思惑《おもわく》どおりに行くかな……」

「でも……今はたしかに、それしか手はなさそうね」

マリューがためらいつつも、決断を下した。

それを受けて〝アークエンジェル〟の艦橋《ブリッジ》が、にわかにあわただしくなる。

「デコイ用意！　発射と同時に〝アルテミス〟への航路修正のため、メインエンジン噴射《ふんしゃ》を行なう。のちは慣性航行に移行。第二戦闘配備！　艦の制御《せいぎょ》は最少時間内にとどめよ！」

マリューが指令を出す。囮《デコイ》を打ち出し、それが発信するニセの情報で敵の注意を引きつけて、その隙《すき》に最小限の操艦を行なう。あとは〝アルテミス〟まで、最初の一噴射で得られた推進力で、慣性航行する。エンジンを動かせば、その熱量を敵に探知されてしまうからだ。

「〝アルテミス〟までのサイレントランニング……およそ二時間ってとこか」

ムウがつぶやく。クルーたちは緊張《きんちょう》した面持《おもも》ちだ。

「……あとは運だな」

マリューが号令した。

「――デコイ発射！　メインエンジン噴射！　艦、〝アルテミス〟への針路へ航路修正！」

「このような事態になろうとは……」

〝ヴェサリウス〟の艦橋では、いまだに動揺《どうよう》のさめない様子で〝ヘリオポリス〟のあった宙域を見つめるアデスがいた。今まで自分たちのなしたことに恐怖《きょうふ》するばかりだったが、少し冷静になると新たな懸念《けねん》が頭をもたげる。彼はラウを振《ふ》り返って見た。

「いかがされます？　中立国のコロニーを破壊《はかい》したとなれば、評議会も……」

「地球軍の新型兵器を製造していたコロニーの、どこが中立だ」

ラウの顔には一片《いっぺん》の迷いも、後悔《こうかい》も見出《みいだ》せなかった。

「住民のほとんどは脱出《だっしゅつ》している。さして問題はないさ。――〝血のバレンタイン〟の惨劇《さんげき》に比べれば」

アデスは言葉をのみ、またスクリーンを見やった。

たしかに……あの惨劇と比べれば……。

だが、〝血のバレンタイン〟と比されるようなことを、自分たちはやってしまったのだ……。

そう考えると、これほどのことをしでかしてもなお冷静なラウが、恐《おそ》ろしく思えてくる。

「アデス、敵の新造戦艦の位置、つかめるかな？」

ラウの言葉に、アデスは驚《おどろ》いた。

「まだ追うおつもりですか？　しかし先の戦闘《せんとう》で、こちらにはすでにモビルスーツが――」

「あるじゃないか。四機も」

それがなにを指すかに気づいて、アデスの困惑がさらに深まる。

「地球軍から奪《うば》ったモビルスーツを投入されると？」

「データの吸い出しさえ終われば、かまわんさ。——あの艦はどうあっても逃《のが》すわけにはいかんよ」

啞然《あぜん》とする彼をよそに、ラウは戦略パネルを見つめて言った。そこに展開した宙域図をじっと見つめ、ややあってつぶやきを漏《も》らす。

「網《あみ》を張るかな……」

「網、で、ありますか？」

「〝ヴェサリウス〟は先行し、ここで敵艦を待つ。〝ガモフ〟にはこのコースを取らせ、索敵《さくてき》を密にしながらついて来させろ」

ラウの指が示す所を見て、アデスが眉《まゆ》を寄せた。

「〝アルテミス〟へでありますか？　しかしそれのみに絞《しぼ》ったのでは、月方面へ離脱《りだつ》された場合……」

彼の反論は、通信兵の声にさえぎられた。

「大型の熱量感知！　戦艦のものと思われます！　諸元解析《かいせき》予測コース、地球スイングバイにて、月面、地球軍大西洋連邦《れんぽう》本部！」

アデスが見ると、ラウは首を振った。

「それは囮だな。今ので私はいっそう確信した」

ラウは言い切った。

「やつらは〝アルテミス〟へ向かう。〝ヴェサリウス〟発進だ。〝ガモフ〟を呼び出せ」

「——おいおい、無茶言うなよ！」

ムウが大きく手を振った。彼ら士官はまた、会談中だった。マリューが言う。

「ですが、〝ストライク〟の力が必要になるかもしれません。フラガ大尉《たいい》に乗っていただければ……」

「冗談《じょうだん》。あの坊主《ぼうず》が書き換《か》えたっていうOSのデータ、見てないのか？　あんなもんが俺に……ってか、普通《ふつう》の人間に扱《あつか》えるかよ！」

マリューは愕然《がくぜん》として黙《だま》った。彼女自身、キラのOSカスタマイズの過程と操縦技術、そして自分が動かしていた同じ機体と思えないほどの運動性を見せた〝ストライク〟を、その目で見ている。

ナタルがすばやく口を挟《はさ》んだ。

「なら、元《もと》に戻させて……とにかく民間人の、しかもコーディネイターの子供に、大事な機体をこれ以上まかせるわけには……！」

その顔には明らかに嫌悪《けんお》が漂《ただよ》っている。根っからの軍人気質の彼女にとって、コーディネイターというだけで『憎《にく》むべきもの』——すなわち敵となるのだろう。

彼女のような考えを持つナチュラルは多い。マリュー自身は、コーディネイターといえど一人の人間にすぎないと思うのだが、その能力の高さを恐れ、憎む心理は充分《じゅうぶん》に理解できる。それに、なんといっても今彼らが戦っている相手は全員がコーディネイターなのだから。

ムウはため息をついた。

「そんで？　俺にノロクサ出てって的《マト》になれってての？」

「それは……！」

困って顔を見合わせるナタルとマリューの前に、ムウは身を乗り出した。

「あのな。もし戦闘になったら、あの坊主がめいっぱいにまで上げた機体の性能、そしてそれを使いこなせるパイロット——その両方がなきゃ、やつらにはとても対抗《たいこう》できないぜ」

それは必然的に、ひとつの結論を指し示していた。

〝アークエンジェル〟内に設けられた居住区の一室で、少年たちは不安げに肩《かた》を寄せ合っていた。軍艦であるにもかかわらず、この艦の居住区部分は重力ブロックとなっている。

「俺たち……どうなるのかな……」

抑《おさ》えようのない不安が、カズイの口からこぼれた。〝ヘリオポリス〟が崩壊《ほうかい》するところを、彼らも船内のスクリーンで目撃《もくげき》していた。これまでその存在を意識したことさえない確固たる現実が、目の前であまりにも脆《もろ》く崩《くず》れ去るさまを。

住み慣れたコロニーを失い、親や家族とは引き離《はな》され、その安否も知れない。こうして地球連合軍の軍艦《ぐんかん》に乗っている以上、いつまた戦闘《せんとう》が始まるかもしれないのだ。

「ねえ……あの子、コーディネイターだったの……？」

フレイがサイにたずねた。彼女は寝棚《ねだな》で眠《ねむ》り込んでいるキラを、畏敬《いけい》——というより、薄気味《うすきみ》悪がっているような目で見やった。カズイがぼそっと言う。

「……この状況《じょうきょう》で寝られちゃうってのも、すごいよな」

「疲《つか》れてるのよ。キラ、ほんとに大変だったんだから」

ミリアリアが言うと、カズイはふっと笑う。だがそれは気持ちのいい笑いではなかった。

「『大変だった』か……キラにはあんなことも、『大変だった』ですんじゃうもんなんだな」

「なにが言いたいんだ、カズイ」

と、とがめるような視線を向けてトールが言った。

「べつに……。ただ   さ、キラ、ＯＳ書き換《か》えたって言ってたじゃん、アレの。……それって、いつだと思う？」

「いつ……って……」

みんな、その言葉ではじめて思い当たる。

キラだってあんなモビルスーツのことは知らなかった。ＯＳを書き換えたとしたら、あれに乗り込み、戦闘がはじまってすぐということになる。だが——。

戦闘の様子は、フレイをのぞく全員が見ていた。途中《とちゅう》で〝ストライク〟の動きが、見違《みちが》えるようによくなったのも。

——あの、わずかな間に……？　しかも〝ジン〟と戦いながら？

みんな、キラがコーディネイターだということは知っていた。だからこそその能力を買われて、カトウ教授にいろいろ雑用を押しつけられていたことも。でも……

ここまで圧倒《あっとう》的な能力だとは、思いもしなかった。

「……コーディネイターってのはそんなことも、『大変だった』でできんだぜ。ザフトってのはみーんな、そんなやつばかりなんだ」

どこか暗い声で、カズイは言った。

「……そんなんと戦って勝てんのかよ？　地球軍は」

彼らはおそるおそる、キラの寝顔に目をやった。自分たちと変わりない、十六歳の少年らしいあどけない寝顔だ。これまでみんな、彼のことをちょっと頭のいい、でも抜《ぬ》けたところもあるお人好《ひとよ》しとしか見ていなかった。彼と自分たちナチュラルの間に、こうも決定的な断絶が存在するとは思いもしなかったのだ。

部屋に沈黙《ちんもく》が落ちた。そこへ——。

「キラ・ヤマト！」

戸口にマリューとムウの姿があった。あわててトールがキラをつついて起こす。

まだ寝ぼけ眼《まなこ》だったキラは、マリューが硬《かた》い口調で切り出した話を聞き、一気に目覚めた。

「――お断りします！」

彼は怒《いか》りをこめて叫《さけ》んだ。

「なぜぼくがまたあれに乗らなきゃいけないんです！　あなたが言ったことは正しいかもしれない。ぼくらの周りでは戦争をしていて、それが現実だって。でも、ぼくらは戦いが嫌《いや》で、中立の〝ヘリオポリス〟を選んだんだ！　もうぼくらを巻き込まないでください！」

マリューは辛《つら》そうな顔で黙《だま》り込んだ。その脇《わき》からムウが言う。

「だがアレにはきみしか乗れないんだから、しょうがないだろ？」

「しょうがないって！　ぼくは軍人でもなんでもないんですよ!?」

「いずれまた戦闘が始まったとき、今度は乗らずに、そう言いながら死んでくか？」

ムウがあっさりと言い、キラは言葉を失った。

「今この艦《ふね》を守れるのは、俺とおまえだけなんだぜ」

「でも……ぼくは……」

声を震《ふる》わせるキラを見下ろし、ムウはふっとやさしいとも言える表情になる。

「きみはできるだけの力を持ってるだろ？　なら、できることをやれよ」

キラははっと彼の顔を見た。だが、すぐ苦しげにうつむくと、彼をつきのけるようにして部屋を飛び出していった。

「アスラン・ザラです！　通告を受け、出頭いたしました！」

隊長室に呼び出され、しゃっちょこばって敬礼するアスランを前に、ラウはゆったりと指を組み合わせた。このように、部下とのミーティングなどに利用されることを考慮《こうりょ》に入れても、部屋の主の匂《にお》いが感じられない、あくまでも機能的で殺風景な部屋だ。

「君と話すのが遅《おく》れてしまったな。呼ばれた理由はわかっているだろう？」

「はっ……命令に違反《いはん》し、勝手なことをして申し訳ありませんでした！」

「懲罰《ちょうばつ》を課すつもりはないが、話は聞いておきたい。あまりに君らしからぬ行動だからね」

アスランは顔をこわばらせてうつむいた。ラウは立ち上がり、その肩《かた》に軽く手を置く。

「――部下からの正確な報告がなければ、どんな将とて策を誤るものなのだよ。アスラン」

「申し訳ありません……。思いがけないことに動揺《どうよう》してしまい……」

アスランは苦しげにため息をつき、震えそうになる声をはげまして言った。

「あの奪取し損ねた最後の機体……あれに乗っているのは、キラ・ヤマト――月の幼年学校で私の友人であった……コーディネイターです。まさかあのような場で再会するとは思わず……どうしてもそれを確かめたくて……」

ラウは黙ってアスランの告白を聞いていたが、ややあってため息をついてみせた。

「なるほど……。戦争とは皮肉なものだな……」

彼は机を回り込み、ふたたびシートについた。

「動揺もいたしかたない。仲の良い友人だったのだろう?」

「はい……」

「わかった。そういうことなら次の出撃《しゅつげき》には、君を外そう」

アスランは、はっとして顔を上げた。

「そんな相手に銃《じゅう》は向けられまい。……私も君に、そんなことはさせたくない」

「いえ隊長! それは……」

彼は激しく首を振《ふ》り、机の上に身を乗り出した。

「キラは……あいつは、ナチュラルにいいように使われてるんです! あいつ……優秀《ゆうしゅう》だけど、ぼうっとしてておお人好しだから、気づかずに……。だから、私は……説得したいんです! 彼だってコーディネイターです。こちらの言うことがわからないはずありません!」

「君の気持ちはわかる。……だが、聞き入れないときは?」

アスランは息をのんだ。

「そのときは……」

彼は顔を曇《くも》らせて言いよどんだ。だが、すぐラウを見つめ、きっぱりと言った。

「……私が、撃《う》ちます」

〝アークエンジェル〟の艦橋《ブリッジ》に、警報が鳴り響《ひび》いた。

「大型の熱量感知！　戦艦のエンジンと思われます。距離《きより》二〇〇、イエロー三三一七マーク〇二チャーリー、進路ゼロシフトゼロ！」

「横か！　同方向へ向かってる!?」

気づかれたのか?と、みな一瞬《いつしゆん》ぞっとする。

「だがそれにしては、だいぶ遠い……」

ナタルがつぶやく。敵艦は〝アークエンジェル〟の左舷《さげん》方向を、並《へい》行して航行していた。

「目標はかなりの高速で移動。横軸《よこじく》で本艦を追い抜《ぬ》きます！――艦特定！　ナスカ級です！」

ムウが唸《うな》る。

「……読まれてるぞ。先回りしてこちらの頭を抑《おさ》えるつもりだ！」

「ローラシア級は!?」

ナタルがあせって尋《たず》ねた。パルがあわてて計器を操作し、はっと息をのむ。

「……本艦の後方三〇〇に進行する熱源……！　いつのまに……」

二艦に挟《はさ》まれた――。恐怖《きようふ》に満ちた沈黙《ちんもく》が、しばしブリッジの空気を支配する。その沈黙を破るようにムウが口をひらいた。

「やられたな。このままではいずれローラシア級に追いつかれて見つかる……。だが逃《に》げようとしてエンジンを使えば、あっという間にナスカ級が転針してくるってわけだ」

マリューもナタルも、呆然《ぼうぜん》と黙《だま》り込むしかなかった。わずかに見えた希望が、今や完全に打《う》ち砕《くだ》かれたのだ。

「おい！　二艦のデータと宙域図、こっちに出してくれ」

ムウの声に、二人の女性士官は我に返る。

「な、なにか策があると？」

マリューの艦長らしからぬ狼狽《ろうばい》に、ムウはため息をついた。

「――それをこれから考えるんだよ」

〈敵艦影《てきかんえい》発見！　敵艦影発見！　第一戦闘《せんとう》配備！　軍籍《ぐんせき》にある者はただちに持ち場につけ！〉

切迫《せっぱく》した艦内アナウンスに、トールたちは、はっと頭を上げる。収容された避難民《ひなんみん》たちの間にざわめきが走った。

「……戦闘になるのか？　この艦……」

やっと休息がとれるはずだった兵士たちが、与《あた》えられた部屋から、制服に袖《そで》を通しながら飛び出してくる。

〈――キラ・ヤマトは艦橋へ。キラ・ヤマトは艦橋へ……〉

それを聞いて、ミリアリアがそっとトールに話しかける。

「キラ……どうするのかな」

サイがぽつっとつぶやく。

「あいつが戦ってくれないと、かなり困ったことになるんだろうな……」

トールはさっきから、口をひん曲げてむっつりと考え込んでいた。ミリアリアがその腕《うで》を揺《ゆ》する。

「ねえ、トール、私たちだけこんなところで、いっつもキラに守ってもらうだけなんて……」

ミリアリアに言われるまでもなく、トールも同じことを考えていたのだ。

「——『できることをやれ』、か」

あのフラガ大尉《たいい》とかいう青年士官がキラに言った言葉が、トールの頭にずっとひっかかっていた。

たしかにキラはコーディネイターで、自分たちよりすぐれた能力を持ち、彼にしかできないことがある。だからって何もかも彼に負わせていていいんだろうか。自分の力はちっぽけなものかもしれない。でも、トールにしかできないことも、きっとある。

彼は決然と立ち上がり、仲間たちの顔を見回した。みな、わかったというようにうなずく。

彼らは艦橋へ向かった。


アナウンスを聞いたキラは、まだ迷っていた。

だが、迷う余地などないのだ。自分が戦わなければ、多分この艦は沈《しず》む。仲間たちも、ほかの避難民やクルーも死ぬ。もちろん、自分も。戦ったからといって勝てるとは限らないが、もし戦わなければその可能性は限りなくゼロに近づく。

なぜ、自分なんだろう。戦いたくなんかない。彼が撃破《げきは》したモビルスーツ、あれにも人が乗っていたのだ。

死にたくない。でも、殺したくもない。どうして自分だけが手を汚《よご》さなければならないのか。それに——。

「アスラン……」

その名をつぶやくと、呼吸が苦しくなるような気がした。

次は、彼と戦わなければいけないかもしれない……。

彼はのろのろと艦橋へ向かっていた。一歩一歩進むごとに、首にかかった縄《なわ》が絞《し》まるように苦しさが増して行く。

角を曲がったところで、彼は立ち止まった。向こうからやってくるのはカトウゼミの仲間たちだ。だが——？

「トール……みんな……どうしたの、その格好？」

少年たちはみな、地球連合軍の制服に身を包んでいた。

「ブリッジに入るなら軍服着ろってさ」

カズイがしゃらっと言う。サイが几帳面《きちょうめん》に襟《えり》を直しながら、なおもわけがわからない顔のキラに説明した。

「ぼくらも艦《かん》の仕事、手伝おうかと思ってさ。人手不足だろ？　普通《ふつう》の人よりは機械やコンピュータの扱《あつか》いには慣れてるし」

「軍服はザフトの方がカッコイイよな。階級章もねえから、なんかマヌケ」

トールがおどけながらまぜっかえすと、つきそっていたチャンドラ伍長《ごちょう》が「生意気言うな！」と叱《しか》りつけた。キラはまだ呆然としている。その彼に向かってトールは、にやっとした。

「おまえにばっか戦わせて、守ってもらってばっかじゃな……俺たちもやるよ」

ミリアリアも言う。

「こういう状況《じょうきょう》なんだもの。私たちだって、できることとして……」

キラは言葉につまった。仲間たちの気持ちが、胸に熱かった。

「……みんな……」

――ぼくは、ひとりじゃない。

格納庫に、キラがパイロットスーツを着て現われると、ムウがからかうような口調で言った。

「やっとやる気になったってことか？　そのカッコは」

キラはばつが悪そうに、口をとがらせて答える。

「大尉が言ったんでしょ。今この艦《ふね》を守れるのはぼくたちだけだって。……戦いたいわけじゃないけど、この艦は守りたい。みんな乗ってるんですから」

「俺たちだってそうさ」ムウは応じた。「意味もなく戦いたがるやつなんざそういない。戦わなきゃ守れねえから、戦うんだ」

キラはあらためてこの男を見なおした。そうか、と思う。軍人なんて自分とは遠いものと思っていたが、根本にある気持ちは同じなのだ。

なんとなく照れくさくなって、キラは話をそらすように言った。

「……ちょっと大きいです、これ」

パイロットスーツの襟を引っ張る。ムウは目を細めた。

「おまえの方が規格外なんだよ、やせっぽち」

あわただしくブリーフィングを終え、キラは〝ストライク〟に、ムウは〝ゼロ〟に向かった。

〝ゼロ〟の二重ハッチが閉じるのを見たあと、キラもコクピットに乗り込んだ。OSを立ち上げ、シートベルトを締《し》める。

〈ローラシア級、後方九〇に接近！〉

〈艦長、そろそろタイムアウトだ。出るぞ〉

〈はい。お願いします〉

艦橋のやりとり、ムウとマリューの会話が通信回線から流れてくる。

〈坊主《ぼうず》にも作戦は説明した〉

作戦――それは、ムウの発案だった。いずれ追いつかれ、見つかる〝アークエンジェル〟に、敵の攻撃《こうげき》が集中している間に、ムウが〝ゼロ〟でひそかに先行し、前方のナスカ級を叩《たた》く、というものだ。

〈――この作戦はタイミングが命だからな。あとはよろしく頼《たの》む！〉

〈わかりました。……お気をつけて〉

艦橋との通信を終えると、ムウはキラにも声をかけた。

〈じゃあな、坊主。とにかく艦と自分を守ることだけを考えろ〉

「は、はい！――大尉もお気をつけて！」

モニターの中で、ムウはにやっと不敵に笑ったあと、通信を切った。

〈ムウ・ラ・フラガ、出る！――戻《もど》ってくるまでに沈むなよ！〉

〝ゼロ〟が、フワ、と落ちるように艦から離《はな》れた。それを見送りながら、キラはコクピットの中でひとりごちた。

「……うまく行くかな」

ムウが充分敵に接近するまで、時間をかせがなければならず、その間はキラが〝アークエンジェル〟を守らねばならない。できるだろうか。

キラはプレッシャーを感じずにはいられなかった。そのとき、通信機から聞き慣れた声が飛び込んできた。

〈――キラ〉

「ミリアリア!?」

インカムをつけたミリアリアが、モニターの中で真面目《まじめ》くさった顔をしていた。

〈以後、私がモビルスーツおよびモビルアーマーの戦闘《せんとう》管制となります。……よろしくお願いします』、だよ!」と叱り飛ばされている。キラは思わず笑った。少し、緊張《きんちょう》がほぐれたような気がする。

最後に照れ隠《かく》しのように笑いながらウィンクして、後ろからトノムラに「『よろしくネ〉

〈装備は〝エールストライカー〟を。〝アークエンジェル〟が吹《ふ》かしたら、あっという間に敵が来るぞ、いいな!?〉

トノムラが念を押す。

「はいっ!」

ガントリークレーンに吊《つ》り下げられたユニットが、機体背面に装着される。翼《つばさ》が生えたようなそのユニットは、四基のバーニアスラスターにより、宇宙空間、あるいは大気圏内《けんない》においても〝ストライク〟の機動性を飛躍《ひやく》的に高める追加装備〝エールストライカー〟だ。武器は両肩《かた》に収納されたビームサーベルと、五七ミリビームライフルとなる。

装着と同時に翼が十字状に展開するのを確認《かくにん》し、キラは〝ストライク〟を歩かせ、カタパルトを装着した。

〈エンジン始動！　同時に主砲《しゅほう》発射！　目標、前方ナスカ級！〉

マリューの声と同時に、エンジンが低い唸《うな》りを上げた。両舷《げん》から、二二五センチ二連装高エネルギー収束火線砲、〝ゴットフリートＭＫ71〟がせり上がる。

〈主砲、撃《う》て！〉

砲口から、まばゆい光がほとばしった。

まもなく、チャンドラの叫《さけ》びが通信機から伝わった。

〈――前方ナスカ級よりモビルスーツ発進を確認！――〝イージス〟です！〉

その声にキラは硬直《こうちょく》する。――アスラン！

ミリアリアが、どこか気遣《きづか》わしげな表情で、インカムに向けて叫んだ。

〈キラ！　〝ストライク〟発進です！〉

「……了解《りょうかい》」

ハッチがゆっくりと開き、その向こうに瞬《またた》かない星空が見えた。吸い込まれそうな錯覚《さっかく》と、すでに何度か経験した戦闘への恐怖《きょうふ》がわき上がり、自然とレバーを握《にぎ》る手が震《ふる》え出す。キラはぎゅっと目を閉じた。

だが、瞼《まぶた》を閉じた暗闇《くらやみ》に、仲間たちの顔が浮《う》かんだ。

――ぼくは、ひとりじゃない。

彼は目を開いた。しっかりと、前を見つめる。

「キラ・ヤマト！　〝ガンダム〟、行きます！」

カタパルトが〝ストライク〟を射出する。伸《の》びきったバッテリーケーブルが弾《はじ》けるように機体から離れ、急激にかかるGに、キラは顔を歪《ゆが》める。が、次の瞬間《しゅんかん》には、虚空《こくう》に投げ出されていた。

「フェイズシフト起動……火器管制ロック解除……」

メタリックグレイだった機体がトリコロールに色づく。キラは敵を求めてモニターやレーダーを見回した。


艦橋《かんきょう》ではチャンドラが一足早く、敵の機影《きえい》をとらえていた。

「後方より接近する熱源三！　距離《きょり》六七！　モビルスーツです！」

来たか、という緊張がクルーのうちを走る。ナタルの声が響《ひび》く。

「対モビルスーツ戦闘用意！　ミサイル発射管、十三番から二十四番〝コリントス〟装填《そうてん》！

〝バリアント〟両舷起動！　目標データ入力急げ！」

正規の兵士たちに混じって、トールたちも真剣《しんけん》な表情でコンソールに向かっている。

艦尾《かんび》で全十二門の大型ミサイル発射口が開き、両翼《りょうよく》の外側にある丸いプレートから、折りたたまれて収納されていたリニアカノン〝バリアントMK8〟が突《つ》き出した。

戦闘準備が整った中、敵機の情報分析《ぶんせき》をしていたチャンドラが息をのんだ。

「機種特定――これは……！　Xナンバー、X一〇二《デュエル》、X一〇三《バスター》、X二〇七《ブリッツ》ですっ！」

「なに……!?」

一瞬凍《こお》りついたクルーたちの中で、ひとりマリューが絞《しぼ》り出すような声でつぶやく。

「……奪《うば》った〝G〟をすべて投入してきたというの……!?」

〝ストライク〟のコクピットでも、敵機接近の警告音が鳴り響いた。キラはバーニアを吹かし、ビームライフルを構える。真紅の機体が接近してくる――〝イージス〟だ。

「……アスラン!?」

高速で接近する二機は、ぎりぎりのところですれ違《ちが》う。

〈――キラ！〉

すれ違いざま、スピーカーからアスランの声が飛び込んでくる。

〈やめろ！　ぼくらは敵じゃない！　そうだろう!?〉

キラははっとする。そうだ。この戦争はキラにはなんの関係もない。それ以前に、アスランは友だちだ。二人が敵同士として戦う理由がどこにあるだろう。

〈同じコーディネイターのおまえが、なぜぼくたちと戦わなくちゃならないんだ!?〉

アスランの一言ひとことが耳に突き刺《さ》さる。キラ自身の迷いが、また頭をもたげる。

〈おまえがなぜ地球軍にいる!?　なぜナチュラルの味方をするんだ！〉

「ぼくは地球軍じゃない！」

思わずキラは言い返した。

「でも……あの艦《ふね》には仲間が……友だちが乗ってるんだ……！」

そのときになって別の二機が、〝アークエンジェル〟を攻撃《こうげき》していることにキラは気づき、はっとしてそちらへ向かおうとした。が、その前に〝イージス〟が割り込む。

〈やめろ！〉

「アスラン……！」

焦《あせ》りを感じつつ、だが攻撃をしかけることもできず、キラはやり場のない怒《いか》りを相手にぶつけた。

「君こそ……なんでザフトになんか！　戦争なんか嫌《いや》だって、君も言ってたじゃないかっ！」

キラの叫びを、一条のビームが切り裂《さ》いた。突然《とつぜん》、キラとアスランの間に新手の一機が割り込んできたのだ。二人は我に返り、コーディネイターならではの反射神経でそれをかわす。

〈なにをモタモタやっている!?　アスラン！〉

聞き覚えのない声が通信機から飛び込んでくる。キラはその機体のデータに息をのんだ。

「X一〇二〝デュエル〟!?　じゃ、これも……」

奪われたXナンバーのうちの一機、〝デュエル〟。五機のうちもっともスタンダードなスペックを持つ機体は白と青のツートンカラー、両肩《かた》にビームサーベルを装備し、手にした武器は一七五ミリグレネードランチャーを併用《へいよう》する、五七ミリビームライフルと、〝ストライク〟の装備と基本的に共通している。

とっさに離脱《りだつ》しようとする〝ストライク〟を追って、ビームライフルを撃《う》ちながら〝デュエル〟が迫《せま》る。

〈手に負えないって言うんなら俺がもらう！　下がっていろ！〉

〝バスター〟と〝ブリッツ〟に取りつかれた〝アークエンジェル〟は、回避《かいひ》行動を取りながら、必死の防戦につとめていた。

「アンチビーム爆雷《ばくらい》発射！　〝イーゲルシュテルン〟、モビルスーツを艦に近づけるな！　〝ヘルダート〟は自動発射にセットしろ！」

爆雷が撃ち出され、それがさらに炸裂《さくれつ》して細かな粒子《りゅうし》をまき散らす。両舷《げん》に十六門ある七五ミリ対空バルカン砲塔《ほうとう》〝イーゲルシュテルン〟が、二機のモビルスーツを自動追尾《ついび》して弾幕《だんまく》を張り、艦橋後部の対空防御《ぼうぎょ》ミサイルも次々に発射されていく。新型艦〝アークエンジェル〟の火力に、〝バスター〟と〝ブリッツ〟もさすがに攻《せ》めあぐねていた。

〝バスター〟の九四ミリ高エネルギー収束火線ライフルが発射される。アンチビーム粒子がそれを散らしたが、威力《いりょく》を失いきらないビームが舷側に当たり、衝撃《しょうげき》でビリビリと艦が揺《ゆ》れた。純白の装甲《そうこう》が赤く白熱する。艦橋のトールたちは思わず悲鳴を上げた。

今度は〝ブリッツ〟が下に回りこみ、艦底部《かんていぶ》の〝イーゲルシュテルン〟が砲口を開く。マリューが叫《さけ》んだ。

「〝ゴットフリート〟を使う！　艦、左ロール角三〇、取り舵《かじ》二〇！」

下へ砲口を向けるために、艦は急激に旋回《せんかい》する。避難民《ひなんみん》たちのいる重力区にもそれは伝わり、足下《あしもと》をすくわれた人々が悲鳴を上げる。

「いやあぁっ！」

一人居住区に残されていたフレイは、必死にベッドのフレームにしがみついた。

砲塔が旋回し、〝ゴットフリート〟が大出力の熱線を放つ。すんでのところで〝ブリッツ〟がかわす。予想以上に手ごわい〝アークエンジェル〟に、二機のXナンバーは手こずっていた。

キラは〝デュエル〟を引き離《はな》せずにいた。モニターの中には、攻撃を受ける〝アークエンジェル〟の映像がある。一刻も早く戻《もど》りたいが、浴びせられるビームをかわすので精一杯《せいいっぱい》だ。

「くっ……！」

これまでひたすらに逃《に》げ回り、防戦一方だったキラは、ついにスコープを眼前に引き寄せた。ビームライフルを掲《かか》げ、照準を合わせてトリガーを引く。だが〝デュエル〟はひらりとそれをかわした。攻撃への当初のためらいは、徐々《じょじょ》に焦りと恐怖《きょうふ》に変わっていく。いくら撃っても機体をとらえられない。Xナンバーの運動性は、キラにとってだけではなく、敵にとっても有利に働いていた。

闇雲《やみくも》にただライフルを連射する〝ストライク〟に、あっという間に〝デュエル〟が迫り、ビームサーベルを振《ふ》り下ろす。

「うわあああっ！」

キラはかろうじて、アンチビームシールドで受けとめた。

二機はもつれ、離れた。近づけまいとライフルを連射する〝ストライク〟と、接近してカタをつけようとする〝デュエル〟。両者は無意識に、じりじりと〝アークエンジェル〟に近づいていた。

艦を攻めあぐんでいた〝バスター〟が二機に気づき、おいしい獲物《えもの》を見つけたと思ったのか機体をそちらへ向けた。右肩に装備された三五〇ミリガンランチャーを腰《こし》だめにし、〝ストライク〟を狙《ねら》い撃ちしてきた。

フェイズシフト展開時のX一〇三〝バスター〟はベースカラーをベージュ、胸部はカーキと赤に塗《ぬ》り分けられた、強大な火力を持つ後方支援《しえん》型の機体だ。両肩には二二〇ミリ径六連装ミサイルポッドをマウントし、両肩後部に装着したガンランチャーとビームライフルは、脱離《だつり》して砲身を繋《つな》ぎ、より長射程の火器としても使用可能だ。

〝デュエル〟を相手に、すでに手一杯だったキラだが、危《あや》ういところでコクピットに警報が鳴り、辛《から》くもその一射を避《よ》けた。

突然戦闘《とつぜんせんとう》に参入してきた〝バスター〟を加えた、二機のXナンバーを相手に、キラは必死で〝ストライク〟を操《あやつ》る。上下の区別すらない宇宙空間で、もう自分がどちらを向いているのか、なにを相手にしているかすらわからない。ただがむしゃらに照準をよぎった機影《きえい》に向かって撃ち、向かってくるビームを避けることしかできず、目の前のエネルギーゲージがじりじりと降下し、レッドゾーンに近づいていることに気づく余裕《よゆう》もなかった。

「〝ガモフ〟より入電！　『本艦においても、確認《かくにん》される敵戦力はモビルスーツ一機のみ』とのことです！」

先に打った電信に対する僚艦《りょうかん》からの返答に、ラウ・ル・クルーゼは考え込んだ。〝ヴェサリウス〟からはムウの〝ゼロ〟を認められず、念のため〝ガモフ〟にも確認させたのだ。

「……あのモビルアーマーはまだ出られん――ということなのかな？」

ひとりごちつつ、なにか引っかかる。あのムウが、明らかに戦闘に慣れていない〝ストライク〟のパイロットに、戦局をまかせきりにしているというのがしっくり来ないのだ。だが〝ゼロ〟にはラウ自身がかなりの損傷を与《あた》えた。乗る機体がなければ、出撃《しゅつげき》したくともできまい。

「敵戦艦、距離《きょり》六三〇に接近！　まもなく本艦の有効射程圏内《けんない》に入ります！」

その報告に、ラウは顔を上げた。

「こちらからも攻撃開始だ、アデス」

「モビルスーツ隊が展開中です。主砲《しゅほう》の発射は……」

狼狽《ろうばい》するアデスに、ラウはそっけない冷笑《れいしょう》で応じた。

「友軍の艦砲に当たるような間抜《まぬ》けは、わが隊にいないさ。——むこうは撃《う》ってくるぞ」

なおもアデスはなにか言いたそうだったが、命令どおり号令した。

「主砲発射準備！　照準、敵戦艦！」


〝アークエンジェル〟で、チャンドラが計器を見なおし、叫び声を上げた。

「——前方ナスカ級よりレーザー照射、感あり！　ロックされます！」

目の前のモビルスーツに注意を集中していたマリューたちは、その報告に青ざめた。ナタルがためらいなく指示を出す。

「〝ローエングリン〟発射準備！　目標、前方のナスカ級！」

艦長席のマリューがあわててCICを振り返り、その指令を制する。

「待って！　フラガ大尉《たいい》の〝ゼロ〟が接近中です！」

特装砲〝ローエングリン〟——直撃すれば、戦艦をも一撃で葬《ほうむ》る破壊力《はかいりょく》を有する陽電子破城砲——そんなものを撃って、もし作戦どおり〝ゼロ〟が敵艦に接近していた場合、無事ではすまないだろう。

「危険です！　撃たなければこちらが撃たれる！」

ナタルが叫《さけ》び返す。だが、マリューはうなずかなかった。

「撃てません！——艦《かん》、回避《かいひ》行動！」

彼女はきっぱりと言った。ここで浮《う》き足立って自《みずか》ら作戦を崩《くず》すような真似《まね》をしたら、負ける。敵は前後に二隻《せき》、モビルスーツの数でも敵《かな》わない。奇襲《きしゅう》が成功しなければ、形勢逆転の可能性は万に一つもなくなる。艦長である彼女は、ムウを信じなければならないのだ。

だが、握《にぎ》りしめたその掌《てのひら》は、じっとりと汗《あせ》で濡《ぬ》れていた。

——もし、ムウが間に合わなかったら……。


突然ラウは、はっと頭を起こした。ぞわりと肌《はだ》を伝うような、この感覚——すっかりなじみとなった、彼の身の内に憎悪《ぞうお》と、愉悦《ゆえつ》にも似た戦慄《せんりつ》を呼び覚まさずにはいられない、この感覚は——。

「アデス！　機関最大、艦首《かんしゅ》下げろ！　ピッチ角六〇！」

唐突《とうとつ》に、彼の口から命令が飛び出した。アデスは虚《きょ》をつかれ、ただラウの顔を見るばかりだ。無理もない。彼にこの感覚を伝えることなど不可能だ。だがこの瞬間《しゅんかん》、その反応の鈍《にぶ》さにラウはどうしようもない苛立《いらだ》ちをおぼえる。

そのとき、管制クルーが驚《おどろ》きの声を上げた。

「本艦底部より接近する熱源っ！——モビルアーマーです！」

「うぉりゃあああっ！」

ムウが声を上げながら、最大加速で〝ヴェサリウス〟に迫《せま》る。寸前で〝ヴェサリウス〟のエンジンが轟音《ごうおん》を立て、スラスターを噴射《ふんしゃ》したが間に合わない。〝ゼロ〟は自動防御《ぼうぎょ》装置の迎撃《げいげき》をすいすいとかわし、ガンバレルをパッと展開させた。目標は唸《うな》りを上げる巨大《きょだい》な機関部。ムウはリニアガンを連射し、ありったけの火力をぶち込む。

すれ違《ちが》いざま機関部が火を噴《ふ》くのを見て、ムウは「おっしゃあ！」とガッツポーズを作った。そのままの速度で〝ヴェサリウス〟の上方へ抜けながら、〝ゼロ〟からワイヤーが射出される。〝ヴェサリウス〟の外壁《がいへき》にアンカーを撃ち込み、振り子のように慣性で方向転換《てんかん》したあと、ムウはワイヤーを切り離《はな》し、すばやくその宙域を離脱《りだつ》した。


〝ヴェサリウス〟の艦橋は激しく揺《ゆ》れ、警報が鳴り響《ひび》いていた。

「機関区損傷大！　推力低下！」

「第五ナトリウム壁損傷！　火災発生！　ダメージコントロール、隔壁閉鎖《かくへきへいさ》！」

クルーの悲鳴のような声が、次々と艦の状況《じょうきょう》を伝える。

「敵モビルアーマー離脱！」

その機影を一瞬とらえ、怒《いか》りにまかせてアデスは叫ぶ。

「撃ち落とせーっ！」

だが揺れ、激しく傾《かたむ》く艦の状態では、照準を合わせることもままならない。王手《チェック》を目前に、ゲームの形勢は一気に逆転された。新造艦とモビルスーツ——守るべき戦力を囮《おとり》にして、たった一機の旧式モビルアーマーで本陣《ほんじん》を叩《たた》くとは。

小賢《こざか》しい真似をする——と、歯ぎしりしながら、アデスはラウに振《ふ》り返った。そこで一瞬、息をつめる。

「ムウめ……！」

ラウは唸り、砕《くだ》けるほどの力でアームレストを握りしめていた。仮面からのぞく顔は、悪鬼《あっき》のごとく憤怒《ふんぬ》に歪《ゆが》んでいる。上官がこれほどの激情をあらわにするところを、アデスはこれまで見たことがなかった。


「フラガ大尉よりレーザー通信！『作戦成功。これより帰投する』！」

〝アークエンジェル〟の艦橋に歓声《かんせい》が上がる。トールたちが思わず顔を見合わせ、ほっと胸をなで下ろした。

マリューは握りしめた拳《こぶし》をやっとほどいたが、すぐにしゃんと背筋を伸《の》ばした。

「この機を逃《のが》さず、前方ナスカ級を撃ちます！」

クルーの間に再び緊張《きんちょう》が戻《もど》る。

「了解《りょうかい》！　〝ローエングリン〟一番、二番、発射準備！」

「陽電子バンクチェンバー臨界、マズルチョーク電位安定しました！」

〝アークエンジェル〟の両舷《げん》艦首にある〝ローエングリン〟の発射口が開く。

「――てェッ！」

ナタルの号令と同時に、特装砲〝ローエングリン〟が火を噴いた。その圧倒《あっとう》的な火力。プラズマの渦《うず》が宇宙空間を貫《つらぬ》く。それは、傷ついたエンジンで必死に回避行動をする〝ヴェサリウス〟の右舷をかすった。凄《すさ》まじい衝撃《しょうげき》が艦を襲《おそ》う。

〝ヴェサリウス〟は完全に戦闘能力を失い、戦線を離脱するしかなかった。


〝デュエル〟、〝バスター〟と〝ストライク〟の戦闘を、介入《かいにゅう》することもできず、迷いながら見守っていたアスランは、特装砲の威力《いりょく》に息をのんだ。ほぼ時を同じくして、〝ガモフ〟からレーザー通信が届く。それは〝ヴェサリウス〟の被弾《ひだん》を知らせ、戦闘《せんとう》宙域からの撤退《てったい》を命じるものだった。

当初は圧倒的有利に思われた戦況が、いつのまにか完全に覆《くつがえ》された。信じられないニュースに、しばし呆然《ぼうぜん》としていたアスランだが、〝アークエンジェル〟から信号弾《だん》が打ち上げられ、我に返る。

〈帰還《きかん》信号？……させるかよ！〉

イザーク・ジュールが〝ストライク〟に打ちかかる。撤退する前に、せめてモビルスーツだけでも落としておきたいと考えたのだろう。そうでなければ完敗になってしまう。イザークはキラがコーディネイターであることを知らない。プライドの高い彼にとって、ナチュラルに遅《おく》れを取るなど、耐《た》えられない屈辱《くつじょく》のはずだ。

「イザーク！　撤退命令だぞ！」

アスランがいさめるが、彼は聞き入れようとしない。ディアッカも戦闘から抜けようという気はないようだった。アスランは唇《くちびる》を噛《か》んだ。

二機のXナンバーに翻弄《ほんろう》され、〝ストライク〟は〝アークエンジェル〟に近づくこともできない。

「キラ……！」

その様子を見ていたミリアリアが、不安げな声を上げた。

「掩護《えんご》して！」

マリューが言うが、

「この混戦では無理です！」

ナタルが答える。たしかに、めまぐるしく入れ替《か》わり、すれ違うモビルスーツ戦に、下手に介入すれば味方を撃《う》ってしまう。

「……〝ストライク〟のパワー残量が心配です」

ナタルが声に焦《あせ》りをにじませた。

そして、その状況《じょうきょう》は〝ゼロ〟のムウにもレーザー通信で届いていた。

「『戻れない』？――ちぃっ、あの馬鹿！」


〝ストライク〟のコクピットでは、息を切らし、必死で機をコントロールするキラがいた。鳴りはじめている警告音にも気づかず、必死でビームライフルを撃つ――と、トリガーが反応しなくなった。

「――――！」

キラははっとゲージを見た。さっきから鳴っていた警告音が、急に大きく耳に飛び込んでくる。エネルギー残量を示すゲージは、レッドゾーンにまで下がっていた。

「パワー切れ!?……しまった！」

〝ストライク〟の装甲《そうこう》から色が抜《ぬ》け落ち、本来の暗い鋼《はがね》の色に戻っていく――フェイズシフトが『落ちた』！

それを見て取った〝デュエル〟が、猛然《もうぜん》と突《つ》っ込んでくる。目の前に迫《せま》る〝デュエル〟のサーベルに、キラは息をのむ。

――やられる！

次の瞬間《しゅんかん》に感じたのは、サーベルに切り裂《さ》かれる衝撃ではなかった。鈍《にぶ》い音とともに、機体に急加速時のGがかかる。キラはぎょっとして目を開けた。

〝ストライク〟は、モビルアーマー形態になった〝イージス〟の、鉤爪《かぎづめ》のようなアームにがっちりと捕《と》らえられていた。

アスランが〝デュエル〟のサーベルの下から、ぎりぎりのところでキラをひっさらったのだ。

「キラっ！」

見ていた仲間たちが思わず叫《さけ》び声を上げた。

「〝ストライク〟、〝イージス〟に捕獲《ほかく》されました！　フェイズシフトが落ちました！」

冷たい戦慄《せんりつ》がマリューを襲った。ある意味もっとも恐《おそ》れていたことだ。残った唯一《ゆいいつ》の機体までもが、ザフトに奪《うば》われてしまう。しかもそれには、彼女たちが無理強《じ》いしてパイロットにした民間人の少年が乗っているのだ。

「キラ！　キラぁっ！　応答してえっ！」

ミリアリアが虚《むな》しく何度も呼びかける。その少女らしい声が、マリューの胸を切り裂いた。自分たちは、一人の少年の運命を完全に狂《くる》わせてしまったのだろうか。

そのとき、叫び続けるミリアリアの背面で、入ってきた通信文にトノムラが目を見開いた。

「艦長《かんちょう》！　フラガ大尉《たいい》よりレーザー通信――『〝ランチャーストライカー〟、カタパルト射出準備せよ』!?」

〈なにをする!? アスラン!〉

まだ状況がのみ込めずにいたキラの耳に、通信機から無線でかわされる緊迫《きんぱく》したやりとりが飛び込んできた。

〈この機体、捕獲する!〉

〈なんだとぉ!? 命令は撃破《げきは》だぞ!〉

〈捕獲できるのならば、その方がいい! 撤退《てったい》する!〉

〝イージス〟はキラを抱《かか》えたまま、いち早くその宙域を離脱《りだつ》していく。ほかの三機が、遅れて後を追う。

「アスラン……! どういうつもりだ!?」

キラの叫びに、アスランが応じた。

〈このまま〝ガモフ〟へ連行する〉

「いやだっ! ぼくはザフトの艦《ふね》へなんか行かないっ!」

〈いいかげんにしろ!!〉

アスランの声に含《ふく》まれた気迫に押され、キラの反論は宙に浮《う》いた。スピーカーから入ってくる声には、苦渋《くじゅう》がにじんでいた。

〈来るんだ、キラ。でないと……俺は、おまえを撃たなきゃならなくなるんだぞ！〉

「アスラン……」

〈〝血のバレンタイン〟で母も死んだ……。俺はっ……これ以上……〉

〝ストライク〟のコクピットで、キラは息をのんだ。二人がかわす言葉を失った、そのとき——いきなり横殴《よこなぐ》りの衝撃《しょうげき》が襲《おそ》った。モニターには見覚えのある赤い機体——ムウの〝ゼロ〟が突っ込んできたのだ。ガンバレルが展開し、ミサイルが四方から〝イージス〟を狙《ねら》う。防御《ぼうぎょ》態勢をとるために、〝イージス〟はモビルアーマー形態を解かざるをえない。自由になった〝ストライク〟のコクピットに、ムウの声が飛び込んできた。

〈離脱しろ！　〝アークエンジェル〟が〝ランチャーストライカー〟を射出する！〉

「え……？」

〈後ろにもまだデカイのがいるんだぞ！　早く装備の換装《かんそう》を！〉

キラは一瞬、〝イージス〟を見やった。

「……わかりました」

〝イージス〟が〝ゼロ〟を迎撃《げいげき》している隙《すき》に、キラはその宙域を離脱した。

〈キラ——！〉

追いかけてくるアスランの声が、胸に突き刺《さ》さった。それを振《ふ》り切るように、キラはバーニアを吹《ふ》かす。

離脱する〝ストライク〟を見て、〝デュエル〟が追いすがる。〝アークエンジェル〟からの掩《えん》護《ご》射撃もかわして、加速のかからない〝ストライク〟との距離《きょり》をみるみる詰《つ》めていく。

〝アークエンジェル〟のカタパルトが、勢いよく〝ランチャーストライカー〟を打ち出した。キラはそれを認めて、機体から〝エールストライカー〟を離脱する。コンピュータが〝ストライク〟とパワーパックの相対速度と姿勢を制御《せいぎょ》し、あと少しで届く、というところで――コクピットに警告音が鳴り響《ひび》き、キラは全身の毛が逆立つのを感じた。

――ロックオンされた!?

〝デュエル〟がグレネードランチャーを放つ。それはまっすぐに〝ストライク〟へ向かい――一拍《いっぱく》おいて、真空の暗闇《くらやみ》に凄《すさ》まじい閃光《せんこう》が広がった。

「キラぁあっ!」

〝アークエンジェル〟の艦橋で、トールが、ミリアリアが、サイが絶叫《ぜっきょう》する。

――と、次の瞬間、爆煙《ばくえん》を切り裂くように一条のビームが放たれた。その巨大《きょだい》なエネルギーは〝デュエル〟の右腕《みぎうで》をとらえ、一瞬のうちに吹き飛ばす。

爆炎《ばくえん》の中から〝ストライク〟が飛び出してくる。白、赤、青の色鮮《いろあざ》やかな装甲《そうこう》。

「キラ――!」

巨大なランチャーが火を噴いた。その射線にさらされ、〝デュエル〟はなすすべもない。必死でかわし、後退していく。形勢は完全に逆転した。

四機のXナンバーが離脱して行くのを〝アークエンジェル〟のクルーたちは見送り、その機《き》影《えい》が完全にセンサーから消えると、みな一様にぐったりと力を抜《ぬ》いた。自分たちの力で、なんとか敵を撃退《げきたい》することができた。

彼らは、生き延びたのだ——。


アスランの体が、勢いよく壁《かべ》に打ちつけられた。

「貴様、よくもっ……！」

イザーク・ジュールが端整《たんせい》な顔を怒《いか》りに歪ませ、アスランの胸倉をつかんだ。

「おまえがあそこでよけいな真似《まね》をしなければ！」

「とんだ失態だよね。あんたの命令無視のおかげで」

ロッカールームの壁にもたれかかっていたディアッカ・エルスマンも、口調に苦々しさをにじませる。アスランは言い返すこともせず、ただ目をそらした。

彼ら二人とは、以前からそりが合わなかった。なぜか昔からアスランを目の仇《かたき》にしているイザークとはもちろんだが、ディアッカも上昇《じょうしょう》志向が強く、アスランがチームに加わってからはライバル視している。一方アスランは、軍における自分の地位や、戦功などに興味はない。だが、そういう態度が逆に彼らを煽《あお》るのだろう。

さらにイザークが締《し》め上げようとしたところで、ドアが開いた。入ってきたニコル・アマルフィが、険悪な状況《じょうきょう》を見てとって声を上げる。

「なにやってるんですか!? やめてください、こんなところで!」

「四機でかかったんだぞ!? それでしとめられなかった! こんな屈辱《くつじょく》……!」

「だからって、ここでアスランを責めてもしかたないでしょう!?」

やさしげな見かけにもかかわらず、ニコルはイザークの怒りにも動じない。おっとりして見えて意外としっかり者のニコルは、不器用なアスランとイザークらの間を、ときに取り持ってくれる。

イザークはもう一度アスランを睨《にら》みつけたあと、突《つ》き放すように手を離《はな》し、部屋を出ていった。ディアッカもそれに従う。

二人きりになると、ニコルはアスランにためらうような視線を向けた。

「アスラン……あなたらしくないとは、ぼくも思います……。でも……」

アスランは顔をそむけた。

「……今は放《ほ》っといてくれないか……ニコル……」

相手の顔に浮《う》かぶ気遣《きづか》わしげな表情を見ないまま、彼はのろのろとロッカールームを出た。

通路を漂《ただよ》うように進みながら、ふと、その顔が激情にゆがむ。彼は激しく壁を打った。

「――キラ……」

その口からこぼれたのは、あと少しのところで、手からすり抜けていった友の名だった。説得できると――再び一緒《いっしょ》になれると思った。彼らは同胞《どうほう》なのだ。理屈《りくつ》を説けば、必ず理解してくれると信じていたのに……。

ラウとした約束を思い出し、彼は全身の血が冷たくなるような絶望を感じる。

――キラ……俺は、きみを撃《う》たなければならないのか……？


ムウが格納庫に降り立ったとき、先に帰投した〝ストライク〟のハッチはまだ閉じたままだった。整備士のマードックが、中に声をかけている。

「どうした？」

そばに寄っていってたずねると、マードックが困惑《こんわく》の表情をムウに向けた。

「いや……坊主《ぼうず》がなかなか降りてこねえんで……」

「おやおや」

ムウはだいたいの事情を察し、外部ロックを操作してハッチを強制開放した。中には、まだレバーを握《にぎ》りしめたまま、凍《こお》りついたような姿勢のキラがいた。ムウはハッチから身をくぐらせ、そばに寄る。

「おい、なにやってんだ、ほら！……キラ・ヤマト！」

名を呼ばれてはじめて、少年はぴくりと体を震《ふる》わせた。ひくっと喉《のど》が鳴り、思い出したように激しく息をつく。

　ムウはふと、この少年が可哀想《かわいそう》になった。キラにとっては、これがほとんど初陣《ういじん》だ。新兵にはよくあること。恐怖《きょうふ》のあまり吐《は》いたり漏《も》らしたりなんてのは当たり前で、それでも生きて帰ってきたら上等なのだ。それなのに、キラがまだ幼いとさえ言える年齢《ねんれい》であること、訓練も受けずにいきなり実戦に放《ほう》り込まれた素人《しろうと》であることを、そのずばぬけた能力のために、つい忘れそうになる。

　まだ虚空《こくう》を見据《みす》えたままの目を、ムウはのぞき込んだ。

「もう終わったんだよ、坊主」

　まるで接着剤《せっちゃくざい》で貼《は》りつけたように、レバーをかたく握る指を、一本一本外してやり、ムウはぽんとキラのヘルメットを叩《たた》いた。

「よくやったな……」

　キラは目を瞬《しばた》かせた。恐怖で凍りついた体が、その言葉に反応してやっと動きはじめる。ムウは、父親めいた顔で笑って言った。

「俺もおまえも死なたかった。艦《ふね》も無事だ。上出来だぜ？」

「あ……」

　今ごろになって、キラの体は思い出したように激しく震えはじめる。ムウはやさしい手つきでその肩《かた》を叩いた。このとき少年は、彼がこれまで見てきたごく普通《ふつう》の新兵たちと同じように、幼く傷つきやすい存在に思えた。

「クルーゼ隊長へ、本国よりであります」

〝アークエンジェル〟追討をいったん断念し、大きめのスペースデブリの陰《かげ》で停泊《ていはく》していた〝ヴェサリウス〟に、通信が届いた。通信兵がプリントアウトしたメッセージを、ラウに手渡《てわた》す。

ラウは文面に目を走らせると、それをアデスの前へ突き出した。アデスは通信文を受け取り、その内容に顔をしかめる。それは、〝プラント〟の最高決定機関である評議会からの出頭命令だった。

「そんな……！　あれをここまで追いつめながら！」

「〝ヘリオポリス〟崩壊《ほうかい》の件で、議会は今ごろてんやわんやといったところだろう。まあ、しかたない」

ラウは淡白《たんぱく》に笑う。

「〝ヴェサリウス〟もこのありさまでは、どうにもならんしな。……修理の状況は？」

「ほどなく、航行に支障ないまでには――」

「アスランを〝ガモフ〟から帰投させろ。修理が終わりしだい、本艦《ほんかん》は本国へ向かう。――あれは〝ガモフ〟に、引き続き追わせよう」

指示を終えるとラウは、艦橋を後にした。その様子にはさっきの激情の名残《なごり》すらなく、獲物《えもの》を前に邪魔《じゃま》されたという苛立《いらだ》ちは見えない。評議会へ召喚《しょうかん》されれば、〝ヘリオポリス〟崩壊の責任を追及《ついきゅう》されるだろうに、それに対する懸念《けねん》もまったく感じられなかった。アデスには、そんな上官が理解できなかった。

〝アークエンジェル〟は〝アルテミス〟へ入港した。

第五宙域に位置するユーラシアの軍事基地、〝アルテミス〟。辺境の小惑星《わくせい》に造られた小規模なもので、軍事拠点《きょてん》としてはたいしたものではない。だがこの基地は、その独特の防御《ぼうぎょ》装置で名高い。小惑星全体を光波防御帯がすっぽりと取り巻き、どんな物体も兵器も、レーザーでさえそのシールドを通さない。通称《つうしょう》、〝アルテミスの傘《かさ》〟——難攻《なんこう》不落と言われる絶対防衛兵器である。

極秘裏《ごくひり》に建造され、軍の認識《にんしき》コードを持たない〝アークエンジェル〟だけに、すんなり入れてもらえないのではないかというマリューの懸念に反し、入港許可はあっさり下りた。

だが、入港前にムウが、秘密めかした口調でキラに言った。

「〝ストライク〟の起動プログラムをロックしておくんだ。きみ以外の人間には、誰《だれ》も動かすことができないようにな」

キラにはその言葉の意味がわからなかった。しかし、ほどなくして彼は、その意味を知ることなる。

入港したとたん、〝アークエンジェル〟は武装した兵士やモビルアーマーに取り囲まれた。エアロックが破られ、兵士たちがなだれ込んでくる。唖然《あぜん》とするクルーたちは、銃《じゅう》を持った兵士に引っ立てられ、食堂へ集められた。

「これはどういうことです！」

気色ばむマリューに向かって、ユーラシアの士官がねっとりと笑いかけた。

「一応の措置《そち》として、艦のコントロールと火器管制を封鎖《ふうさ》させていただくだけです。しかたないでしょう？　貴艦には船籍《せんせき》登録もなく、むろんわが軍の認識コードもない。状況から判断して入港は許可しましたが――残念ながら貴艦はまだ、友軍と認められたわけではない」

言っていることはもっともだが、矛盾《むじゅん》している。もし本当に敵の可能性があると考えたなら、〝アークエンジェル〟を入港させたりはしないだろう。

士官たちはほかのクルーと別に、〝アルテミス〟内部へと案内された。むろん、前後を武装した兵に固められてのことだ。司令官室へ通された彼らを待っていたのは、がっちりとした体格の、禿頭《とくとう》の士官だった。ジェラード・ガルシア、この〝アルテミス〟の司令官だ。

「ようこそ、〝アルテミス〟へ」

とりつくろった慇懃《いんぎん》な物腰《ものごし》で、マリュー、ナタル、ムウを招き入れる。

「――なるほど、きみらのＩＤは確かに大西洋連邦《れんぽう》のもののようだな」

各自名乗らせたあと、手元のコンピュータで検索《けんさく》したらしい。それに対し、ムウが嫌味《いやみ》をこめて言う。

「お手間を取らせて申し訳ありません」

「いや、なに。君の輝《かがや》かしき名は私も耳にしているよ、『エンデュミオンの鷹《たか》』どの。しかしその君が、あんな艦とともに、ここへ現われるとはな」

「特務でありますので、残念ながら仔細《しさい》を申し上げることはできません」

おっとりと切り返すムウに向かって、ガルシアは目を細めた。

「――秘密というものはどこからか漏《も》れる。むろん、『どこから』ということより、『なにが』の方が、より価値の高い情報だと思うのだがね」

「……なるほど」

理解できずにいるマリューとナタルの横で、ムウがかすかに顔をしかめた。薄々《うすうす》予測していたことが、どうやら当たったらしい。しかしまだガルシアの思惑《おもわく》に気づいていないナタルは、まっとうな主張をはじめる。

「できるだけ早く、補給をお願いしたいのです。我々は一刻も早く、月の本部に向かわねばなりません。また、ザフトにもいまだ追跡《ついせき》されていると思われ――」

「ザフト？――これかね？」

彼女の言葉をさえぎって、ガルシアは鼻で笑う。その手が壁《かべ》のモニターを操作した。

画面に映し出されたのは、〝アルテミス〟からほど近い宙域に停泊《ていはく》している艦の姿だった。

「——ローラシア級！」

息をのむマリューたちと対照的に、ガルシアにはまったく緊迫《きんぱく》感が感じられない。

「見てのとおり、やつらは〝傘〟の外をうろついておるよ。先刻《さつき》からずっとな」

緊張した面持《おもも》ちの三人を見て、彼はにやりと笑う。

「これでは補給を受けても出られまい」

「やつらが追っているのは我々です」

ムウが言った。

「このままとどまり、〝アルテミス〟にまで被害《ひがい》を及《およ》ぼしては——」

その言葉は、突然《とつぜん》わきおこったガルシアの笑いにかき消された。

「——『被害』だと？　この〝アルテミス〟が？　馬鹿馬鹿しい！　やつらとてこの衛星の恐《おそ》ろしさをよく知っている。やがてあの艦も去るさ。いつもどおり、なにもできずにな」

マリューたち三人は、司令官の姿を啞然として見ていた。笑いをおさめると、ガルシアは例の慇懃な調子で言った。

「やつらが去りさえすれば、月本部と連絡《れんらく》の取りようもある。それまで、ゆっくり休みたまえ。見たところ君らもだいぶお疲《つか》れのようだしな。……部屋を用意させよう」

——つまり、体《てい》のいい監禁《かんきん》ということか。

ムウはむっつり思った。呼ばれて入ってきた兵士たちに連行されつつ、彼はガルシアに向かって声をかけた。

「――〝アルテミス〟は、そんなに安全ですかね？」

すでに彼らに背を向けかけていた司令は、ちらと振《ふ》り返ってせせら笑うように答えた。

「安全さ。母の腕《うで》の中のようにな」


「〝傘〟はレーザーも実体弾《だん》も通さない。――まあ、向こうからも同じことだがな」

「だから攻撃《こうげき》もしてこないってこと？　馬鹿みたいな話だな」

ディアッカが呆《あき》れて言うと、艦長《かんちょう》のゼルマンがジロと睨《にら》んだ。豊かな髭《ひげ》をたくわえ、服装にはいつも一分の乱れもない、いかにも生真面目《きまじめ》そうな人物である。

〝アルテミス〟を睨む位置に停泊していた〝ガモフ〟の艦橋では、ゼルマン艦長とイザーク、ディアッカ、ニコルがブリーフィングの真っ最中だった。

ザフト軍には厳密な階級というものは存在せず、ただ隊長、艦長などという役職があるのみだ。基本的な知的レベルの高い軍隊だけに、上官の命令に従うだけではなく、兵士たちが現場で独自の判断を下すことが許されている。

ディアッカはいつもの斜《はす》に構えた様子だったが、ニコルはひどく真剣《しんけん》に戦略パネル上の〝アルテミス〟を見つめていた。

「あの〝傘《かさ》〟を突破《とっぱ》する手段は今のところ、ない。厄介《やっかい》なところへ入り込まれたな」

「どうするの。出てくるまで待つ？」

くすくす笑うディアッカを、苛立《いらだ》ったイザークが睨みつける。

「ふざけてる場合か、ディアッカ。おまえは用を終えて戦線に戻《もど》られたクルーゼ隊長に、何もできませんでしたと報告したいのか？　それこそいい恥《はじ》さらしだ！」

そう言われるとディアッカも黙《だま》り込むしかない。そのとき、唐突《とうとつ》にニコルが口をひらいた。

「〝傘〟は常に開いているわけではないんですよね？」

「ああ、周辺に敵のない時までは展開していない。だが〝傘〟が閉じているところを狙《ねら》って近づけば、こちらが衛星を射程に入れる前に察知され、展開されてしまうだろう」

同じことだ。ディアッカがお手上げというように、両手を開いた。だが、ニコルは言った。

「ぼくの機体──〝ブリッツ〟なら、うまくやれるかもしれません」

これまで彼をまったく無視していたイザークたちは、驚《おどろ》いてその顔を見た。柔和《にゅうわ》なニコルの顔には、いつになく悪戯《いたずら》っぽい表情が浮《う》かんでいた。

「──あれにはフェイズシフトのほかにもう一つ、ちょっと面白《おもしろ》い機能があるんです……」

〝アークエンジェル〟内では、人々が不安げにひそひそと言葉をかわしていた。入口には銃《じゅう》を持った兵士たちが立っている。

「……なに？　どうなってるの？」

「どうしてなんの説明もないんだ……」

わけがわからずささやき合う避難民《ひなんみん》たち。だがクルーたちも、同じような状態だった。

「ねえ、ユーラシアって味方のはずでしょ？　大西洋連邦《れんぽう》とは仲わるいんですか？」

サイがトノムラに訊《き》き、

「そういう問題じゃねえよ！」

と、突《つ》っ込まれている。パルがため息をついた。

「識別コードがないしなあ……」

「……本当の問題は、どうやら別のところにありそうだがな」

マードックがぼそりとつぶやき、ノイマンがけわしい顔でうなずいた。

地球連合軍——とひとことに言っても一枚岩ではない。対〝プラント〟という共通の目的をもって、C.E.70に設立された地球連合だが、しょせん別々の国家の寄り集まりだ。北米大陸全土から中南米にまで及ぶ大国、大西洋連邦。かたやユーラシア連邦は、その名のとおりユーラシア大陸の北部から西部にかけた、北欧《ほくおう》など一部の国家をのぞくヨーロッパ諸国を母体とする。この二国に加え、東アジア共和国やその他の小国で、地球連合は構成されている。寄り合い所帯のつねとして、利権や大国の思惑《おもわく》、互《たが》いへの牽制《けんせい》などもあって、足並みがそろっているとは言いがたい。

まい。

そして〝アークエンジェル〟と〝ストライク〟は、北大西洋連邦が総力をつぎ込み、ほかの共同体にも極秘《ごくひ》で建造した新兵器だ。同盟国とはいえ、ユーラシアとしては無関心ではいられまい。

そこへ、ユーラシアの士官たちが足音も荒《あら》く入ってきた。先頭に立った禿頭《とくとう》の男が、横柄《おうへい》な口調でたずねる。

「私は当衛星基地指令、ジェラード・ガルシアだ。この艦に積んであるモビルスーツのパイロットと技術者はどこだね？」

「あ……」

素直《すなお》にハイと手を上げようとするキラを、マードックがぐいと押しとどめた。キラはわけがわからずきょとんとする。すると、ノイマンがむっつりと聞き返した。

「なぜ我々に聞くんです？　艦長たちが言わなかったからですか？」

キラははっとした。入港前に、ムウが〝ストライク〟を「ロックしておけ」と命じた理由が今になってわかった。

「――〝ストライク〟をどうしようってんです？」

ガルシアはむっとした様子だったが、ふいにふっと笑うと、発言したノイマンに近寄ってくる。

「別にどうもしやしないさ。ただ、せっかく公式発表より先に見せていただく機会に恵《めぐ》まれたんだ。いろいろと聞きたくてね。——パイロットは？」

マードックが答える。

「フラガ大尉《たいい》ですよ。お聞きになりたいことがあるんなら、大尉にどうぞ」

「さきの戦闘《せんとう》はこちらでもモニターしていた。ガンバレル付きの〝ゼロ〟を扱《あつか》えるのは、今ではあの男だけだ。それくらい、私でも知っているよ」

ガルシアはあたりを見回した。誰《だれ》も答えるものがないと見るや、近くにいたミリアリアの腕《うで》をつかんだ。

「きゃ……」

嫌《いや》な笑《え》みを浮かべながら、痛がるミリアリアを無理やり立たせる。

「まさか女性がパイロットとも思えんが、この艦は艦長も女性ということだしな……」

ガルシアのあまりのやりように、キラは思わず激昂《げっこう》して立ち上がった。

「やめてください！　あれに乗ってるのはぼくですよ！」

「坊主《ぼうず》、彼女をかばおうという心意気は買うがね。あれは君のようなひよっこが扱えるようなモノじゃないだろう。ふざけたことをするな！」

ガルシアは突然殴《とつぜんなぐ》りかかってきた。だがコーディネイターのキラにとって、その拳《こぶし》のスピードはまったく脅威《きょうい》になりえない。あっさりそれをかわすや、逆に腕をつかんでねじり上げた。

ガルシアの巨体《きょたい》がみっともなく床《ゆか》に転がるのを、兵士たちが目を丸くして見る。

「ぼくは、あなたに殴られる筋合いはないですよ！」

「なんだと!?」

ガルシアの顔が怒《いか》りと屈辱《くつじょく》で赤黒く染まる。副官と兵士たちがあわてて駆《か》け寄り、キラを拘《こう》束《そく》しようとする。

「やめてくださいっ！」

立ち上がって止めようとしたサイが殴り倒《たお》された。フレイが悲鳴を上げて、その体にすがる。

「やめてよ！　その子がパイロットよ！　だってその子、コーディネイターだもの！」

マードックたちが痛恨《つうこん》の表情になり、ガルシアやほかのユーラシア兵は、唖然《あぜん》と立ち止まる。

キラは彼らの視線をはね返すように、睨《にら》みつけた。

キラがユーラシア兵たちに連行されて出ていくと、トールがフレイをなじった。

「なんであんなこと言うんだよ、おまえはっ！」

「だって。ほんとのことじゃない」

フレイはけろっとした顔で言う。

「キラがどうなるかとか、ぜんぜん考えないわけ!?　おまえって！」

「おまえおまえってなによ！　だってここ、味方の基地なんでしょ？　パイロットが誰かなんて言っちゃえばいいじゃない。なんでいけないの!?」

あくまで罪の意識のないフレイに、トールはどうしようもない憤《いきどお》りを感じた。

「――地球軍がなにと戦ってると思うんだよ！」

「――OSのロックを外せばいいんですね」

〝ストライク〟の前で、キラは立ち止まった。

ガルシアは彼の顔をのぞき込み、意味ありげににやにやと笑った。

「ふむ……それはむろん、やってもらうがね……君にはそう、もっといろんなことができるのだろう？　たとえばこいつの構造を解析《かいせき》し、同じものを造るとか、逆に、こういったモビルスーツに対して有効な兵器を造るとかね……」

「ぼくはただの民間人です。軍人でも軍属でもありません。そんなことをしなけりゃならない理由がありません」

「――だが、君は裏切り者の、コ、ー、デ、ィ、ネ、イ、タ、ー、だろう？」

ねちっこく発されたその単語に、キラは衝撃《しょうげき》を受けた。

「うらぎりもの……!?」

「どんな理由でかは知らないが、どうせ同胞《どうほう》を裏切った身だ。――ならばユーラシアで戦っても同じだろう？」

ガルシアは機嫌《きげん》を取るような猫《ねこ》なで声で言う。

「ちがう……ぼくは……っ！」

「いや、地球軍側につくコーディネイターというのは貴重だよ。心配いらない。君は優遇《ゆうぐう》されるさ――ユーラシアでもな」

――裏切り者。

これまでの人生で、キラは自分がコーディネイターだと強烈《きょうれつ》に自覚したことがなかった。自分がどちらにつくなんて、考えたこともない。だが――。

敵か、味方か。中間なんて存在しない。それが戦争なのだ。

その事実を、キラは、この汚《きたな》らしい男に突《つ》きつけられたのだった。

「定時哨戒《しょうかい》、近接防空圏内《けんない》に敵影《てきえい》、感なし」

〝ガモフ〟が付近の宙域を離《はな》れたのちのことである。

「よし――もういいだろう。全周囲光波防御帯《ぼうぎょ》収容。第二警戒《けいかい》体制に移行……」

〝アルテミス〟の管制室では、敵艦《てきかん》は攻撃《こうげき》を断念したものと見なした。これまでこの宙域を訪《おとず》れた、ほかの敵と同じように……。

――〝アルテミス〟から〝傘《かさ》〟が消えた。

それを待っていたニコルは、当該《とうがい》宙域を一時離脱《りだつ》していた〝ガモフ〟から〝ブリッツ〟を発進させていく。

デッキからそれを見ていたディアッカが「ちぇっ」と舌打ちした。今回はニコルだけの出《しゅっ》撃《げき》だ。イザークも機影を見守り、口をひらく。

「しかし地球軍も姑息《こそく》なものを造る」

「ニコルにはちょうどいいさ。臆病者《おくびょうもの》にはね……」

宇宙空間を進む〝ブリッツ〟の黒い機影は、とても見つけにくい。いや——機体の各所にある噴射口《ふんしゃこう》からガスのようなものが噴《ふ》き出し、広がるにつれて、その機体は消えていく。

「——〝ミラージュコロイド〟生成良好……散布減損率三十七パーセント……。使えるのは八十分が限界か……」

〝ブリッツ〟のコクピットでニコルはひとりごちる。

やがて〝ブリッツ〟の姿は完全に消えた。視覚的にだけではなく、レーダーにすら、もはや映ることはない。

これが〝ブリッツ〟の「面白《おもしろ》い機能」——ステルスシステムである。〝ミラージュコロイド〟と呼ばれる、可視光線をゆがめ、レーダー波を吸収するガス状物質を展開し、それを磁場で機体の周囲に引きつけることで、〝ブリッツ〟は完全に「見えない存在」となるのだ。

いま、〝ブリッツ〟は誰にも気づかれることなく、〝アルテミス〟に取りついた。

ニコルは右腕《みぎうで》に装備された〝トリケロス〟をかまえる。五〇ミリビームライフルとビームサーベル、ランサーダートがセットされ、シールドを兼《か》ねる攻守《こうしゅ》一体の装備だ。

〝アルテミス〟表面の岩壁《がんぺき》からは、エアダクトやアンテナなどのほかに、一見して用途《ようと》を計りかねる設備がいくつも突き出していた。ニコルはその中から正確に、光波防御帯を作り出すリフレクターを見つけ、照準を合わせる。

〝トリケロス〟のビームライフルが火を噴《ふ》いた。

キラがコクピットに入り、キーボードに指を走らせると、その速さに、見守っていた〝アルテミス〟の技術者たちから驚《おどろ》きの声が漏《も》れた。彼らが何人かかってても解析できなかったOSのロックを、キラは次々と解除していく。外に立った兵士が、こちらに銃《じゅう》を突きつけたままなのが気になった。キラが〝ストライク〟を動かして逃《に》げ出すのを恐《おそ》れているのだろう。

はじめてゼミの仲間たちに、自分がコーディネイターであると告白したときのことが、キラの頭によみがえる。

最初は驚いた彼らだが、すぐにサイが笑って言った。

『そんなの、関係ないさ。おまえが俺たちの友だちだってのに変わりはないだろ?』

『あでも、そんならちゃちゃっと俺の量子物理学のレポート手伝ってくんねえ?』

トールがふざけ、ミリアリアに『調子にのるんじゃないの』とたしなめられて、みんな笑った。月でアスランと過ごした日々にもまさる、大切な思い出だ。

いまコクピットの外では、ガルシアが舐《な》めるようにキラの手元を見つめ、嫌《いや》な笑《え》みを浮《う》かべている。それは、貴重な獲物《えもの》を前に舌なめずりする狼《おおかみ》にも似た視線で、相手がキラのことをただの「モノ」としか見ていないことを、露骨《ろこつ》に証明している。ゼミのカトウ教授もさんざんキラのことをこき使ってはくれたが、彼にとってキラの能力は、一人の学生が持つ個性としての意味合いしかなく、ほかの仲間たちと分け隔《へだ》てする様子はなかった。

もうあの日々は遠いのだと、キラは否応なしに悟《さと》らされる。

自分はコーディネイターなのだ——その事実こそが、キラの意志や望みにかかわらず、彼の運命をからめ取って押し流して行く。

OSが起動し、〝ストライク〟の目に灯《ひ》が入る。

そのとき、鈍《にぶ》い地響《じひび》きが機体を揺《ゆ》らした。キラがぱっと顔を上げる。

「管制室、この振動《しんどう》はなんだ!?」

ガルシアの副官が無線に怒鳴《どな》るが、返ってきたのは狼狽《ろうばい》した声だ。

〈——不明です！　周辺に機影なし！〉

「だがこれは爆発《ばくはつ》の振動だろうが！」

次のは近かった。ゴォンとくぐもった爆音と、激しい揺れが襲《おそ》ってくる。

「攻撃か!?」

今度無線機から返ってきたのは、驚愕《きょうがく》の叫《さけ》びだった。

〈ぼ、防御エリア内にモビルスーツ!?〉

「——なんだと!?」

その報《しら》せに、ガルシアたちも呆然《ぼうぜん》とする。〝傘《かさ》〟の絶対性を過信していた彼らにとって、ありえないことだった。

「〝傘〟が破られた……？　そんな馬鹿な！」

呆然とした兵士たちの、キラに向けられていた銃口がそれた隙《すき》に、すかさず彼の手はハッチ開閉ボタンに伸《の》びた。シュッとハッチが閉まり、〝ストライク〟が動き出す。

ガルシアが我に返る。

「――坊主《ぼうず》！　なにをする！」

「攻撃《こうげき》されてるんでしょう？　こんなことしてる場合ですか！」

外部スピーカーを通して答え、キラは〝ソードストライカー〟を選択《せんたく》し、カタパルトレールへ向かう。ガントリークレーンが〝ストライク〟にパワーパックを装着した。

自分はいったい何をしているんだろう――。キラの胸に苦いものがこみ上げる。この剣《けん》で、自分と同じコーディネイターを斬《き》るのか？　自分を便利な道具としか見てくれないナチュラルのために？

圧倒的《あっとう》な孤独感《こどく》にさいなまれつつ、キラは〝ストライク〟を駆《か》り、ハッチから飛び出した。

食堂でも同じように、ノイマンたちが爆発に気を取られた見張りの兵を鎮圧《ちんあつ》していた。彼らは兵士たちを殴《なぐ》り倒《たお》すと、まっすぐ艦橋《ブリッジ》へ向かった。

「起動するぞ！」

「でも艦長たちは⁉」

「このままじゃ、ただの的《マト》だ！」

彼らはすばやく自分のシートに滑《すべ》り込み、艦を起動させた。ほどなく、独自に脱出《だっしゅつ》したマリューたちが〝アークエンジェル〟へたどりつく。

「艦長！」

クルーたちが喜びの声を上げ、ムウが「よくやった、坊主ども！」と、手近なサイの頭をくしゃっとかき回してシートについた。

「何なんですか、この衛星」

さっき殴られたサイは、ぶすっと口を尖《とが》らせて応じる。まったく。マリューも同じ感想だった。彼女は声を張った。

「〝アークエンジェル〟、発進します！」

いつのまにか外では、〝デュエル〟や〝バスター〟も攻撃に加わっている。〝傘〟の欠けた〝アルテミス〟など、彼らにかかればひとたまりもない。〝ブリッツ〟が〝トリケロス〟から巨《きょ》大《だい》な銛《もり》にも似たランサーダートを撃《う》ち出し、発進した〝メビウス〟を落とす。〝バスター〟のランチャーが管制室に撃ち込まれ、凄《すさ》まじい爆炎《ばくえん》が開口部から噴《ふ》き出す。次々に誘爆の炎《ほのお》が上がり、宇宙空間に浮かんだ衛星の表面で花開いた。

――〝アルテミス〟は陥落《かんらく》した。
〝アークエンジェル〟は〝ストライク〟を先導にして、からくもその爆発から逃《のが》れた。

PHASE 03

宇宙空間に浮《う》かぶ、白銀の砂時計。

もっとも細まった中央を支点に、ゆっくりと回る巨大《きょだい》な構造物——天秤棒《ヨーク》型と呼ばれる、新世代の宇宙植民衛星である。対《つい》になった二つの円錐《えんすい》と、太陽光を採取する三枚のミラーから構成される。素材としては有機物質を主体にし、回転する円錐の底部に居住部分があり、外壁《がいへき》に張り渡《わた》されたハイテンションストリングスの間は自己修復ガラスで埋《う》められ、それが反射して曇《くも》ったような銀色に輝《かがや》いている。ほぼ百基に及《およ》ぶそれが、漆黒《しっこく》の闇《やみ》に並んださまは壮大《そうだい》だ。

これが〝プラント〟——コーディネイターたちの本国である。

〝ヴェサリウス〟から降り立ったアスランとラウは、軍事ステーションを離《はな》れるシャトルに乗り込んだ。機内には、先客が一人いた。年齢《ねんれい》は四十代なかば、鋭《するど》い顔立ちの男は、軍事ステーションには珍《めずら》しいスーツ姿だ。

男の顔を見たとたん、アスランがかすかに息をのんだ。一方ラウは、驚《おどろ》きも見せず微笑《ほほえ》む。

「ご同道させていただきます、ザラ国防委員長閣下」

「挨拶《あいさつ》は無用だ。私はこのシャトルには乗っていない」

男はにこりともせず言い、念を押すようにアスランを見つめた。それに対し、アスランはぎこちなく頭を下げた。

「はい……。お久しぶりです、父上……」

久々に再会した父子とは思えない、よそよそしいやりとりに、アスランはどことなく寂《さび》しさのようなものを感じた。この人とは、記憶《きおく》している限りの昔からずっとこうだ。

男の名はパトリック・ザラ。最高評議会のメンバーにして国防委員長――そして、アスランの父だった。

「――レポートに添付《てんぷ》された君の意見には、むろん私も賛成だ」

シャトルが動き出すと、パトリックはラウに見せつけるように、プリントアウトしたレポートで掌《てのひら》を叩《たた》いた。

「問題は、やつらがそれほど高性能のモビルスーツを開発した、というところにある。パイロットのことなど、どうでもいい」

父の言葉にアスランは、はっと顔を上げた。その彼を父は冷たい目で、一瞥《いちべつ》した。

「――その個所は私の方で削除《さくじょ》しておいたぞ。……あちらに残した機体のパイロットもコーディネイターだったなどと。そんな報告は、穏健《おんけん》派に無駄《むだ》な反論をさせるだけだ」

「君も自分の友人を、地球軍に寝返《ねがえ》った者として報告するのは辛《つら》かろう？」

ラウもやさしい調子で言い足す。まるでキラが、汚《きたな》い罪人になってしまったような言い方だ。

アスランの胸が、ちくりと痛んだ。

「ナ、ナチュラルが操縦してもあれほどの性能を発揮するモビルスーツを、やつらは開発した――そういうことだぞ。わかるな、アスラン」

「……はい」

アスランはうなずいた。父の立場はわかる。だが、こういう政治的な話をしていると、自分が汚《よご》れていくような気がしてしまうのはなぜだろう。

戦争なんて嫌《いや》だと思っていた。それなのに、今は自《みずか》ら銃《じゅう》を取る身だ。キラが責めるのも無理はない。キラは、友だちを守りたいから戦うと言った。自分には、はたして「友だち」と呼べる存在がいるのだろうか。キラ以外に……？

彼らの乗ったシャトルは、ゆっくりとプラントの一つに近づきつつあった。〝アプリリウス・ワン〟、最高評議会の首座が置かれる都市だった。


「――再度確認《かくにん》しました。半径五〇〇〇に敵艦《てきかん》の反応ありません。完全にこちらをロストしたもよう」

トノムラの報告に、クルーたちはほっと息をついた。

「〝アルテミス〟が、いい目くらましになってくれたってことかな？　だったらそれだけは感謝しないとな」

と、ムウが皮肉っぽく言った。

「しかし……こちらの問題はなに一つ解決してないわ……」

マリューが憂鬱《ゆううつ》な表情になる。結局〝アルテミス〟で補給を受けることはできなかった。地球を挟《はさ》んで対極の位置にある月までは、まだ遠い。〝ヘリオポリス〟であわてて積み込んだ物資では、とうてい保《も》たないことは目に見えている。

ムウがマリューのそばに寄り、声を低めてたずねた。

「実際のとこ、どうなんだ。やばいのか？」

「食糧《しょくりょう》は非常糧食もありますが……問題なのは、弾薬《だんやく》と水ですね」

「水か……」

「ともかく方策を考えましょう。水はできるかぎり節約して……避難民《ひなんみん》のみんなにも協力してもらってね」

かくなる上はできるだけ早く、月へたどりつかなければいけない。航行予定コースのシミュレーションが、モニターの上に呼び出された。

「これで精一杯《せいいっぱい》か？　もっとマシな航路はとれないのか」

ナタルがいらいらと言う。

「無理ですよ。これ以上地球に軌道《きどう》を寄せると、デブリベルトに入ってしまいます」

「デブリの中を突《つ》っ切れれば、早いのにね」

と、マリューが苦笑《くしょう》ぎみに言うと、ノイマンも苦笑で応じた。

「この速度で突っ込んだら、この艦もデブリの仲間入りですよ？」

デブリ帯《ベルト》とは、地球を取り巻く宇宙ゴミのたどりつく宙域だ。人類が宇宙に進出して以来、廃棄《はいき》された人工衛星や宇宙開発において派生するさまざまな廃棄物が、宇宙空間に捨てられてきた。そこは、それらのスペースデブリが地球の引力に引き寄せられて漂《ただよ》っている、いわばゴミの墓場と言ってもいい。

ふいに、モニターを見ていたムウがつぶやいた。

「待てよ。デブリか……」

なにか思いついたらしい。彼は端整《たんせい》な顔に不敵な笑《え》みを浮《う》かべ、マリューを見た。

「——不可能を可能にする男かな、俺は？」


エレベータが降下するにしたがって、雲の切れ間からアプリリウス市の全景が見えてくる。ミラーからの反射光を受けてきらめく海、そこに浮かぶいくつかの碧《あお》い島々。それらが奇跡《きせき》のように美しいと感じるのは、無機的な軍艦《ぐんかん》で何週間も生活したあとだからというだけではない。白銀に煙《けむ》る自己修復ガラスの外は、生命の存在を許さない非情な宇宙空間だ。その中にぽっかり浮かんだ浮島《うきしま》のような、はかない人間のいとなみは、だからこそ偉大《いだい》に、そして美しく映る。

アスランとラウは、プラントの支点に設けられた宇宙船ドッキングベイから、底部へと延《の》びる全長六〇キロにおよぶ長大なシャフトを、エレベータで降下していた。

ラウはシートに座ってコンピュータ上の資料を読み、アスランは立って美しい下界を見下ろしていた。エレベータ壁面《へきめん》のモニターでは、ニュース映像が流れている。

〈――では次に、〝ユニウス・セブン〟追悼《ついとう》、一周年式典をひかえ、昨夜クライン最高評議会議長が声明を発表しました……〉

アナウンサーの声に、アスランとラウの目がそちらを向いた。画面には四十代後半の、品のよい面長《おもなが》な男と、その脇《わき》にひかえるように立つ、一人の少女が映っていた。アスランの目は自分でも意識しないまま、その少女に引き寄せられた。

その姿は、どこにも尖《とが》ったところや硬《かた》いところがない。ふわふわと波打つ長い髪《かみ》は柔《やわ》らかなピンクに染められ、透《す》き通るような白い肌《はだ》によく映《は》えている。大きな瞳《ひとみ》はどこか夢見るような色をたたえ、ふっくらした頬《ほお》をつつけば、今にも笑みをこぼしそうだ――彼女の名はラクス・クライン。クライン議長の愛娘《まなむすめ》にして、〝プラント〟一の歌姫《うたひめ》、そして――。

「――そう言えば、彼女が君の婚約者《こんやくしゃ》だったたな」

ラウの声で、アスランは自分が彼女をまじまじと見つめていたのに気づき、あせって視線をそらした。〝プラント〟じゅうが知っている事実だ。隊長が知っていても当然なのに、妙《みょう》に動揺《どう》《よう》してしまう。

周囲はもう彼女との仲を決まったもののように言う。アスランとて、ラクスのことを嫌《きら》ってはいない——いや、むしろ好ましいと思い、大切にしたいとは思える。だがいずれ自分たちが結婚《けっこん》する仲だとは、実感を持って考えられないのだ。

「彼女は今回の追悼慰霊《いれい》団の代表もつとめるそうじゃないか。すばらしい」

ラウは彼の動揺に気づかないのか、それとも気づいていてわざと言っているのか、にこやかに話を続ける。

「——ザラ長官とクライン議長の血をつぐ君らの結びつき——次世代にはまたとない光となるだろう。期待しているよ」

「……ありがとうございます」

空々しくさえ感じられるラウの賛辞に、アスランはぎこちなく頭を下げた。

〝ストライク〟の整備を終えて、キラは食堂へ向かった。パイロットなら自分の機体は他人《ひと》まかせにするな、と、ムウに命じられてのことだ。

「おっつかれ」

先に食事をしていたトールとミリアリアが笑いかけ、なぜかサイが気まずげな表情のフレイをつついた。食卓《しょくたく》に並んでいるのは、艦の苦しい状態を反映してやや味気ないメニューだ。キラが席についたとたん、フレイが意を決したように声をかけた。

「あ……あの、キラ、この間はごめんなさい！」

「え、な、なに？」

突然《とつぜん》彼女に頭を下げられて、キラはどぎまぎする。トールが口をそえた。

「……ほら、〝アルテミス〟でさ」

——だってその子、コーディネイターだもの。

——裏切り者のコーディネイター……。

あのときのことを思い出して、キラの顔が一瞬《いっしゅん》こわばる。だが無理に笑顔を作って、答えた。

「いいよ、別に。気にしてないから。——ほんとのことだしね」

とたんにフレイがほっとした顔になった。

「……ありがと」

そして、かたわらのサイを見上げて、ほめてくれと言わんばかりににっこりする。仲睦《なかむつ》まじそうな二人の様子を見て、自然とキラの表情は曇《くも》った。

「お、坊主《ぼうず》たち、やっぱりここか」

その声に目を向けると、整備士のマードックが入口からのぞき込んでいた。

「艦長たちがお呼びだとさ」

彼らは艦橋に呼び出された。用件は、補給についてということだった。それを聞いてみな、声を弾《はず》ませる。

「補給を受けられるんですか？　どこで！」

それに対するムウの返答は、どうにも歯切れが悪かった。

「受けられるって言うか、まあ、セルフサービスって言うか……」

と、言葉をにごす。そこへ、マリューが意を決したように、口をひらいた。

「私たちは今、デブリベルトへ向かっています」

「デブリベルト……？」

少年たちは一瞬顔を見合わせた。サイがはっとする。

「って、ちょっと待ってくださいよ！　まさか!?」

「君はカンがいいねえ」

ごまかすようにムウが、彼の肩《かた》を叩《たた》いた。マリューは変わらず、重い口調だ。

「──デブリベルトには、宇宙空間を漂《ただよ》うさまざまなものが集まっています。そこにはむろん、戦闘《せんとう》で破壊《はかい》された戦艦《せんかん》などもあるわけで……」

彼女の言葉を聞き、少し遅《おく》れて『補給』の意味を悟《さと》ったキラたちが、顔を引きつらせる。

「え……まさかそこから『補給』しようって……？」

「しかたないだろ？　そうでもしなきゃ、こっちがもたないんだから」

開き直ったように、あっけらかんとムウが言い、少年たちの顔に、当惑《とうわく》と嫌悪《けんお》がよぎった。

思ったとおりの反応に、マリューはため息をつく。

「あなたたちにはその際、ポッドでの船外活動を手伝ってもらいたいの」
彼女自身、ムウの案に、心の奥で根強いためらいを感じている。だが——
「死者の眠《ねむ》りを妨《さまた》げようというつもりはないわ。ただ、失われたものの中からほんの少し、いま私たちに必要なものをわけてもらうの。――生きるために」

自分の言葉が詭弁《きべん》のように響《ひび》くのを感じつつも、彼女は断固として言った。そう、自分たちは生き延びねばならないのだ。たとえゴミを漁《あさ》る盗掘者《とうくつしゃ》の汚名《おめい》を得ようとも。

十二人の評議会議員たちが湾曲《わんきょく》したテーブルについていた。彼らと向き合う形で、アスランとラウは席に着かされる。中央に座っているのが、さっきニュース映像で見たシーゲル・クラインン。ラクスの父にして、この議会の議長、全〝プラント〟を代表する国家元首だ。

〝プラント〟は全部で十二の市によって構成されている。各市はそれぞれ特化された研究分野を持ち、それぞれ一人ずつ最高評議会の議員を選出する。この十二人の協議によって、〝プラント〟の意志が決定されるのだ。

そしてアスランの父が議員の一人であるように、十二人の中にはイザーク、ニコル、ディアッカの父母も含《ふく》まれていた。だが、なにも彼らは親の七光りに頼《たよ》っているわけではない。しいて言うなら、有能なものの遺伝子を受け継《つ》いだ彼らだからこそ、エースパイロットとして一線で活躍《かつやく》することができるということだろう。

彼らの前ではラウが、経過を報告している。

「——以上の経過から、ご理解いただけると存じますが、我々の行動はけっして〝ヘリオポリス〟自体を攻撃《こうげき》したものではなく、あの崩壊《ほうかい》の最大原因は、むしろ地球連合軍にあったものとご報告します」

堂々と論じると、ラウは自らの席に引き下がる。彼は本当にそう信じているのだろうか、という疑問が、アスランの頭をかすめる。あのとき部隊にD装備を命じた時点で、本当にラウは〝ヘリオポリス〟へ与《あた》える被害《ひがい》を予想していなかったのか……？

だが、議員たちは彼の並べた言葉に飛びついた。

「やはりオーブは地球軍に与《くみ》していたのだ！　条約を無視したのはあちらの方ですぞ」

「しかしアスハ代表は……」

「地球に住む者の言葉など、あてになるものか！」

紛糾《ふんきゅう》しはじめた議場に、重々しい声が、ほかの議員たちの論争を圧《あっ》して響いた。

「——しかし、クルーゼ隊長」

パトリック・ザラだった。

「その地球軍のモビルスーツ、はたしてそこまでの犠牲《ぎせい》をはらってでも、手に入れる価値のあったものなのかね？」

ラウはあらかじめ質問を予測していたかのように、なめらかにそれに応じた。

「その驚異的《きょうい》な性能については、実際にその一機に乗り、また取り逃《に》がした最後の機体と交戦経験のある、アスラン・ザラより報告させたいと思いますが」

まるで台本のある舞台《ぶたい》のようだ——そう思いつつ、アスランは立ち上がった。背後にあるスクリーンに、〝イージス〟の映像が浮《う》かび上がる。次に戦闘の様子をとらえた映像に切り替《か》わると、議員たちの間からどよめきが上がった。

「まず、〝イージス〟という呼称《こしょう》のついたこの機体ですが……」

望まないまま舞台に上がった素人《しろうと》のような気分で、アスランは報告をはじめた。

クライン議長が、じっとパトリックを見つめている。彼はこの台本に、うすうす気づいているのかもしれない。

「——以上、データが示すとおり、ハードウェアとしての性能は、われらザフトの次期主力として、現在配備が進んでいる〝ジグー〟を上回るものと言えましょう。……クルーゼ隊長のご判断は正しかったものと、私は信じます」

報告を終え、アスランは引き下がった。

議員たちは彼の報告を聞き、みな苦々しい表情になる。

「……こんなものを造り上げるとは……ナチュラルどもめ……！」

「でもまだ試作機の段階でしょう？　たった五機のモビルスーツなど……」

「だがここまで来れば量産は目前だ！　その時になって慌《あわ》てればいいとおっしゃるか!?」

そうか――と、アスランは思う。――これは、恐怖《きょうふ》だ。

ナチュラルより能力的には遥《はる》かにまさっているはずの彼らなのに、なぜかその心の底には自《みずか》らより劣《おと》る種への根強い恐怖感がある。それは、理屈《りくつ》に合わない不可解な行動を示す、相手の不確実性に対する恐《おそ》れなのか、かつての迫害《はくがい》を思い起こしてのものなのか、それとも――

「――これは、はっきりとしたナチュラルどもの意志のあらわれですよ！　やつらはまだ戦火を拡大するつもりなんです！」

「だからといって、戦いつづけてどうなるというのです？　長期戦になれば、われらの方が……」

――それとも、自らを生み出した種に敵対するという行為《こうい》そのもの――『親殺し』の禁忌《きんき》に触《ふ》れる、根源的な恐怖心なのか……？

「今はそんなことを言っている場合では……」

「静粛《せいしゅく》に！　委員がた、静粛に！」

彼らは恐怖を感じている。それに火をつけたのは、パトリックとラウだ。

奇妙《きみょう》だ。世界でも最高の頭脳がここには集まっているはずなのに、その彼らがやっているのは、昔ながらの感情論のぶつけ合い。それほど、恐怖という感情は強烈《きょうれつ》なものなのだ。

紛糾していた議場に、ようやく一呼吸の静寂《せいじゃく》が戻《もど》った。そこへ、パトリックの重々しい声が響いた。

「――戦いたがる者などおらぬ……」

その言葉に、みなが口を閉《と》ざして彼を見やった。

「平和に、おだやかに——幸せに暮らしたい……われらの願いはそれだけでした」

みな、静かにうなずく。と、パトリックの声が、突然《とつぜん》激した。

「だが、その願いを無惨《むざん》にも打ち砕《くだ》いたのは誰《だれ》です!?　自分たちの都合と欲望のためだけに、われらコーディネイターを縛《しば》り、利用しつづけてきたのは!?　われらは忘れない……」

彼は力強く、みなの顔を見渡《みわた》した。

「……あの〝血のバレンタイン〟——〝ユニウス・セブン〟の悲劇を——!」

「駆逐艦《くちくかん》だ。エンジンをやられたんだな……」

デブリ帯に浮かんだ残骸《ざんがい》は、まだ比較《ひかく》的原型をとどめている。

「あまり損傷はないですね。弾薬《だんやく》とか、ありそうですけど……」

サイは操縦席にいるパルに話しかけた。『墓荒《はかあ》らし』に対する当初の心理的抵抗《ていこう》は、作業用ポッドで船外に出るという初めての体験への興奮と、宝捜《たからさが》しめいた感覚とに、ともすれば忘れ去られている。だからパルがこうつぶやくと、はっとしてしまった。

「んま、乗ってた人らが、全員ぶじ脱出《だっしゅつ》したんだといいよな……」

機関部にぽっかり空いた穴が、まるで墓穴《はかあな》のように見えた。

〝ストライク〟は、トールとミリアリアの乗ったポッドにつきそうように、デブリの海を進んでいた。宇宙船の外壁《がいへき》らしい残骸をかわすと、目の前に異質な光景が広がっていた。

「あ……」

「ああっ……」

「……これ……って……？」

キラとトールたちは、同時に声を上げた。

目の前に、凍《こお》りついた大地が広がっていた。

かつてはのどかな農村風景に似たものだったろう。枯《か》れて凍りついた麦が一面に白くそそけ立ち、ぽつぽつと散る農園らしき建物だけが、真空中にほぼ完全な保存状態で残っている。その大地の周囲を取り巻くのは、減圧で沸騰《ふっとう》した形のまま凍りつき、まるでこのプラントの運命に憤《いきどお》っているかのような海だ。中央のシャフトは無惨に折れ、中途《ちゅうと》で引きちぎられたように漂《ただよ》うハイテンションストリングスの周囲に、わずかに残った外壁の自己修復ガラスが、ぼろぼろに砕けて貼《は》りつき、その海を取り囲んでいる。

それは、かつてプラントの一基だったもの——その残骸だった。

船外作業服に身を包んだキラたちは、真空にさらされた大地に降り立った。みんな、自然と言葉すくなになる。がらんとしたこの風景は、なぜか漆黒《しっこく》の宇宙空間よりもさびしく、まるで家族のいない家に帰ったような心細さを感じた。そうっと足音を忍《しの》ばせるように路地をたどり、納屋《なや》だったらしい建物に近づく。ドアを開けたとたん、ミリアリアが悲鳴を上げた。

キラは凍りついたように、目の前の浮遊物《ふゆうぶつ》を見つめた。崩壊《ほうかい》の直前、なんとかこの納屋に駆《か》け込んだのだろう。子供をかばうように胸に抱《だ》き、背を丸めた母親の無惨な亡骸《なきがら》だった。きつく回された母親の腕《うで》に隠《かく》されて、子供の性別まではわからない。だがかたわらには、この子のものらしい、目玉のとれかけたぬいぐるみのクマが漂っている。

なんということだろう。

かつてこのプラントに暮らしていた人たちはみな、この母子と同じ運命をたどったのだ。

これが、〝ユニウス・セブン〟――〝血のバレンタイン〟の舞台となった場所の、現在の姿だった。

「二十四万三千七百二十一名――我々はそれだけの同胞《どうほう》を喪《うしな》った……」

そのうちの一名は、レノア・ザラ――アスランの母にして、パトリックの妻であった女性だ。

〝プラント〟の歴史は、屈従《くつじゅう》の歴史だ。

地球各地でナチュラルからの迫害を受けたコーディネイターたちは、その住処《すみか》を宇宙に求めた。地球は〝プラント〟に、エネルギーと工業製品を生産させ、一部のオーナー国だけでその利益を独占《どくせん》した。オーナー国は〝プラント〟の武装と食糧《しょくりょう》生産を禁じ、食糧の供給を文字通り「エサに」して〝プラント〟を操《あやつ》ってきたのだ。

両者の関係が深刻化すると、〝プラント〟はエネルギーと工業生産物の、地球は食糧の輸出入を断ち切った。

そんな中、〝プラント〟にとって貴重な食糧生産地であったユニウス市の一基、〝ユニウス・セブン〟に、地球連合軍は核《かく》ミサイルを撃《う》ち込んだのだ。

一瞬《いっしゅん》にして〝ユニウス・セブン〟は崩壊《ほうかい》した。

「――それでも我々は最低限の要求で、戦争を早期に終結すべく、心を砕いてきました。だがナチュラルは、その努力をことごとく無にしてきたのです！」

パトリックの熱弁に、議員たちは沈痛《ちんつう》な面《おも》持ちで聞き入っていた。

以後、彼らは二度とこのような悲劇を招かぬよう、核弾頭《かくだんとう》を無効化する〝ニュートロン・ジャマー〟を実用化し、地球と〝プラント〟周辺に設置したのである。

〝ユニウス・セブン〟、〝血のバレンタイン〟――それらの単語は、彼らコーディネイターに特別な思いを抱《いだ》かせずにはいられない。

「我々は我々を守るために戦う……」

パトリック・ザラは、静かな中にも決然とした意志をこめて、告げた。

「――戦わねば守れぬのならば、戦うしかないのです……！」

これが、決定打となった。

「あそこの水を……!?　本気なんですか？」

〝アークエンジェル〟の艦橋《ブリッジ》に戻ったキラは、驚愕《きょうがく》の声を上げた。

「あそこには一億トン近い水が凍りついているんだ」

なんの理由も説明しない事実を、ナタルが口にする。彼らは〝ユニウス・セブン〟の残骸《ざんがい》から、水を運ぶことを決定したのだった。

「でも……見たでしょう？　あのプラントは何十万もの人が亡《な》くなった場所で……！」

キラは懸命《けんめい》に抗議《こうぎ》した。コーディネイターの彼にとって、あの場所は特別な意味を持っていた。そして、彼以外の者とて、大多数は同じくらいの心理的抵抗《ていこう》を感じる。だが、そうせざるを得ない理由があるのだ。

マリューは言った。

「水は、あれしか見つかっていないの」

キラは、はっと言葉をのむ。

「誰だって、できればあそこには踏《ふ》み込みたくないさ」

そこにたたみかけるように、ムウが言った。

「けど、しょうがねえだろ！　俺たちは生きてるんだ——ってことは、生きなきゃなんねえ、ってことなんだよ！」

「アスラン」

議場から出たところで、声をかけられ、アスランは反射的に敬礼の姿勢をとった。

「――クライン議長閣下」

「そう他人行儀《ぎょうぎ》な礼をしてくれるな」

「いえっ、これは……ええと」

苦笑《くしょう》混じりに言われてはじめて気づき、アスランはあわてて上げた手を下ろした。二人は思わず、顔を見合わせて笑った。

クラインは、ふと奥の壁《かべ》を見上げた。

そこには巨大《きょだい》なモニュメントが据《す》えられていた。〝エヴィデンス01〟――通称《つうしょう》〝くじら石〟。

その名のとおり、水棲《すいせい》の脊椎《せきつい》動物の化石に見える。だがこの生物は鯨《くじら》と明らかに違《ちが》う特徴《とくちょう》を持っていた。その胴《どう》から翼《つばさ》としか思えない骨格が突《つ》き出していたからだ。
C.E.《コズミック・イラ》18、探査船〝ツィオルコフスキー〟が、木星からこの巨大な石を持ち帰った。外宇宙から飛来した隕石《いんせき》の一つと見られ、地球に大論争が巻き起こった。この一つの石が、地球外生命体の存在を証明していたからだ。以来これは、『存在証明《エヴィデンス》』と呼ばれている。
「――ようやく君が戻《もど》ったかと思えば、今度は娘《あれ》の方が仕事でおらん。まったく。きみらはいったいいつ、会う時間が取れるのかな」

クラインは苦笑しながら、ため息をついて見せた。

「はっ……申し訳ありません」

どぎまぎとアスランが頭を下げると、クラインはまた笑う。

「いや、私に謝られてもな」

彼はふと、議場の入口へ目をやり、笑《え》みを消した。

「——また、大変なことになりそうだ。……君の父上の言うこともわかるのだが」

上品な顔に、疲《つか》れたような皺《しわ》が寄った。シーゲル・クラインは穏健《おんけん》派だ。アスランの父とは対極の立場にある。ここ一年、クラインはパトリックら急進派の意見に押し切られてきた。それ以前から地球との交渉《こうしょう》につくことが多かった彼だけに、気苦労も多いだろう。

議場から、パトリックと連れ立ってなにか会話しながら出てきたラウが、アスランを見つけて近づいてくる。

「あの新造艦とモビルスーツを追う。ラコーニとポルトの隊が私の指揮下に入る。出港は七十二時間後だぞ」

「はっ！——失礼します、クライン議長閣下」

アスランはクラインに再び敬礼すると、ラウに従った。

一人残されたクラインにパトリックが近寄り、二人はしばし、見つめあった。

「……我々に、そう時はないのだ……。いたずらに戦火を拡大してどうする？」

クラインが低く問うと、パトリックが答えた。

「だからこそ許せぬのです。——我々の邪魔《じゃま》をする者は……」

かつては砂浜《すなはま》だったであろう凍《い》てついた波打ちぎわで、ミリアリアは両手一杯《いっぱい》にかかえた花を投げた。

もちろん生花など〝アークエンジェル〟にはない。だから、彼女やトールたちが、色とりどりの色紙で作った折り紙の花だ。避難民《ひなんみん》の中に一人混じっていた、小さな女の子も花作りを手伝ってくれた。

怒《いか》りの形に固まった海の上に、小さな花々が舞《ま》った。

かつてこのプラントで、人々は彼らと同じように、走り、笑い、育ち、呼吸していたのだ。凍《こお》った大地の上で、艦の中で、人々は同時に黙禱《もくとう》を捧《ささ》げた。それは自分たちの気休めでしかないかもしれなかったが、せめてそれだけでも、せずにはいられなかった。この墓場は、地球の――彼らの罪の烙印《らくいん》だった。

作業がはじまる。キラは〝ストライク〟で付近の宙域を哨戒《しょうかい》しながら、切り取った氷の塊や弾薬《だんやく》を運ぶポッドを見守っていた。

花が散る。風に吹《ふ》かれて、切れ切れに飛ばされる花びらの行方《ゆくえ》を、アスランは見守った。

彼の前にはひとつの墓石があった。

レノア・ザラ　C.E.33〜70――アスランの母の墓標だ。

だがその下に、遺体はない。〝ユニウス・セブン〟のほかの犠牲者《ぎせいしゃ》たちと同じように。

彼女は農学の研究者だった。アスランは、あまり多くの時間を母と共にしたことがなかった。だが一緒《いっしょ》に過ごしたわずかな時間、彼女は控《ひか》えめな、だがまぎれもない愛情を彼にふりそそいでくれた。だから、離《はな》れていても不安はなかった。彼は立派な仕事をしている母を誇《ほこ》りに思っていた。

彼女のように優秀《ゆうしゅう》な人材が、そしてそれ以上に大切な誰《だれ》かの家族である人々が、一瞬《いっしゅん》のうちに命を奪《うば》われた。それが、戦争だ。

――我々は我々を守るために戦う……。

さっき父が歌い上げた言葉が、アスランの耳に蘇《よみがえ》る。

――戦わねば守れぬのならば……。

そう。座して待っていても平和は訪《おとず》れない。戦争なんて嫌《いや》だと叫《さけ》べば、戦争がなくなるのか。

ちがう。アスランはあらためて、自分の意志を確認《かくにん》した。

――戦うしかない……！

たたずむ彼のリストウォッチから、非常呼び出しのシグナルが鳴った。

〝ストライク〟のコクピットに、警戒《けいかい》警報が鳴り響《ひび》いた。ぼんやりともの思いにふけっていたキラは、ぎくっとモニターを見なおす。

デブリの向こうで、何か動いたものがあった。――モビルスーツだ！

キラの体に、電撃《でんげき》のような緊張《きんちょう》が走る。その間にコンピュータが機種を特定する。モニターに流れた文字は、〝ZGMF-LRR704B〟――強行偵察《ていさつ》型、複座の〝ジン〟だ。

「……なんでこんなところに⁉」

キラはぎりっと歯を食いしばった。〝アークエンジェル〟への物資搬入《はんにゅう》はまだ終わっていない。もし〝ジン〟に見つけられて、応援《おうえん》を呼ばれたら……！

彼はビームライフルの狙撃《そげき》用スコープを、眼前に引き寄せた。照準機の中で、なにかを探しているらしい〝ジン〟がロックされる。

ロックオンを示す電子音が鳴り、目の前で「FIRE」という文字がキラをうながす。

(行け……！　行ってくれ……)

なにも見ず、この宙域から立ち去ってくれ。キラの祈《いの》りを聞いたかのように、〝ジン〟はバーニアを吹かして離脱《りだつ》しようとする。だがその直後、なにかを見つけて反転した。キラははっとモニターに目をやる。〝アークエンジェル〟の作業ポッドが〝ジン〟の視界に入ったのだ。

「ばかやろう！　なんで気づくんだよ！」

〝ジン〟がライフルをかまえ、撃《う》つのが見えた。銃弾《じゅうだん》がポッドをかすめる。

「なんで……っ！」

キラの指が、トリガーを引いた。

一条のビームが放たれ、まっすぐに〝ジン〟の機体を貫《つらぬ》く。爆発《ばくはつ》が明るく周囲を照らした。

〈あ……ありがと、キラ！〉

スピーカーからカズイの声が飛び込んでくる。狙《ねら》われたポッドには、彼が乗っていたのだ。

〈マジ死ぬかと思ったぜ――〉

〈〝ストライク〟、なにがあった……〉

カズイの心底ほっとしたような声にかぶさるように、〝アークエンジェル〟の通信が入る。

だがそれに答えることなく、キラは叩《たた》きつけるように無線のスイッチを切った。

地球軍に壊《こわ》された大地、虐殺《ぎゃくさつ》されたコーディネイターの記念碑《きねんひ》に、彼は、祈りを捧げた。

だが、祈る資格なんてない。

虐殺を行なった地球連合軍に与《くみ》して戦う彼に、同じコーディネイターを殺さなければならない彼に、同胞《どうほう》のために祈ることなんて許されないのだ。

殺したくなんかない。ただ――守りたいだけなのに……！

そのとき――またあの電子音が鳴りはじめた。キラははっと顔を上げた。

――まだ敵がいたのか!?

だが、今度モニターに映っていたのは、敵の機影《きえい》ではなかった。

「つくづく君は、落とし物を拾うのが好きなようだな」

ナタルの声には苦々しさと、ほんの少しあきらめが混じっていた。キラは憮然《ぶぜん》として答えない。

〝アークエンジェル〟の格納庫には、キラが見つけて曳航《えいこう》してきた救命ボートが横たわっている。マリューとムウは目と目を交《か》わし、小さくため息をついた。すでに、捨て犬と見ると拾ってきてしまう子供を持つ親の気分である。マードックがロックを操作し、「開けますぜ」と言った。

ハッチがかすかな音を立てて開いた。周囲に待機した兵士たちが銃を構える。そこへ――

〈ハロ・ハロ……〉

間抜《まぬ》けな声を発しながら漂《ただよ》い出たのは、ピンク色をしたボール状の物体だった。ぱたぱたと耳が羽ばたくように動き、球の真ん中にはつぶらな目がふたつ、光っている。どうやらペット用のロボットらしい。何者が出てくるかと身構えていた一同は、完全に毒気を抜かれた。

「ありがとう。ご苦労さまです」

ハッチの中から、愛らしい声がし、キラはあわててそちらへ目を向けなおした。

ふわり――と、その視界いっぱいに淡《あわ》いピンクが漂い、キラは目を瞬《また》かせた。

柔《やわ》らかなピンクの髪《かみ》と、長いスカートの裾《すそ》をなびかせて、ハッチから出てきたのは、キラと同じくらいの年齢《ねんれい》の少女だった。ほんわりと白い肌《はだ》、ほっそりした腕《うで》、やさしく愛らしい顔には、見る者を幸せにするような笑《え》みがたたえられている。その少女が宙に浮《う》かんだ様子は、まるでシャボンの泡《あわ》のように、綺麗《きれい》ではかなげに見えた。

「あら……あらあら？」

慣性でそのまま漂っていってしまいそうになる彼女の体を、キラは我に返って手をつかんで止めた。細い手首だった。

「ありがとう」

間近で少女がにっこりする。春の空のような柔らかなブルーの目で見つめられ、キラは赤くなった。

ふと、少女の顔が疑問符《ぎもんふ》を浮かべた。

「あら？」

その目は、キラの制服の徽章《きしょう》にとまっている。

「……あらあら？」

彼女はくるくるとあたりを見回す。そして、おっとりとした口調で言った。

「まあ……これはザフトの船ではありませんのね？」

一拍《いっぱく》おいて、ナタルが深々とため息をついた。

「おい、押すなよ」

「なんか聞こえるか？」

士官室の前に人垣《ひとがき》ができ上がっていた。キラは最前列に押しつけられている。トールにつき合って——というか首根っこをつかまれるようにしてつき合わされた状態で、ドアの向こうの様子をうかがっていたのだが、いつのまにかサイやカズイ、あげくの果てにトノムラやパルまでが加わって、後ろからぎゅうぎゅうと圧迫《あっぱく》されている。

ふいに、ドアにかかっていた人数分の過重が消失した。もっと簡単に言うと、突然《とつぜん》ドアが開いたのである。「うわっ」と床《ゆか》の上に折り重なった少年たちを、ナタルが冷たい視線で見下ろした。

「おまえたちはまだ積み込み作業が残ってるだろう！　さっさと作業に戻《もど》れ！」

少年たちはみごとなまでに、一瞬《いっしゅん》にして逃《に》げ出す。

部屋の中ではさいぜんのピンクの髪の少女が、びっくりしたように彼らを見ていた。彼女はキラの姿をみとめると、ひらひらと手を振《ふ》る。キラは赤くなり、あわてて部屋を飛び出した。

ドアが閉まり、静寂《せいじゃく》が戻ると、マリューが軽く咳払《せきばら》いした。

「失礼しました。それで——」

「わたくしはラクス・クラインですわ。——これは友だちのハロです」

少女は士官たちの前に、ピンクのロボットを差し出して紹介《しょうかい》する。ハロがまた、〈ハロ・ハロ・ラクス〉などと間抜けな声を発し、ムウががっくりと頭をかかえ、ほかの二人も内心はそうしたくなる。どうも調子が出ない。

「クラインねえ……。かの〝プラント〟現最高評議会議長どのも、たしかシーゲル・クラインと言ったが……」

ムウが気を取りなおして言うと、ラクスはうれしそうに手を打ちあわせた。

「あら、シーゲル・クラインは父ですわ。ご存じですの？」

無邪気《むじゃき》というか、自分の置かれた状況《じょうきょう》がわかっているのだろうか。ラクスを前に、さらにがっくりと肩《かた》を落とす三人であった。

「……そんな方が、どうしてこんなところに？」

「ええ、わたくし、〝ユニウス・セブン〟の追悼慰霊《ついとういれい》のために事前調査に来ておりましたの」

ラクスがあいかわらず可愛《かわい》らしい声で、だがなかなか筋道だった話をはじめて、マリューたちは、はっといずまいを正した。

「──そうしましたら、地球軍の船と出会ってしまいまして。臨検するとおっしゃるので、お受けしたのですが──地球の方々には、わたくしどもの船の目的が、どうやらお気に障《さわ》ったようで……。ささいな諍《いさか》いから、船内はひどいもめごとになってしまいましたの」

少女の柔らかな眉《まゆ》が、悲しげに寄せられた。

「……わたくしはまわりの者たちに、ポッドで脱出《だっしゅつ》させられたのですが……あのあと、どうなったのでしょう。地球軍の方々が、お気をしずめて下さっていれば良いのですが……」

ムウは黙《だま》っていた。この宙域に、ごく最近破壊《はかい》されたような民間船があったなどと、言う必要はない。その船に砲撃《ほうげき》の痕《あと》があったなどと――言う必要は、なかった。

士官たちが立ち去ったあと、ラクスは壁《かべ》のモニターに近づいた。船外の様子が映し出されている。無数のデブリが漂《ただよ》う中、砕《くだ》かれ、荒《あ》れ果てた大地が真空の闇《やみ》にさらされているのが見えた。彼女はハロを膝《ひざ》の上に抱《だ》き上げ、ささやきかけた。

「祈りましょうね、ハロ……。どの人の魂《たましい》も安らぐようにと……」

柔《やわ》らかな面《おも》ざしがかすかに悲しみで曇《くも》り、今にも溶《と》けて消えそうな儚《はかな》げな表情になる。

まるで何もかも――自分が乗ってきた船の行く末も、これからの自分の運命も、すべて悟《さと》り切って受けとめるかのような――そんな透《す》き通ったまなざしが、長い睫毛《まつげ》の下に隠《かく》れた。

それから数時間後、〝アークエンジェル〟は積み込み作業を終え、発進した。最後に〝ユニウス・セブン〟にもう一度祈《いの》りを捧《ささ》げたあと、彼らは月への進路を取った。

アスランは〝ヴェサリウス〟のハッチの手前に、父の姿をみとめて驚《おどろ》いた。息子の見送りになど来る人ではない。パトリックはだしぬけに問いかけてきた。

「アスラン、ラクス嬢《じょう》のことは聞いているか？」

「ラクス……いえ？」

「追悼式典の準備のために、〝ユニウス・セブン〟へ向かっていた視察船が消息を絶った」

パトリックの横にいたラウが、簡潔に言った。アスランは一瞬、目を見開く。むろん、その船にはラクスが乗っているはずだ。彼女の安否に思いを馳《は》せたあと、アスランの頭はその情報と父の姿をすばやく足し算した。彼はさっきとは違《ちが》う驚きを感じながら、ラウを見た。

「――しかし隊長、まさか〝ヴェサリウス〟が……？」

「おいおい、冷たい男だな、君は。むろん、我々は彼女の捜索《そうさく》に向かうのさ」

「しかし、まだなにかあったと決まったわけではないのでは？　民間船ですし……」

「いや、すでに捜索に向かったユン・ロー隊の〝ジン〟も戻らぬのだ」

それを聞いて、アスランの顔がけわしくなる。ラウはつづけた。

「〝ユニウス・セブン〟は地球の引力に引かれ、今はデブリベルトの中にある。……嫌《いや》な位置なのだよ」

確かに、嫌な位置だ。地球に近すぎる。だからといって地球連合軍がうろついて、わざわざ民間船を狙《ねら》ったりするとも思えないが……。

考え込むアスランに、パトリックが話しかけた。

「ラクス嬢とおまえが婚約者《こんやくしゃ》同士だと、〝プラント〟じゅうが知っておる。なのにおまえのいるクルーゼ隊が、ここでのんびりしているわけにもいくまい」

言うだけ言うと、父は背中を向けた。そのまま最後に念を押してくる。

「彼女はアイドルなのだ。頼《たの》むぞ、クルーゼ――アスラン」

父の姿を見送りながら、アスランは軽い嫌悪《けんお》をこめてつぶやいた。

「……彼女を助けてヒーローのように戻《もど》れ、ということですか」

「もしくは——その亡骸《なきがら》を号泣しながら抱いて戻れ、ということか」

隣《となり》のラウが言い、アスランはぎょっとして彼の顔を見た。時々この上官は、無神経というより冷酷《れいこく》なところを垣間《かいま》見せる。ラウは彼の視線を受けて、薄《うす》く笑った。

「——どちらにせよ、君が行かなくては話にならないとお考えなのさ、ザラ委員長は」


食堂から、少女たちのかん高い声が聞こえてきて、キラは立ち止まった。

「嫌ったら嫌！」

「もうフレイってば、なんでよお！」

フレイとミリアリアが、食事のトレイを前に言い争っている。キラは入っていき、そばにいたカズイに「……なに？」とたずねた。

「おまえが拾ってきた女の子の食事だよ。ミリィがフレイに『持ってって』って言ったら、フレイが『嫌』って……それで揉《も》めてるわけ」

フレイが叫《さけ》んだ。

「嫌よ！　コーディネイターの子のところに行くなんて、怖《こわ》くって……」

「フレイっ！」

ミリアリアがあわててたしなめる。フレイもキラの顔を認め、さすがに失言と思ったらしい。

「あ……も、もちろんキラは別よ？——でもあの子はザフトの子でしょ!?　コーディネイターって反射神経とかもすごくいいんだもの。なにかあったらどうするのよ！——ねえ？」

と、よりによってキラに同意を求める。キラは答えようがなくて黙ってしまう。ぼそっと答えたのはカズイだった。

「……でもあの子は、いきなり君に飛びかかったりはしないと思うんだけど」

「そんなのわからないじゃない！」

フレイはがんとして聞き入れようとしない。そのとき——

「まあ、誰《だれ》が誰に飛びかかったりするんですの？」

おっとりした声が背後からかかって、キラは反射的に振《ふ》り返った。

そこにはピンクの髪《かみ》、長いスカートをまとった噂《うわさ》の当人——ラクス・クラインが、にこにこして立っていた。

一同は、そのままの姿勢で凍《こお》りつく。

「あら、驚かせてしまったのならすみません」

すみませんと思っているのかどうかもわからない、ぽやっとした調子でラクスは言った。

「じつはわたくし、喉《のど》が渇《かわ》いて……それに、はしたないことを言うようですけど、ずいぶんお腹《なか》もすいてしまいましたの。あの、こちらは食堂ですか？　なにかいただけると嬉《うれ》しいのですけど……」

「……って、ちょっと待った！」

ようやく我に返った少年少女があわてる。

「鍵《かぎ》とかって、してないわけ⁉」

「やだあ！　なんでザフトの子が勝手に歩き回ってんの⁉」

「あら、『勝手に』ではありませんわ。わたくしちゃんとお聞きしましたもの。出かけてもいいですかって……」

無邪気《むじゃき》に目を見開くラクスに、

「で、行っていいって言われたんですか⁉」

あわてふためいてキラがたずねる。

「それが、お返事はどなたもしてくださらなかったんですの。でも三回もお聞きしたから、良いかと思いまして……」

「……それを『勝手に』出歩いてるって言うんじゃないのかなぁ」

カズイがぼそっと突《つ》っ込む。だがラクスは、そんなことをまったく意に介《かい》さず、にこにこしながらフレイの前に歩み出た。

「──それに、わたくしはザフトではありません。ザフトは軍の名称《めいしょう》で、正式には──」

「なっ、なんだって一緒《いっしょ》よ！　コーディネイターなんだから！」

「一緒ではありませんわ。確かにわたくしはコーディネイターですが、軍の人間ではありませんもの」

ラクスは可愛《かわい》らしく首をかしげ、大きな目でフレイを見た。

「あなたも、軍の方ではないのでしょう？　でしたら、わたくしとあなたは同じですわね？」

見る者をとろけさせるような柔《やわ》らかな笑《え》みを浮《う》かべ、ラクスは右手を差し出した。ふんわりとした空気が流れる。この少女にはどこか、人を和《なご》ませる雰囲気《ふんいき》があった。

だが、フレイは差し出された手を見てあとずさった。

「ちょっと、やだ……やめてよ！　なんで私があんたなんかと握手《あくしゅ》しなきゃなんないの」

その顔にはまぎれもない嫌悪が浮かんでいる。彼女は金切り声で叫んだ。

「コーディネイターのくせに、なれなれしくしないで！」

キラの呼吸が止まった。

決定的な断絶——このとき彼にも、それがつきつけられた。

こんなに愛らしく、無垢《むく》な少女に対してさえ、彼女がコーディネイターだというだけで、フレイはこんなひどい言葉で切りつけることができるのだ。

どんな努力も歩み寄りも通用しない。彼らがコーディネイターであることは覆《くつがえ》しようのない事実なのだから……。

キラは、冷たい絶望が胸を浸《ひた》していくのを感じた。

「しかしまー、補給の問題が解決したかと思ったら、今度はピンクのお姫《ひめ》さまか……」

ムウがマリューを見やり、からかうように敬礼する。

「悩《なや》みの種がつきませんな。艦長《かんちょう》どの」

よくまあ他人事《ひとごと》のように言ってくれるものだ、と、マリューは思う。ただ、このごろは彼女もムウのスタイルに慣れてきた。普段《ふだん》はいいかげんに見えても、いざというとき非常に頼《たよ》りになる男だ。補給のことだけではなく、これまでだって、何度、彼の機転に助けられたか知れない。

もしかしたら、この飄々《ひょうひょう》とした態度も計算ずくなのではないか。肩《かた》に力の入っているマリューたちを和ませようという。

まあ、たぶんこれが素《す》なのだろうが。と、思いつつ、マリューは口をひらいた。

「――あの子もこのまま、月本部へ連れて行くしかないでしょうね……」

「ほかにまだ寄港予定地があったっけ？」

「しかし、月本部へ連れて行けば、彼女は……」

「そりゃ大歓迎されるだろ」

ムウが皮肉っぽく言った。

〝プラント〟元首の娘《むすめ》だ。外交上の有利なカードとして、利用されることは間違《まちが》いない。

「でも……できればそんな目には遭《あ》わせたくないんです。民間人の、まだあんな子供を……」

マリューが迷いを口にすると、背後でナタルがせせら笑うように言った。

「そうおっしゃるなら、彼らは？」

彼女が目で示したのは、コパイロット席についたトールだ。

「――こうして操艦し、戦場で戦ってきた彼らだって、まだ子供の民間人です」

「バジルール少尉《しょうい》、それは……」

「キラ・ヤマトや彼らを、やむを得ぬとはいえ戦闘《せんとう》に参加させて、あの少女だけは巻き込みたくないとでもおっしゃるんですか？　彼女はクラインの娘です。と、いうことは、その時点ですでに、ただの民間人ではないということですよ」

ナタルの言うこともわかる。マリューは反論できずに黙《だま》った。たぶん根っからの軍人気質の彼女には、マリューの意見は甘いと感じられるのだろう。

自分は艦長に向いていない、と、マリューは思った。


「またここに居なくてはいけませんの？」

もとの士官室に連れ戻《もど》され、ラクスが寂《さび》しそうに言う。

「ええ……そうですよ」

キラは食事のトレイをサイドテーブルに置くと、沈《しず》んだ気持ちを押し隠《かく》し、無理に笑いかけた。ラクスがちょっとむくれる。

「わたくしもあちらで、みなさんとお話ししながら頂きたいですわ」

そんな顔も、またなんとも言えず愛らしい。キラはまぶしいものを見たように目をそらした。

「これは地球軍の艦ですから、コーディネイターのこと……その……あまり好きじゃないって人もいるし……」

（たぶん、ぼくのことも――）

口にした瞬間《しゅんかん》走った胸の痛みをまぎらすように、彼は言葉をつぐ。

「ってか、今は敵同士だし……だから、しかたないと思います……」

なぜ自分はこうやって、ナチュラルの肩を持つようなことを言っているのだろう。それで彼らに溶《と》け込めるわけでもないのに。

そう思うとますます悲しくなって、キラは目を落とした。

「残念ですわね……」

ラクスはそんな彼の顔を見上げ、切なげな表情になる。だがそれはたちまち消え去り、すぐに包みこむような笑顔になった。

「でも、あなたはやさしいんですのね。ありがとう」

「ぼくは……」

キラははっとした。なぜか後ろめたい気分になり、彼は思い切って言った。

「ぼくも、コーディネイターですから」

ラクスは目を丸くし、きょとんと首をかしげた。驚《おどろ》いているのだろう、とキラは思った。そして次にはきっと、「コーディネイターがなぜ地球軍にいるのか」とたずねるだろう。

だが、キラの予想は裏切られた。ラクスは、不思議そうに訊《き》いた。

「……あなたがやさしいのは、あなただからでしょう？」

どきん、と、キラの心臓が大きく打った。

——この子は、誰《だれ》なんだろう……？

「お名前を、教えていただけます？」

ラクスは、ほわりと笑う。その笑顔に見入っていたキラは、一拍《いっぱく》おいてあわてて答えた。

「あ、キ、キラ……です。キラ・ヤマト……」

「そう。——ありがとう、キラさま」

そう呼ばれたとたん、キラは、自分が大昔の騎士《きし》にでもなったような気がした。


キラとラクスが立ち去ったあとの、いごこちの悪い沈黙《ちんもく》の中で、カズイがぽつっと訊いた。

「……フレイってさ、〝ブルーコスモス〟？」

彼が口にしたのは、自然主義を掲《かか》げるロビィ団体の名称だった。C.E.30年代の遺伝子改変ブームに対抗《たいこう》するように発生したこの団体は、「人類よ、自然に還《かえ》れ」をテーマにしたさまざまた抗議《こうぎ》活動を行ない、中にはテロや海賊《かいぞく》行為にまで発展する、危険な分派も存在する。コーディネイター迫害《はくがい》の先頭に立ったのも、この〝ブルーコスモス〟だ。

「違《ちが》うわよ！」

心外だというように声を荒《あら》げたフレイは、すぐに、少し声を落とした。

「――でも、あの人たちの言ってることって、間違ってはないじゃない。病気でもないのに、遺伝子を操作した人間なんて、やっぱり自然の摂理《せつり》に逆らった、間違った存在よ」

彼女はむっとした表情で、みんなの顔を見回した。

「――ほんとはみんなだって、そう思ってるんでしょ⁉」

カズイはどぎまぎと目をそらした。向かいに座ったミリアリアは、なにか真剣《しんけん》に考え込んでいるような顔つきだ。

正直、カズイの中には、フレイの意見に同意したがっている部分があった。

「なんかつい……忘れちゃうけどさ……」

彼は独り言のようにつぶやいた。

「キラもコーディネイターなんだよな。あんなモビルスーツ、平気で乗れて、戦えちゃうんだもんなぁ……」

もちろん、キラは大事な仲間だ。自分たちのために戦ってくれて、感謝もしている。ほんの数時間前だって、彼がいなければ自分は〝ジン〟に撃《う》たれて死んでいた。でも――つい自分と引き比べてしまう。チャンドラのお供でポッドに乗るくらいがせいぜいの自分と。

キラに対して、対抗心や嫉妬心《しっとしん》を抱《いだ》いたってしかたない。そもそも、同じ土俵の上にいない者と対抗してどうする？　どうやったって敵《かな》いっこない。

キラはコーディネイターなんだから。

そう思うたびにカズイは、自分の内部で、何かが腐《くさ》っていくような気がするのだった。


キラがラクスの部屋を出てくると、ちょうど通路のむこうからサイがやってきた。こっちに手を振《ふ》るから、キラは立ち止まった。追いつくと、サイは気まずそうに言う。

「……ミリィから聞いたよ」

「ああ……」

「あんまり気にするなよ。……まあ、いろいろだけどさ……」

二人は並んで歩きはじめた。

「フレイには、あとで言っとく」

このごろのサイは、フレイの恋人《こいびと》——というより保護者のようだ。手紙の話を聞くまで、こんなに親密だとは思わなかった。この艦に乗ってからのことなのだろうか。それともみんなが知らなかっただけで、以前からそうだったのだろうか。

なんとなく沈《しず》んだ気分になりかけたキラの耳に、どこからか音楽——歌……が、聞こえ、彼は振り返った。

どこまでも透明《とうめい》な、美しい声だ。胸に染《し》み入って、もつれた塊《かたまり》を解きほぐしてくれるような、そんな歌声だった。ラクスが歌っているのだ。

キラたちは知らないことだが、〝プラント〟に住んでいて、この声を知らない者はいない。彼女の曲はいつも全〝プラント〟のトップチャートに入っているし、街角のモニターでもプロモーション映像が流れている。パトリック・ザラが言ったとおり、彼女は国じゅうに愛されるアイドルなのだ。その存在が、その声が、すべての人を癒《いや》す。

それはささくれかけたキラの心にも、やさしく染み込んだ。

「きれいな声だな……」

サイも立ち止まって微笑《ほほえ》んでいる。二人はしばし、敵国の歌姫《うたひめ》の声に聞き入った。

サイがなにげなく言った。

「――でもやっぱ、それも遺伝子いじってそうしたもんなのかね？」

やわらいでいた空気が、急に凍《こお》りついたようにキラは感じた。

通信士のシートについていたパルの目の前で、計器が特異な反応を見せた。彼は持っていたドリンクを思わず放《ほう》り出し、計器をいじる。

「――艦長《かんちょう》っ！」

その声に、マリューとナタルは振り返った。今度はなんだ、と身構える彼女らに、パルは叫《さけ》ぶように言った。

「つ、通信です！　地球軍第八艦隊の暗号パルスですっ！」

「なにっ!?」

「追えるのか!?」

「やってますよ！」

二人がパルの横までやってきて、彼の前のモニターを覗《のぞ》き込む。やがて、ノイズにしか聞こえないが、独特の波形が計器に現われる。

「──解析《かいせき》します！」

パルがキーボードに指を走らせた。ほどなく、スピーカーからノイズ混じりの音声が飛び出した。

〈──ちら……第八艦隊先遣《せんけん》……　〝モントゴメリ〟。〝アー……ェル〟、応答……〉

艦橋に安堵《あんど》の声がわき上がった。

「ハルバートン准将《じゅんしょうき》麾下の部隊だわ！」

「位置は!?」

「待ってください……まだかなりの距離《きょり》があるものと……」

「だが、合流できれば！」

トノムラとノイマンが、ぱしっと手を打ち合わせる。

「ああ、やっと少しは安心できるぜ！」

ここまで、寄せ集めの人材で、誰にも頼《たよ》ることができず、必死に逃《に》げまわるばかりだった彼らに、やっと小さな希望の光が射した。

その光は艦内《かんない》のすみずみまでを照らすようだった。先遣隊派遣のニュースを聞いてから、これまで張りつめていたクルーの顔に笑顔《えがお》が戻《もど》り、避難民《ひなんみん》たちの間にもほっとした空気が生まれる。あと少しの辛抱《しんぼう》だ。地上に降りたら離《はな》れ離れになった肉親とも連絡《れんらく》が取れるだろう、と、会話のはずむ食堂の一角で、サイがフレイに新たなニュースを告げた。

「——パパが？」

フレイは花咲《さ》くような笑顔になる。

「うん、先遣隊と一緒《いっしょ》に来てるんだって。フレイのことは当然知らなかったろうけど、こっちの乗員名簿《めいぼ》を送ったから……」

サイは彼女の笑顔を見て、自分もうれしそうに微笑んだ。ここにも、希望の光は間違《まちが》いなく射《さ》していた。

艦内の一室をのぞいて——。

ラクスは歌うのをやめ、キュルキュルと転がるハロを、膝《ひざ》の上に抱き上げた。

彼女はこれまで、ナチュラルを身近に見たことがなかった。戦争のことは、頭では理解しているつもりだった。だが、想像と体験はいつも異なる。彼女はゆっくりと、ハロに話しかけた。

「——では問題です。私たちはどこに向かっているのでしょうか？」

——どこへ向かっているのか……？

それは、わかりきったことのように見えて、実際には誰《だれ》にも、わからないことだった。


艦橋に、先遣隊からの通信が入った。

〈本艦隊のランデブーポイントへの到着《とうちゃく》時刻は予定通り。合流後、〝アークエンジェル〟は本艦の指揮下に入り、月本隊との合流地点へ向かう。あとわずかだ。無事の到着を祈《いの》る〉

護衛艦〝モントゴメリ〟艦長のコープマンが、落ちついた口調で言った。その落ちつきが、マリューには嬉《うれ》しかった。組織の中に再び組み入れられることが、これほどの安堵をもたらすと、彼女ははじめて知った。

ふと、画面に別の人物が映った。軍の制服ではなく、スーツを着こなした、押し出しのいい中年の男性だ。彼は名乗った。

〈大西洋連邦《れんぽう》事務次官、ジョージ・アルスターだ。まずは民間人の救助に尽力《じんりょく》してくれたことに礼を言いたい〉

ああ、と、マリューは思い当たる。フレイの父のことは、サイたちから聞いていた。こうしてあとから考えてみると、政府の重要人物の愛嬢《あいじょう》を保護できたことは、今後の評価に少しは役立つのだろう。キラのおかげだ。

だがアルスターがこう言い出したとき、マリューは少し当惑《とうわく》した。

〈あー、その、乗員名簿の中に、わが娘《むすめ》フレイ・アルスターの名があったのだが……できれば顔を見せてもらえるとありがたい……〉

〝アークエンジェル〟クルーたちもきょとんとした顔だ。ここは軍艦だということがわかっていないのだろうか。気持ちはわからないでもないが、公私混同もはなはだしい。横からコープマンが苦り切った声で、〈事務次官どの、合流すれば、すぐに会えます〉と牽制《けんせい》している。おそらくこれまで、自分の地位をかさにごり押ししてきたクチなのだろう。

「こういう人だよ。フレイの親父《おやじ》さんって」

オペレーター席で、サイが苦笑《くしょう》する。

ともあれ、合流まではあとわずかだった。


一方、〝アークエンジェル〟より先に、先遣隊を捉《とら》えた艦があった。

ラクス・クライン探索《たんさく》の任を負った、〝ヴェサリウス〟である。

「地球軍の艦隊が、こんなところで何を……？」

アデスが口にした疑問に、レーダーパネルをのぞき込んでいたラウが独り言のように応じた。

「『足つき』が〝アルテミス〟から月へ向かうとすれば、どうするかな」

『足つき』——〝アークエンジェル〟の伏《ふ》せた動物の前足を連想させる特徴《とくちょう》的な両舷《げん》の形から、彼らはこの新造艦《かん》をこう呼ぶことにしたのだった。

「補給……もしくは、出迎《でむか》えの艦艇《かんてい》……と？」

「ラコーニとポルトの隊の合流が、予定より遅《おく》れている。もしあれが『足つき』に補給を運ぶ艦ならば……このまま見過ごすわけにはいかない」

「我々がですか？　しかし我々は……」

アデスは当惑してラウの顔をうかがう。ラウはいつもの、何を考えているかわからない笑みを浮《う》かべた。

「我々は軍人だ。いくらラクス嬢捜索《そうさく》の任務があるとは言え、たった一人の少女のために、あれを見過ごすというわけにもいくまい。……私も後世、歴史家に笑われたくないしな」

「レーダーに艦影《かんえい》三を捕捉《ほそく》！　護衛艦〝モントゴメリ〟、〝バーナード〟、〝ロー〟です！」

〝アークエンジェル〟の艦橋に、喜びの声があふれた。しかしレーダーパネルを見つめていたパルは、急にけげんそうな表情になる。ノイズが入ったのか、画面が乱れたのだ。計器を調整しても、画面の乱れはひどくなるばかりだ。

「これは……」

「どうしたの？」

マリューがなにげなくそちらに目をやり、徐々《じょじょ》に青ざめるパルの顔を見て、さっと表情を変えた。

「――ジャマーです！　エリア一帯、干渉《かんしょう》を受けています！」

パルの悲鳴のような声に、たった今沸《わ》いた艦橋は、冷水を浴びせられたように静まり返った。

それが何を意味するか、誰もがはっきりとわかっていた。

先遣隊は、敵に見つかったのだ。

遅《おそ》まきながら敵艦に気づいた〝モントゴメリ〟で、オペレーターが叫《さけ》ぶ。

「熱源接近！　モビルスーツ四！　〝ジン〟が三――」

そして、残りの一機は――。

「――〝イージス〟！……X三〇三〝イージス〟ですっ！」

驚愕《きょうがく》するオペレーターの声に、コープマン艦長が一瞬《いっしゅん》息を止める。彼は唸《うな》るように命じた。

「〝アークエンジェル〟へ反転離脱《りだつ》を打電！――モビルアーマー発進急がせ！」

「な、なんだと!?　合流できねば、ここまで来た意味がないではないか！」

かたわらのアルスターが抗議《こうぎ》するのに、コープマンは怒鳴《どな》り返した。

「あの艦が落とされるようなことになったら、もっと意味がないでしょう!?」

一方、〝アークエンジェル〟でも、その事実を確認《かくにん》していた。

「――〝イージス〟だと!?」

マリューは一瞬目を閉じた。握《にぎ》りしめた手が震《ふる》える。

「では……あのナスカ級だと言うの？」

「〝モントゴメリ〟より入電！『ランデブーは中止、〝アークエンジェル〟はただちに反転離脱』とのことです！」

「けど、あの艦には……！」

サイが思わず声を上げる。フレイの父親が乗っている艦を、見捨てなければいけないということだ。

うつむいて考えていたマリューが、決断したように頭を起こした。

「今から反転しても、逃《に》げ切れるという保障もないわ。――全艦第一戦闘《せんとう》配備！〝アークエンジェル〟は先遣《せんけん》隊掩護《えんご》に向かいます！」

〝アークエンジェル〟艦内に、警報が鳴り響《ひび》いた。自室を飛び出したキラはパイロットロッカーへ向かう。ちょうどラクスの部屋の前を通り過ぎようというとき、カチャリとドアが開いた。

「――また！」

どうなってるんだ、ここの鍵《かぎ》は。

ラクスはドアの隙間《すきま》から顔をのぞかせ、大きな目できょとんとキラを見上げた。

「なんですの？　急ににぎやかに……」

「戦闘配備なんです。さ、中に入って……」

「せんとうはいび……って、まあ、戦いになるんですの？」

「そうです……ってか、もうなってます」

「……キラさまも、戦われるんですか？」

曇《くも》りのない淡《あわ》いブルーの瞳《ひとみ》で見つめられ、一瞬キラは言葉につまった。

「――とにかく、部屋から出ないでください。今度こそ。いいですね？」

せめてやさしい口調で言い、ラクスを部屋に押し込み、また鍵をかけ直した。

今度こそ急いで駆《か》けつけようとすると、途中《とちゅう》、強い力で腕《うで》をつかまれた。

「キラ！」

不安な顔のフレイだった。

「戦闘配備って、どういうこと？　ねえっ、パパの船は!?」

パパの船？

事情を聞かされていないキラは、内心とまどいつつ、かつて憧《あこが》れていた少女にすがられて、どきんとした。

「だ、大丈夫《だいじょうぶ》よね？　パパの船、やられたりしないわよね!?　ね！」

よくわからないが、とにかく行かなければ。キラは相手の欲しがっている言葉を、あせって口にした。

「大丈夫だよ、フレイ。ぼくたちも行くから」

なだめるように微笑《ほほえ》んでみせ、きつく腕をつかんでいる指を外す。フレイはなおも不安げだったが、走り出すキラを黙《だま》って見送った。

着替《きが》えて格納庫へ飛び込むと、ムウの乗った〝ゼロ〟はすでに発進していた。

「遅いぞ！　坊主《ぼうず》」

「すいません！」

マードックの怒鳴り声に叫び返しながら、〝ストライク〟のシートに着き、システムを立ち上げている間に、ミリアリアが状況《じょうきょう》を教えてくれる。

〈敵はナスカ級に〝ジン〟が三機、それと〝イージス〟がいるわ！　気をつけて！〉

〝イージス〟――その単語に、キラの手がコンマ一秒止まる。割り込むようにサイから通信が入った。

〈キラ、先遣隊にはフレイのお父さんがいるんだ！　頼《たの》む！〉

そういうことか。ずしんとのしかかったプレッシャーを感じつつ、キラはきゅっと唇《くちびる》を引き締《し》めた。

「……わかった」

彼は短く答え、〝ストライク〟をカタパルトへ進めた。

〈アスラン！　そいつの性能、見せてもらうぜ！〉

先行した〝ジン〟から通信が入り、アスランは低く「ああ」と答えた。

本当はラクスの生死を一刻も早く確かめたい。そして、キラとは戦いたくない――。だが彼は迷いを振《ふ》り捨て、キッと前方を見据《みす》えた。

敵艦《てきかん》から〝メビウス〟が発進し、展開する。地球連合軍の主力モビルアーマーだ。発射されたミサイルを、〝イージス〟はひらりひらりとかわし、片端《かたはし》から撃《う》ち落とす。掲《かか》げたライフルからビームが発され、三機編隊で突入《とつにゅう》してきた〝メビウス〟を一機残らず撃ち落とした。圧倒《あっとう》的な運動性能の差だ。

〝イージス〟はそのまま敵艦に向かい、あっという間に接近すると、機関部にビームを三発撃ち込んだ。誘爆《ゆうばく》を防ぐために艦は機関部を切り離《はな》し、戦線から脱落《だつらく》していく。

「護衛艦〝バーナード〟沈黙《ちんもく》！　X三〇三〝イージス〟、〝ロー〟に向かっていきます！」

〝モントゴメリ〟の艦橋で、戦況《せんきょう》を告げられたアルスター事務次官が唖然《あぜん》とする。

「奪《うば》われた味方機に落とされる？……そんなふざけた話があるか！」

その〝モントゴメリ〟にも〝ジン〟が迫《せま》る。〝メビウス〟がその接近を阻《はば》もうとするが、片端から落とされていく。みるみる艦への距離《きょり》をつめる敵機の姿を、アルスターは信じられない思いで見つめていた。そのとき、横手からの射線が〝ジン〟をとらえた。

艦橋の直前で、〝ジン〟は火球に包まれる。射線の向こうには、〝アークエンジェル〟の白く輝《かがや》く艦影《かんえい》があった。

「〝アークエンジェル〟……!?」

「来てくれたのか！」

助かった、という喜びに声を上げるアルスターの横で、コープマン艦長が愕然《がくぜん》とし、次に、拳《こぶし》を握《にぎ》りしめた。彼はその拳をシートに叩《たた》きつけた。

「――馬鹿な！」

〝イージス〟はモビルアーマー形態に変化し、パッと先端《せんたん》の鉤爪《クロー》を開いた。その中心から覗《のぞ》いた砲口《ほうこう》は、五八〇ミリ複列位相エネルギー砲〝スキュラ〟だ。砲口からまばゆいエネルギーが発され、〝ロー〟の艦体をやすやすと貫《つらぬ》いた。

戦艦をも一撃《いちげき》で落とす〝スキュラ〟の凄《すさ》まじい威力《いりょく》を目《ま》の当たりにし、キラは一瞬息をのんだ。だが、ギリ、と歯を食いしばり、まっすぐにその機体へ向かう。〝イージス〟も接近する〝ストライク〟に気づいたのだろう。瞬時《しゅんじ》にしてモビルスーツ形態に戻《もど》る。両者のライフルからビームが放たれた。

〝ゼロ〟は〝ジン〟一機に損傷を与《あた》えたところで、残りの一機につかまった。懐《ふところ》まで入り込まれたムウは、すばやく〝ガンバレル〟を展開し、懸命《けんめい》に応射する。たまらず〝ジン〟は離脱《りだつ》する。だが後退しながらの一射が〝ゼロ〟の機体に当たった。

「ちィッ！」とムウは歯噛《はが》みした。「――これじゃ立つ瀬《せ》ないでしょ！　俺は！」

「〝ゴットフリート〟一番、照準合わせ！　てェッ！」

「〝ゼロ〟、帰還《きかん》します！　機体に損傷！」

〝アークエンジェル〟の艦橋では、号令が飛び交《か》い、モニターにはめまぐるしく変わる戦況が映し出されている。ドアが静かに開いたが、自分の持ち場に手一杯《いっぱい》で誰《だれ》も気づいた者はいない。

「〝ヴェサリウス〟よりミサイル！　〝ロー〟へ向かっています！」

「……くそっ！」

艦橋へ入ってきたのは、フレイだった。少しでも状況を知りたくてやってきたのに、スクリーンに映し出された戦闘の様子を見ると、青ざめて立ちすくむ。彼女の姿にいちはやく気づいたカズイが声を上げる。

「――フレイ!?」

フレイは震《ふる》える声で叫《さけ》び、前へ飛び出した。

「パパ……パパの船はどれなの……!?」

「今は戦闘中です！　非戦闘員は艦橋を出て！」

マリューがぴしりと命じ、サイがＣＩＣから飛び出してくる。彼が抱《だ》きかかえるように連れ出そうとするが、その腕の中でフレイは激しく暴れ出した。

「離してっ！　パパの船は⁉　どうなってんのよおっ！」

スクリーンの中で、ミサイルが〝ロー〟に当たり、爆発《ばくはつ》した。

それを目の当たりにしたフレイの顔から、さあっと血の気が引く。

そのとき通信が入り、モニターにコープマン艦長の姿が映った。

〈〝アークエンジェル〟！　これは命令だ！　すぐこの宙域から離脱しろ！〉

「しかし……！」

反論しようとしたマリューの声は、背後から上がった叫びにさえぎられた。

「パパ……！」

コープマンの後方に、アルスター事務次官の姿が見えたのだった。父の生きている姿を目にしたフレイが、安堵《あんど》に目を潤《うる》ませる。しかしアルスターは娘《むすめ》の姿にも気づかず、取り乱してコープマンに怒鳴《どな》っていた。

〈バカな！　ここで〝アークエンジェル〟に退《ひ》かれたらこっちはどうなる⁉〉

〈誰か！　事務次官を救命ポッドにお連れしろ！——とにかく、一刻も早くここから離れるんだ！　いいな⁉〉

コープマンはマリューに向かって命じ、一方的に通信を切った。

「パパ……パパぁっ……！」

「フレイ！　さ、行こう！　ここに居ちゃだめだ！」

なおも叫びつづけるフレイを引きずるように、サイがブリッジから連れ出した。

「――〝ジン〟二機、〝モントゴメリ〟へ向かいます！」

「モビルアーマー残存数一！」

彼らの背後でドアが閉まるまで、絶望的な戦況を告げるクルーの声が追いかけてきた。

通路にうずくまるように身を縮めたフレイを、サイが抱き寄せる。その耳元で、かすれた声が尋《たず》ねた。

「……ラは……？」

「え？」

サイが聞き返す。フレイは急に勢いよく顔を上げ、見開いた目で彼を見つめて叫んだ。

「キラは？　あの子はなにやってるのっ!?」

「がんばって戦ってるよ。でも……むこうにも〝イージス〟がいるし……」

「でも、『大丈夫《だいじょうぶ》』って言ったのよ、あの子！」

フレイは金切り声で言いつのった。

「『ぼくたちも行くから、大丈夫』だって！」

サイはなだめながら、とにかく居住区へフレイを連れ戻そうとした。「大丈夫」と繰《く》り返しながら。この状況《じょうきょう》で、ほかになにが言えるだろう。それが気休めとわかっていても。

通路のむこうから、細く、歌声が聞こえた。綺麗《きれい》でたおやかな音色、やさしいメロディが、場違《ばちが》いに二人の耳に流れ込む。

閉じ込められたコーディネイターの少女が、ひとり、また歌っているのだ。

その平穏《へいおん》な音曲が、ささくれ立ったフレイの心を逆撫《さかな》でする。挑発《ちょうはつ》する。彼女は突然《とつぜん》、サイの手を振《ふ》り切って走り出した。

「フレイっ!?」

前触《まえぶ》れもなく乱暴に開けられたドアに、ラクスは歌をやめ、きょとんと振り向く。

フレイは憎《にく》しみにゆがんだ顔で、その顔を見つめた。

〝バーナード〟が爆散した。残るは〝モントゴメリ〟一隻《せき》のみだ。

最後の〝メビウス〟が〝ジン〟に撃《う》ち落とされた。

自分たちがじりじりと追い込まれていることを知りつつ、ナタルが叫ぶ。

「〝ローエングリン〟発射準備！　〝ジン〟が来るぞ！　〝ストライク〟は何をしている!?」

帰投したムウから通信が入る。

〈駄目《だめ》だ！　離脱《りだつ》しなきゃこっちまでやられるぞ！〉

「しかし……！」

マリューは決断できない。目の前には攻撃《こうげき》にさらされる〝モントゴメリ〟の姿があった。さっきのフレイの叫《さけ》びが、耳にこびりついている。

〝ストライク〟は〝イージス〟を抑《おさ》えるのがやっとで、とても掩護《えんご》に向かえる状態ではない。

〝ジン〟がバズーカを構え、撃った。弾《たま》が〝モントゴメリ〟の主砲《しゅほう》を潰《つぶ》す。

そのとき、〝アークエンジェル〟艦橋《かんきょう》のドアが、再度開いた。今度そちらを見やったカズイは、目にした光景が理解できずに唖然《あぜん》とした。その反応に気づいたクルーが振り返る。

フレイが、ラクスを引きずるようにして入ってきた。その顔は蒼白《そうはく》で、目だけが病的にぎらぎらと光っている。

「――この子を殺すわ……！」

割れた声で、フレイは言った。

艦橋のすべての者が、いきなり頭を殴《なぐ》られたような衝撃《しょうげき》を受けて凍《こお》りつく。

「パパの船を撃ったら、この子を殺すって……！『あいつら』に言って！」

少女は絶叫《ぜっきょう》した。追ってきたサイが、言葉を失って立ちつくす。

「――そう言ってえぇぇっ!!」

獣《けもの》のような叫び。

だが、遅《おそ》すぎた。

スクリーンの中で、〝ヴェサリウス〟の主砲が火を噴《ふ》いた。二本の光条が宇宙空間を切り裂《さ》く。その先には〝モントゴメリ〟があった。ビームが、艦体に吸い込まれ――次の瞬間《しゅんかん》、凄《すさ》まじい爆発《ばくはつ》が起こる。

救命ポッドが打ち出される暇《ひま》もなかった。

パッとスクリーンが白くなり、すぐに明度が調整され、爆散していく艦の——かつて艦だったものの残骸《ざんがい》が、残酷《ざんこく》なほどくっきりと映し出される。

フレイの口から、悲鳴がほとばしった。

力を失ってふらふらと漂《ただよ》う体を、サイが抱《だ》きとめた。

「あ……ああっ……ああああぁっ……」

もはや口から出るのは、意味をなさないうめき声ばかりだ。壊《こわ》れた玩具《おもちゃ》のように、その手足ががくがくと動く。そんなフレイを、ラクスは目を見開いて見つめた。

これまで少女たちがまとってきた殻《から》は壊れ、世界が流れ込んでくる。

マリューは痛ましげにフレイを見つめた。

だが、ナタルは別のものを見ていた。

たった今〝モントゴメリ〟を屠《ほふ》った〝ジン〟と〝ヴェサリウス〟が、進路を変える。あらたな獲物《えもの》を求めて。

「艦長！」

ナタルが叫んだ。だがマリューは動かない。ナタルはシートを蹴《け》って上階へ行き、ひったくるようにカズイのインカムを奪《うば》い取った。

「ザフト軍に告ぐ！」

彼女は全周波放送で話しかけた。

「バジルール少尉《しょうい》!?」

マリューが気づいて咎《とが》めの声を上げるが、無視する。

「——こちらは地球連合所属艦〝アークエンジェル〟！　当艦は現在、〝プラント〟最高評議会議長シーゲル・クラインの令嬢《れいじょう》、ラクス・クラインを保護している！」

「——ラクスさま!?」

〝ヴェサリウス〟の艦橋で、アデスが声を上げた。画面に映った地球軍女性士官の背後に、小さくラクスの姿が映り込んだからだ。

放送は続く。

〈偶発《ぐうはつ》的に救命ボートを発見し、人道的立場から保護したものであるが、以降、当艦へ攻撃が加えられた場合、それは貴艦のラクス・クライン嬢《じょう》に対する責任放棄《ほうき》と判断し——〉

彼女は非情に言い放った。

〈当方は自由意志で、この件を処理するつもりであることをお伝えする！〉

それはつまり、フレイの言ったことと同じ意味だ。

——こちらを撃ったら、ラクスを殺す。

ラウがせせら笑うようにひとりごちた。

「――格好の悪いことだな。掩護《えんご》に来て、不利になったらこれか」

「隊長……」

アデスが目で問うのに、手を振《ふ》って答える。

「ああ、わかっている。全軍攻撃《こうげき》中止だ」

キラとアスランも、戦闘《せんとう》を中止してこの放送を聞いていた。あまりの内容に、キラは呆然《ぼうぜん》とする。

〈卑怯《ひきょう》なっ……！〉

アスランがうめくように叫んだ。

〈……救助した民間人を人質《ひとじち》に取る――そんな卑怯者とともに戦うのが、おまえの正義か!?　キラ！〉

キラは一言も言い返せない。

〝ジン〟が引き上げていく。〝イージス〟にも帰艦《きかん》命令が下った。アスランは最後に、激しい口調で吐《は》き捨てた。

〈――彼女は取り返す。必ずな！〉

キラは忸怩《じくじ》たる気分で、その機影《きえい》を見送った。

ナタルはインカムを外し、さっきから黙《だま》りこくって彼女を睨《にら》みつけている上官の目を見返した。

「……〝ストライク〟と〝アークエンジェル〟を、ここで沈《しず》めるわけにはいきません」

マリューは冷ややかに応じた。

「わかっているわ、ナタル」

彼女はついと前に向きなおり、去っていくモビルスーツと〝ヴェサリウス〟を見やった。

ナタルの判断は、現時点では最上の選択肢《せんたくし》だった。だが、頭で理解していても感情はそうもいかない。墓暴《はかあば》きのあとは、無垢《むく》な少女を楯《たて》にとっての立ち回りとは。そうまでして生き延びなければいけないのか。

むろん、そうだ。任務のことはもちろんだが、マリューの肩《かた》にはクルーと避難民《ひなんみん》全員の命がかかっているのだ。それはわかっている。わかっているが、自然と口調は刺々《とげとげ》しくなる。

「……とりあえずの危機は回避《かいひ》したものの、状況《じょうきょう》に何の変わりもないわ……」

頼《たよ》りにできるはずの先遣《せんけん》隊は壊滅《かいめつ》、ひとまず敵艦《てきかん》は後退したものの、状況が変わればいずれなにかしかけてくるだろう。

「この間に態勢を立て直すことはできます。現時点ではそれがもっとも重要かと」

どこまでも無機的で合理的なナタルの返事に、思わずため息が漏《も》れる。

「……わかっている」

「どういうことですか!?」

着艦したキラは、ムウに詰《つ》め寄った。

「……どうもこうもねえよ。聞いたろ？　そういうことだ」

ムウはむっつりした顔で、背中を向ける。キラは追いすがってなじった。

「あの子を人質に取って脅《おど》して――そうやって逃《に》げるのが、地球軍って軍隊なんですか!?」

ムウがくるりと振り返る。その顔はけわしい。

「そういう情けねえことしかできねえのは、俺たちが弱いからだろ」

キラは思わずひるんだ。この男はいつでも、言ってほしくないことを言う。つまり、真実だ。

ムウは彼の肩を押し返し、つぶやいた。

「俺にもおまえにも、艦長や副長を非難する権利はねえよ……」

その声はどこか悔《くや》しそうだった。キラは目を伏《ふ》せ、唇《くちびる》を噛《か》んだ。

のろのろと制服に着替《きが》え、居住区へと向かう。通路の向こうから、引き裂《さ》くような悲鳴が聞こえてきて、キラは足を止めた。

「――いや……いやあぁぁぁっ！　パパ……パパぁっ！」

「フレイ……」

おろおろするサイの声も聞こえる。キラは吸い寄せられるように近づいていった。転がったドリンクのパッケージが挟《はさ》まり、自動ドアが際限なく開閉を続けている。

医務室の中には半狂乱《はんきょうらん》のフレイと、なだめようとするサイとミリアリアがいた。首を振って泣き叫《さけ》ぶフレイの姿が、ドアが開くたび点滅《てんめつ》するように視界に入る。

「うそ……うそよぉ！　そんなのうそぉっ！」

キラが立つと、ドアは開閉をやめた。ミリアリアが、はっとキラを見上げる。

フレイは衣服を乱し、髪《かみ》もくしゃくしゃの、普段《ふだん》の彼女から想像もできない姿で、サイの胸にすがって泣きじゃくっていた。

（——パパの船……）

キラは、守れなかった。

「フレイ……」

おずおずと声をかけようとしたとき、泣いていたフレイが、ギッと振り向いた。

「——うそつきッ！」

その目つきの凄《すご》さに、キラはびくっと立ちすくんだ。

「『大丈夫《だいじょうぶ》』って言ったじゃない！　『ぼくたちも行くから大丈夫』って……！　なんでパパの船を守ってくれなかったの!?　なんであいつらをやっつけてくれなかったのよぉぉっ！」

「フレイ！　キラだって必死に……」

金切り声を上げて罵《ののし》るフレイを、けんめいにサイがなだめる。だがフレイは聞こうともしない。彼女はキラに詰め寄った。

「——あんた、自分もコーディネイターだからって、本気で戦ってないんでしょ！」

その言葉が、キラの胸に突《つ》き刺《さ》さる。

フレイは細い指に信じられないほどの力をこめ、キラの袖《そで》をつかむ。

「パパを返せ……」

「フレイっ！」

サイが割って入り、フレイの体を抱《だ》きとめた。フレイはもがきながら叫ぶ。

「パパを返して……返して……返してぇぇぇぇっ！」

キラはゆるゆる首を振《ふ》りながらあとずさり、ドアから出ると駆《か》け出した。ミリアリアの声が追ってきたが、振り切るように走る。

——コーディネイターだから。

コーディネイターなんだからと言われ、無理やり戦わされているのに。

今度はコーディネイターだからいけないと言うのか？

キラの頭は自分の考えで渦巻《うずま》いていて、すれ違《ちが》ったトールが声をかけてきたことにも、自分の様子に目をとめて立ち止まったのにも気づかなかった。

ここには誰《だれ》もいない。キラの思いを本当に理解してくれる人は。

――みんなを守るために――みんなのために、アスランを敵に回してでも必死でやってきたのに。自分は安全な場所にいて、キラにはもっと戦えというのか？

やりきれない思いで一杯《いっぱい》になる。だが、同時に心の隅《すみ》で、ささやく声があった。

――フレイの言ったとおりなんじゃないのか？

本当に、必死で戦っているのか？　心のどこかで、逃げているのではないか？　アスランを殺すのは嫌《いや》だから――同胞《どうほう》の血で手を汚《よご》すのが嫌だから、心の底から真剣《しんけん》にはなれずにいるのではないのか？

そのせいで――フレイの父親を守り切れなかったとしたら……。

もしかして――もっと自分が戦えていたら、守れたのだとしたら……。

自分が――あの人たちを――死なせてしまったのではないのか……？

キラは人けのない展望デッキへ飛び込み、めちゃくちゃにわめいた。そうしないと自分が壊《こわ》れてしまいそうだった。ガラスに頭をぶつけると、涙《なみだ》の粒《つぶ》が散って宙を漂《ただよ》う。

「――どうなさいましたの？」

ふいに間近で声がして、キラはぎくっと振り向いた。

目の前に、ラクスの無邪気《むじゃき》な顔があった。その目がふと、問いかけるように瞬《またた》き、白い指がキラの顔に触《ふ》れようとした。キラは自分が泣いていたことを思い出し、赤くなった。あわててその手を避《さ》けて、ぐいと涙をぬぐう。

……この子にはいつも、不意を突かれているような気がする。

いや、それ以前に。

「……って何やってんですか！　こんなところで！」

「お散歩をしていましたの」

にこにことラクスは答える。

「駄目《だめ》ですよ！　勝手に出歩いちゃ。スパイだと思われたら……」

「でも、このピンクちゃんはお散歩が好きで……」

彼女はパタパタ耳をはばたかせて浮《う》かんでいるハロを見やって言う。

「だから、鍵《かぎ》がかかっていると必ず開けてしまいますの」

キラは思わず額をおさえた。とにかくこれで、鍵の謎《なぞ》はとけた。

ラクスは軽く床《ゆか》を蹴《け》り、宙に浮かび上がった。艦《かん》後部にある展望デッキは無重力なのだ。

「……戦いは終わりましたのね？」

「ええ、まあ……」

言いかけて、キラは戦いがどういう形で終わったのかを思い出し、うつむいた。

「……あなたのおかげで」

「なのに、悲しそうなお顔をしてらっしゃるわ……」

キラは目を上げた。ラクスは包みこむような笑顔《えがお》で、彼を見つめていた。なぜだかキラの口から、ずっと誰かに打ち明けたくてしかたのなかった思いがこぼれた。

「……ぼくは……本当は戦いたくないんです……」

ラクスは黙《だま》って聞いている。

「ぼくだって……コーディネイターだし……アスランは……とても仲のいい友だちだったんです……」

「アスラン？」

キラはいつのまにか、少女に洗いざらいしゃべっていた。〝イージス〟に乗っている敵のパイロットが、かつての親友だということ、自分は軍人でもなんでもないこと、それでも自分が戦わないと、大好きな友だちを守れない。これまで胸につかえていた思いをすべて、自分の同類というだけで、なんの関係もない少女に打ち明けていた。

彼女なら、わかってくれるような気がした。

いつのまにか、ラクスはキラの横に、寄り添《そ》うように立っていた。柔《やわ》らかい小さな手が、キラの手を包む。

「そうでしたの……」

やさしい声で発された一言に、キラの中で凍《こお》りついていた思いが融《と》けていく。涙が出そうになって、キラはとまどった。自分がこんなに、誰かの肯定《こうてい》を欲していたなんて、今まで気づかなかった。

「──アスランもあなたも良い人ですもの……。それは悲しいことですね……」

ラクスの言葉に、キラは虚《きょ》をつかれて目を見開いた。

「アスランを、知ってるんですか？」

「アスラン・ザラは、わたくしがいずれ結婚《けっこん》するお方ですわ」

ごく当たり前のことのようにラクスは言い、ふふっと笑った。

「……やさしいんですけれども、とても無口な人……。でも、このハロをくださいましたの」

〈ハロ・ハロ〉としゃべりながら漂っているピンクのロボットを、ラクスは嬉《うれ》しそうに抱きしめた。

「わたくしが、『とても気に入りました』と申し上げましたら──その次もまたハロを……」

あっけにとられて固まっていたキラだったが、ふいに噴《ふ》き出した。気に入った、と言われて何個も何個もハロを作って持ってくるアスランと、嬉しそうにそれを受け取るラクスの姿は、とても簡単に想像できた。

きっとラクスの部屋では、この間抜《まぬ》けだが愛らしいロボットが、〈ハロ・ハロ〉と大合唱しながら飛び回っているのだ。

「そうかあ……相変わらずなんだな、アスラン。ぼくのトリィも、彼が作ってくれたんです」

「まあ、そうですの？」

ラクスは目を輝《かがや》かせた。

「ええ、今度お見せしますよ」

「嬉しい」

最初は驚《おどろ》いたが、今は共通の友人を介《かい》して、彼女との距離《きょり》がずっと近くなったような気がした。それだけに——キラは辛《つら》くなる。

この人を、こんなふうに人質にして、自分たちが生き残るなんて……。

だがラクスは、彼の顔が曇《くも》ったのを見て、そっとまた手を握《にぎ》ってくれる。

「——お二人が戦わないですむようになれば、いいですわね」

どこまでも自分を気遣《きづか》ってくれる彼女のやさしさが、傷口にしみるように切なかった。

「……駄目だよ」

キラのつぶやきに、ラクスが不思議そうに首をかしげる。

「やっぱり、駄目だ……」

この人を、アスランに返してあげなければ。

キラはラクスの手を取った。

「黙って、ぼくについて来てください……静かに……」

ラクスはまだ理解していないようだが、ただキラを信じ切った様子で、こくりとうなずいた。

だが、展望デッキを出たところで、二人の前にトールが立ちはだかった。

「……何やろうとしてんだ、おまえ?」

トールの顔は硬《かた》かった。キラは苦しげに顔をそむける。

「黙って行かせてくれ、トール……ぼくは嫌《いや》なんだ、こんなの！」

トールはしばらく黙ってキラを見つめた。やがて、にっと笑う。

「——まっ、女の子人質に取って逃《に》げるなんてのは、本来悪役のやることだかんな」

キラが驚いて見ると、こつんとその頭をこづく。

「手伝ってやるよ」

トールはあっさり言って、先に立った。

トールが先導して、ほかのクルーの目を盗《ぬす》んで立ち回り、三人はなんとかパイロットロッカーへたどりついた。入口の見張りをトールにまかせて、キラはラクスのために船外作業服を取り出す。

「これ着て。その上からで……」

——いいです、と言いかけて、キラの目はラクスのロングスカートにとまる。このスカートの上からでは難しいような気がする。

ラクスはキラの視線に気づき、にっこりする。肩《かた》のストラップを外し、するりとスカートの部分から足を引き出した。それでもドレスの身頃《みごろ》の部分が、ミニスカートくらいの長さで残っているのだが、思わずキラは赤くなって目をそらした。

スカートをつめこんで、ぽっこりふくれた船外作業服の腹部を見たトールは、つい、

「……いきなり何ヶ月？」

とつぶやいた。だが自分以外の二人が、どこか似通ったぽやんとした顔で首をかしげるのに気づいて、忘れろ、と手を振《ふ》った。

整備も終わり、格納庫にはほとんど人が残っていない。キラとラクスが〝ストライク〟のコクピットにおさまると、トールはほっとした顔になった。キラの膝《ひざ》の上に乗ったラクスが、彼に向かっておっとりと言う。

「またお会いしましょうね？」

「それは……どうかな」

トールは苦笑《くしょう》する。ふと、彼の顔がなにか思いついたように硬くなった。

「キラ……」

「ん」

「……おまえは、帰ってくるよな？」

OSを立ち上げていたキラが、はっと顔を上げる。二人の視線がからみ合った。

そのとき——

「おい！　何してる!?」

下の方から、マードックのがなり声が響《ひび》いた。

トールは真剣《しんけん》な——なんとなく泣きそうな顔で、繰《く》り返す。

「おまえはちゃんと帰ってくるよな⁉　俺たちちんとこへ！」

ハッチを閉じる寸前、キラは強くうなずいた。その顔に笑みが浮《う》かぶ。

なぜ、誰《だれ》もいない、なんて思ったんだろう。

ここにいるのに。キラのことをこんなに思ってくれる人たちが。

「――きっとだぞ！　約束だぞ！」

閉じたコクピットの中にも、遠ざかっていくトールの声が響いていた。

警報が鳴り出す。あちこちから作業員がばらばらと駆《か》けてくる。

〝ストライク〟が歩き出した。キラは対外スピーカーで呼びかける。

「ハッチ開放します！　退避《たいひ》してください！」

カタパルトへ向かい、エールストライカーを装着する。

〝ストライク〟の後ろ姿に、トールはなおも呼びかけた。

「――きっとだぞ、キラ！　俺はおまえを信じてる！」

突然《とつぜん》鳴りはじめた警報に、艦橋《かんきょう》にいたマリューたちはシートから飛びあがるほど驚いた。

「――なに⁉」

「〝ストライク〟⁉　何をしている！――キラ・ヤマト！」

格納庫の状況《じょうきょう》をモニターで見たナタルが声を上げる。そこへ、ムウから通信が入った。

〈坊主《ぼうず》が嬢《じょう》ちゃん連れ出したんだよ！　駄目《だめ》だ、もうエアロック開けられちまった！〉

異様に固有名詞を排除《はいじょ》した表現だが、ナタルにもはっきりと「嬢ちゃん」が誰かわかった。

「なんだとぉ!?」

騒然《そうぜん》となる艦橋であっけにとられていたマリューは、いつも無味乾燥《かんそう》なナタルの声がうわずるのを聞き、思わずにやりとしてしまった。

（——やってくれるな……）


〝ヴェサリウス〟の私室で、ラウは呼び出し音を聞いた。〝ガモフ〟がこちらに追いつくには、まだ数時間かかるはずだった。彼はバスルームから出て通信を受ける。

〈隊長！　『足つき』からのモビルスーツ発進を確認《かくにん》しました！〉

「——すぐ行く」

彼は濡《ぬ》れた髪《かみ》をざっと拭《ふ》き、タオルを放《ほう》り投げた。いつものマスクをつける前に、デスク上の瓶《びん》から錠剤《じょうざい》をつまみ上げ、飲み下す。彼はふと、自分の手に目をとめた。何かを確かめるように、じっと手を見つめたあと、彼はなにごともなかったかのように、マスクをつけた。


〝アークエンジェル〟から離《はな》れ、キラは全周波で呼びかけた。

「こちら地球連合軍〝アークエンジェル〟所属のモビルスーツ、〝ストライク〟！　ラクス・クライン嬢を同行、引き渡《わた》す！」

彼は前もって考えておいたとおりに言った。

「――ただしナスカ級は艦を停止。〝イージス〟のパイロットが単機で来ることが条件だ！　この条件が破られた場合――」

ここまですらすらと出てきたが、ここで彼はわずかにためらった。

「……彼女の命は保障しない！」

ラクスはそれを聞いても、眉《まゆ》ひとつ動かさない。いつもどおりの穏《おだ》やかな顔で、キラを見上げていた。もちろん、彼女はキラが自分に危害を加えるなどと、これっぽっちも考えていないのだ。それは彼女が無垢《むく》な世間知らずだからではなく、自分を信じて――いや、はっきり理解してくれているからだと、キラには思えた。


「どういうつもりだ。『足つき』め！」

〝ヴェサリウス〟の艦橋では、アデスが眉をひそめる。

〈隊長！　行かせてください！〉

モビルスーツデッキから通信が入り、アデスとラウはモニターを見やる。アスランだった。

「敵の真意がまだわからん！　本当にラクスさまが乗っているかどうかも……」

〈隊長！〉

ラウはアスランの思いつめた表情を見て、ふっと微笑《ほほえ》んだ。

「……わかった。許可する」

〈ありがとうございます！〉

通信が切れると、アデスが問いかける。

「よろしいのですか？」

「チャンスであることも確かさ。――むこうのパイロットもまだ幼いようだな」

ラウはにやりとする。

「艦を止め、私の〝シグー〟を用意しろ。アデス」

ラウ・ル・クルーゼは、黙《だま》ってキラのお膳立《ぜんだ》てに乗ってくれる相手ではなかった。


「艦長！　あれが勝手に言ってることです！　攻撃《こうげき》を！」

ナタルが叫《さけ》ぶ。するとモニターの中で、ムウがしゃらっと言った。

〈んなことしたら、今度は〝ストライク〟がこっち撃《う》ってくるぜ――たぶんな〉

ナタルは絶句した。自身が軍規に忠実な軍人である彼女には、このイレギュラーに対応するマニュアルはないのだろう。

ムウはにっと笑ってウィンクし、通信を切った。ついマリューもつられて笑いかけ、あわてて周囲をはばかって口元を引き締《し》める。

喜んでいてはいけない。自分は艦長《かんちょう》なのだから、こんな勝手を許すわけにはいかない。少なくとも、立場上はそうなのだ。たとえ内心は、キラの行動に痛快さを感じているとしても。

ただ――取り乱すナタルを見せてくれただけで、あの坊やにはキスしてやりたい気分だ。

「ナスカ級エンジン停止！　制動かけます！」

パルの声に、マリューは気分を切り換《か》えた。

「――〝イージス〟、接近！」

はたして、キラの思惑《おもわく》どおりに、すべて上手《うま》くいくだろうか……？


アスランは〝ストライク〟の手前でスラスターを吹《ふ》かし、〝イージス〟を停止させた。

〈アスラン・ザラか？〉

緊張《きんちょう》でかすれたキラの声が尋《たず》ねる。

「そうだ」

対するアスランも、やはり硬《かた》い声で答えた。

〈コクピットを開け！〉

アスランは言われるままにハッチを開いた。〝ストライク〟のビームライフルは威嚇《いかく》するようにこちらに向けられている。もし発射されたら彼の体など一瞬《いっしゅん》で蒸発するだろうが、そんな可能性などないと知っていた。キラがなにかの策略をめぐらすなんて、ありえない。だからこそ、ラウに発進を願い出たのだ。

すぐに〝ストライク〟のハッチも開いた。コクピット内の二つの人影《ひとかげ》を見て、アスランは思わず身を乗り出した。オープンになったままの通信機から、あちらのやりとりが聞こえてくる。

〈話して〉

というキラの声に、

〈え？〉

と、少女の小さな声が聞き返す。

〈顔が見えないでしょ。ほんとにあなただってこと、わからせないと〉

〈ああ、そういうことですの〉

キラの膝《ひざ》の上にいる人物がこちらを向き、ひらひらと片手を振《ふ》った。

〈こんにちは、アスラン。お久しぶりですわ〉

ヘルメットのバイザーが反射して顔までは確認《かくにん》できないが、間違《まちが》いなくラクスだ。最初の一声からわかっていた。二人の親密そうなやりとりに、なんとなくこそばゆい気分になりつつ、アスランはほっと息をついた。

「確認した」

〈なら、彼女を連れて行け〉

アスランはハッチの上に出て、体を固定した。それを見て、キラがラクスの背中を押し出す。真空の海を滑《すべ》るように渡《わた》ってきた体を、アスランは慎重《しんちょう》に受け止めた。二人は一瞬視線を交《か》わしたあと、並んで〝ストライク〟を見やった。

〈いろいろとありがとう、キラさま〉

ラクスが言った。その呼び声の柔《やわ》らかさに、アスランは彼らの関わりを想像した。きっと、囚《とら》われの身のラクスに、キラはやさしく接してくれたに違いない。相変わらずだ、とアスランは思う。好き嫌《きら》いが激しくて人見知りする性質の自分と違って、キラはおとなしいくせに、誰《だれ》とでもすぐ打ち解けた。誰もが、彼の持つ穏《おだ》やかな雰囲気《ふんいき》に安心して心を開くのだろう。彼はやっぱり、アスランが覚えていたとおりのキラだった。

そう思うとたまらなくなって、アスランは衝動的《しょうどう》に叫んでいた。

「――キラ！　おまえも一緒《いっしょ》に来い！」

そうだ、今なら連れて行ける。誰も邪魔《じゃま》する者はいない。

このまま、ラクスとキラと、三人で――。

「おまえが地球軍にいる理由がどこにある!?　来い、キラ！」

――昔と同じように、そばにいて、やさしく笑っていてほしかった。胸が焦《こ》がれるような欲求――それは、虚《むな》しく拒《こば》まれた。

〈ぼくだって、君となんて戦いたくない……〉

キラの辛《つら》そうな声が答えた。

〈……でも！　あの艦には守りたい人たちが――友だちがいるんだ……！〉

『友だち』――その一語が、アスランの希望を打ち砕《くだ》いた。そう、キラは誰とでも打ち解ける。キラにはいる。自分よりも重要な人たちが――。

「ならば仕方ない……」

アスランは顔をゆがめ、叫んだ。

「次に戦うときは、俺がおまえを撃《う》つ！」

〈……ぼくもだ……！〉

答えたキラの声は震《ふる》えていた。〝ストライク〟のハッチが閉じ、白い機体がゆっくりと遠ざかって行くのを、アスランは黙《だま》って見送っていた。


〈敵モビルスーツ、離《はな》れます！〉

〝ヴェサリウス〟ではアデスが告げ、ラウが命じた。

「エンジン始動だ、アデス！」

そして、同時にラウは〝シグー〟を発進させた。

すかさず〝アークエンジェル〟がその動きをとらえる。

「敵艦よりモビルスーツ発進っ！」

「ナスカ級、エンジン始動！」

マリューが唇《くちびる》を噛《か》み、ムウが叫ぶ。

「――こうなると思ってたぜ！」

彼もまたラウと同じように、愛機のコクピットにすでに乗り込んでいた。時をおかず、〝ゼロ〟が〝アークエンジェル〟から出る。

両者の動きに、キラは憤《いきどお》るより前にとまどった。

「フラガ大尉《たいい》っ……!?」

〈何もしてこないと思ったか？〉

スピーカーから入ってきたムウの言葉に、ぐっとつまる。思っていた。自分ならしないという前提で、うまく行くと信じ切っていた。そんな自分の甘さを思い知らされる。

戦いがはじまる。自分のせいで〝アークエンジェル〟を危険にさらしてしまったという、焦《あせ》りと自責の念がキラの胸を噛んだ。

〝ジグー〟が迫《せま》ってくる。

〈ラクス嬢《じょう》を連れて帰投しろ〉

通信機からラウの指令が入り、アスランは唇を噛んだ。はじめから、隊長はこうするつもりだったのだ。キラの出した条件をのんだふりをして、その隙《すき》に乗じて敵を叩《たた》く。これでは自分はいい餌《えさ》だ。しかし、ラクスを連れて戦闘《せんとう》に加わるわけにもいかない……。

——そのとき。

「ラウ・ル・クルーゼ隊長」

通信機のスイッチを入れ、凛《りん》とした口調で呼びかけたのは、ラクスだった。

「やめてください！　追悼《ついとう》慰霊《いれい》団代表のわたくしのいる場所を、戦場にするおつもりですか!?

そんなことは許しません！」

アスランは少なからず驚《おどろ》いた。いつもおっとりして、穏やかに笑うラクスの姿しか見たことがなかったからだ。

「すぐに戦闘行動を中止してください！——聞こえませんか!?」

彼女は猛々《たけだけ》しささえ感じられる口調で駄目《だめ》を押す。しばしの間ののち、ラウの応答が返ってきた。

〈……了解《りょうかい》しました、ラクス・クライン〉

唖然《あぜん》としていたアスランの前で、ラクスは通信機から離れ、彼の顔を見ると、いつもどおりにっこりと微笑《ほほえ》んだ。

なにもせずに反転し、帰投して行く〝シグー〟を、キラとムウはあっけに取られて見送った。敵側に何が起こったのかはわからないが、とりあえずの危機を脱《だっ》したことだけは確かだ。

〈何だか知らんが、こっちも戻《もど》るぞ！　追撃《ついげき》してヤブヘビはつまらんからな！〉

ムウの言葉に「はい」と答え、キラは〝ゼロ〟に続いて機体を返した。

並んで飛びながら、ムウが言う。

〈しっかし、とんでもねえお姫《ひめ》さまだったな……〉

キラは黙っていた。手にした鳥かごの中から、綺麗《きれい》な小鳥を空に放ってしまったあとのような気持ちだった。

〈――どうした？〉

「いえ……」

キラはうつむいた。目からあふれる涙《なみだ》を見られたくなかった。

一緒《いっしょ》に来い――アスランに呼びかけられたとき、どんなに行ってしまいたかったか。あのやさしい人たちと一緒に、自分の同胞《どうほう》たちのいる場所へ……。

それでも彼は、こちらを選んだ。

「……なんでもありません」

彼は〝アークエンジェル〟を目指した。自分を待っていてくれる人たちのいる場所へ――。

「――確かに、月艦隊《かんたい》との合流前に、『足つき』に追いつくことはできますが……」

ニコルが難しい顔で言った。

「これではこちらが月艦隊の射程に入るまで、十分ほどしかありませんよ」

〝ガモフ〟艦橋では、イザーク、ディアッカ、ニコルらが、戦略パネルを見ながら意見を戦わせていた。〝ヴェサリウス〟は本来の任務を果たすために、ラコーニ隊へラクスを送り届ける途上《とじょう》にあり、〝アークエンジェル〟の追尾《ついび》は合流した〝ガモフ〟が引き継《つ》いだのだ。

「十分は、あるってことだろ」

「臆病者《おくびょうもの》は黙ってるんだな」

ニコルの慎重論を、ディアッカと、そしてイザークも、いつものようにあざ笑った。

「十分しかないのか、十分はあるのか、それは考え方ってことさ。俺は十分もあるのに、そのままあいつを見送るなんてごめんだな」

イザークが言うと、

「同感だ」とディアッカが同調する。「奇襲《きしゅう》の成否は、その実動時間で決まるもんじゃない」

「それはわかりますけど……」

なおも難色をしめすニコルを無視し、イザークは言った。

「〝ヴェサリウス〟はすぐ戻ってくる。それまでに『足つき』は俺たちで沈《しず》める……」

華々《はなばな》しい功績を求めるイザークらしい言葉だった。しかも、〝ヴェサリウス〟がいないうちは、アスラン抜《ぬ》きで事に当たれる。ここで一気にライバルを引き離したいという気持ちが、この強硬論《きょうこうろん》の裏にはあった。

「――いいな？」

「OK」

ディアッカは一も二もなく乗った。

「……わかりました」

ためらっていたニコルも、結局はうなずいた。


「……失礼します」

艦長室で、三人の士官たちにこっぴどく叱《しか》られて出てきたキラに、外で待っていたトールと
ミリアリアが心配そうに近寄った。

「大丈夫《だいじょうぶ》？　なんて言われたの？」

「おまえもトイレ掃除《そうじ》一週間とか？」

トールがせきこんでたずねると、あとから出てきたムウが、「おー、それいいね」と笑い、
ぽんと彼らの肩《かた》を叩《たた》いてから去って行った。対照的に、ナタルはじろりと冷たい視線をくれて
行ったのだが。

キラはトールたちに笑いかけた。

「大丈夫だよ。――トイレ掃除って？」

「トールはマードック軍曹《ぐんそう》にすっごく叱られたの。それで、罰《ばつ》としてトイレ掃除一週間」

ミリアリアがくすくす笑い、多大なる犠牲《ぎせい》を払《はら》ったトールが憮然《ぶぜん》とする。

「ふん、どうせもうじき月艦隊と合流するんだ。それまでの辛抱《しんぼう》だろ」

キラは笑ってトールの肩をつかんだ。

「ごめん！　ぼくも手伝うよ」

笑い合いながら通路を行く途中《とちゅう》、ふと、トールが真顔になった。

「……ホント言うと、ちょっと心配だったんだ」

「え？」

「あの〝イージス〟に乗ってんの、友だちだったんだろ……ごめん、聞いちまった」

キラは驚《おどろ》いて立ち止まる。あの展望室での、ラクスとかわした会話——あれを、聞かれてしまった？

トールはどう思っただろう。キラの胸によぎった不安は、次の瞬間《しゅんかん》自分に向けられた笑顔《えがお》に吹《ふ》き飛ばされる。

「——でもよかった。おまえ、ちゃんと帰ってきたもんな！」

トールは心底うれしそうに言った。キラの胸にあたたかいものがあふれる。

あのときの、自分の選択《せんたく》は間違《まちが》っていなかった。ここに帰ってきて、こうして仲間たちとまた一緒になれて、本当によかった——このときキラは心からそう思った。

その会話を聞いていた者の存在に、気づくことなく——。

枝分かれした通路の陰《かげ》に、フレイはいた。

髪《かみ》は乱れ、青ざめた顔には放心した表情が浮《う》かんでいる。

かさついた唇《くちびる》が、動いた。その口から漏《も》れたのは、地を這《は》うようなかすれ声だった。

「——このままには、しないわ……」


「いろいろあったけど、あと少しだね」

〝アークエンジェル〟は月艦隊との合流を目前にしていた。さまざまな困難を経て、やっとここまでたどりついたのだ。食堂で、サイはカズイと、やはりほっとした面持《おもも》ちで会話していた。

「……ぼくたちも降ろしてもらえるのかな、地球に」

避難民《ひなんみん》たちはみな、艦隊と合流したあとはシャトルに乗り換《か》え、地球に降りるという予定になっていた。それだけに、不安そうに言い出したカズイの言葉に、サイは首をかしげる。

「だってほら、ラミアス大尉《たいい》が言ってたじゃん。『しかるべき所と連絡《れんらく》がとれるまでは』とかなんとか」

「ああ……だから、月艦隊がその『しかるべき所』とかじゃないの？　きっと降ろしてもらえるよ」

サイが言うと、カズイは納得《なっとく》したようにうなずいたが、すぐまた顔を曇《くも》らせる。

「でも……キラは、どうなるのかな……？」

そう言われてはじめて、サイはその微妙《びみょう》な問題に気づいた。キラは——自分たちと一緒《いっしょ》に降ろしてもらえるんだろうか。時々キラに対して含《ふく》むところのある発言をするカズイだが、それだけに、キラを仲間としか思っていないサイたちが見落としがちなところに気づいている。とにかく、〝ストライク〟を動かせるのはキラだけなのだ。地球連合軍としては、彼を手離《てばな》したくないのではないだろうか……。

キラが食堂に入っていくと、サイとカズイが一瞬《いっしゅん》気まずげに視線をそらした。なにか自分の噂《うわさ》をしていたのだろう。キラはあえて目を合わさないようにして、給水機に向かった。プラスティックのカップを取ったところで、フレイが室内に入ってきたのに気づく。

「フレイ……大丈夫なのか？　まだ休んでいた方が……」

サイが声をかけるが、彼の方を見もせず、フレイはまっすぐにキラの方へやってくる。つい先日のできごとを思い出し、キラの体がこわばった。

フレイはうつむいてキラの前に立った。

「キラ……」

今度は何を言われるのかと身構えたキラに向かって、彼女はしおらしい調子で言った。

「……あのときは、ごめんなさい」

「え……」

「あのとき、私……パニックになっちゃって……すごいひどいこと言っちゃった……」

ちらと上げたフレイの目に、涙《なみだ》が浮かぶ。

「ごめんなさい……あなたは一生懸命《けんめい》戦って、私たちを守ってくれたのに……私……」

「フレイ！　そんな……いいんだよ、そんなの……！」

キラはあわてて言った。しかしフレイは気がすまないという風に首を振《ふ》る。

「私にもわかってるの！　あなたががんばってくれてるって……なのに……」

キラの胸がじわりと暖かくなる。嫌《きら》われてしまった、憎《にく》まれてしまったと思っていたのに、フレイは許してくれた。自分だって父親を亡《な》くしたばかりで辛《つら》いのに、キラの気持ちをこんなに思いやってくれるなんて……。

「……ありがとう、フレイ。ぼくこそ……お父さん守れなくて……」

彼は言葉につまる。フレイは言った。

「戦争って嫌《いや》よね……早く終わればいいのに……」

突然《とつぜん》、艦内《かんない》に警報が鳴り響《ひび》いた。第一次戦闘《せんとう》配備だ。キラはカップを置き、サイとカズイもはっと息をのむ。

その緊迫《きんぱく》した音にまぎれて、発されたフレイの声が妙《みょう》に抑揚《よくよう》を欠いていたことに、誰《だれ》も気づかなかった。

「――あとちょっとで合流なのに……！」

キラたちは急いで食堂を出ようとして、向こうから「またせんそーよーっ！」と叫《さけ》びながら駆《か》けて来た、避難民の女の子とぶつかってしまった。

「ごめん！　大丈夫……」

ぺったり尻餅《しりもち》をついてしまった幼女を助け起こそうと、あわてて手をさし出そうとしたキラだったが、それを制するようにフレイが前に出る。

「ごめんねえ、お兄ちゃん急いでるから」

彼女はやさしい手つきで女の子を抱《だ》き起こし、にっこりと笑いかけた。

「また戦争だけど、大丈夫。このお兄ちゃんが戦って守ってくれるからね」

「ほんとぉ……？」

女の子はおずおずとキラを見上げる。フレイは強くうなずいた。

「うん、悪いやつは、みぃんなやっつけてくれるんだよ」

「――キラ！」

背後からサイの呼び声がかかり、立ち止まっていたキラは走り出した。肩ごしに一度振り返ると、フレイと女の子は手をつないでキラを見送っていた。

「そうよ……」

フレイはつぶやいた。

「みぃんなやっつけてもらわなくちゃ……」

「──いたぁい！」

フレイの手に突然力がこもり、女の子は泣《な》き声を上げてその手を振り払った。フレイは彼女を見ようともしない。その口元には、切り裂《さ》かれた傷口のような、冷ややかな笑《え》みがあった。彼女の表情を見た幼い少女は、なぜか恐《おそ》ろしくなり、べそをかきながら母親を探して駆け出した。

ひとり取り残されたことに気づいた様子もなく、フレイは突《つ》っ立ったまま、調子の外れた声で繰《く》り返す。

「みんな、みぃんな……やっつけて……」

「キラ、ザフトはローラシア級一、〃デュエル〃、〃バスター〃、〃ブリッツ〃！」

艦橋でミリアリアが〃ストライク〃に状況《じょうきょう》を伝える。

「──〃ストライク〃スタンバイ、システムオールグリーン、進路クリアー──〃ストライク〃、発進です！」

「第八艦隊もこちらに向かってるわ！　持ちこたえて！」

マリューはクルー全員に向かって呼びかけた。やはり、すんなりとは逃《に》がしてくれない相手だった、と、苦い思いを抱《いだ》く。しかし、味方を目前にしながらここで落とされては、これまでの苦労が水の泡《あわ》だ。

「〝イーゲルシュテルン〟作動、アンチビーム爆雷《ばくらい》用意！　艦尾《かんび》ミサイル全門セット！」

三機のXナンバーが密集編隊のような形で突っ込んでくる。と、見るや、三機は一気に散開する。開いた空間を、白い射線が貫《つらぬ》いた。モビルスーツがこちらの視界をさえぎり、〝ガモフ〟の射線をぎりぎりまで隠《かく》していたのだ。

「回避《かいひ》！」

マリューは叫んだ。一発はかわせたが、あと一発が〝アークエンジェル〟に着弾《ちゃくだん》し、激しく艦体を揺《ゆ》らす。

「くっ……！」

こちらの回避アルゴリズムが解析《かいせき》されている。やはり、簡単には切り抜《ぬ》けられない相手のようだ。

展開したモビルスーツのうち、〝バスター〟はムウの〝ゼロ〟が押さえ、〝デュエル〟は〝ストライク〟と対戦に入っている。残った〝ブリッツ〟が〝アークエンジェル〟に迫《せま》った。

「〝バリアント〟、てェーっ！」

〝ブリッツ〟は難なく迎撃《げいげき》をかわしたあと、ふいに陽炎《かげろう》のようにゆらいで見えなくなる。

「〝ブリッツ〟をロスト！」

トノムラが戸惑《とまど》いぎみの声を上げる。

「〝ミラージュコロイド〟を展開したんだわ！」

まさかこの武装を、身をもって体験するはめになるとは思わなかった。マリューはすばやく指示を出す。

「アンチビーム爆雷！　対空榴散弾頭《りゅうさんだんとう》を！」

彼女の指示にしたがって、爆雷が打ち出され、飛散した。

ふいに、なにもないように見える空間からビームが発され、爆雷に散らされてあたりを照らし出した。すかさずマリューが叫ぶ。

「ビーム角から〝ブリッツ〟の位置を推測！」

〝ブリッツ〟の予測位置が算出され、データが瞬時《しゅんじ》に艦尾ミサイルに転送される。

「榴散弾頭、てェッ！」

ナタルの号令とともに発射されたミサイルが、数十の弾頭に分かれ、算出された予測位置を襲《おそ》う。〝ミラージュコロイド〟を展開中の〝ブリッツ〟は、フェイズシフトがオフの状態だ。〝ミラージュコロイド〟をいったん解除し、フェイズシフト装甲《そうこう》に切り換《か》えなければ、この攻《こう》撃《げき》は防げない。

思ったとおり、ミサイルに狙《ねら》われた〝ブリッツ〟の機影《きえい》が一瞬《いっしゅん》現われ、シールドをかかげて着弾を防いだ。すぐまた消えようとするところを、手動に切り換えた〝イーゲルシュテルン〟の連射が阻《はば》む。

「……誰が造ったと思ってるんだっ」

マリューは小さく吐《は》き捨てる。もともとはこちらの開発した兵器だ。ひととおりの応戦プランは頭に入っている。

〝ブリッツ〟は姿を現し、いったん下がった。完全に〝ミラージュコロイド〟の使用を断念したようだ。艦橋にわずかながら、安堵《あんど》の空気が流れた。

だが、相手は攻撃自体をあきらめたわけではない。ビームライフルを撃《う》ちながら再度突入《とつにゅう》してくる〝ブリッツ〟を、〝アークエンジェル〟は必死の砲撃《ほうげき》で迎《むか》えた。

「ここでやられてたまるか！」

キラはうめき、ビームサーベルを抜《ぬ》き放った。それを〝デュエル〟はシールドで受け流す。ビーム粒子《りゅうし》が激しい火花を散らした。

〝ガンバレル〟を展開して〝バスター〟と渡《わた》り合っている〝ゼロ〟の機影が、ときおりモニターの隅《すみ》に入る。〝ガモフ〟の主砲がまた火を噴《ふ》き、〝アークエンジェル〟を直撃した。

〈……ラ……戻《もど》って！　〝ブリッ……かれた……〉

電波干渉《かんしょう》によるノイズごしに、ミリアリアの声がかすかに届く。

〝デュエル〟が振《ふ》り下ろすサーベルを、間一髪《かんいっぱつ》のところで避《よ》けたキラは、〝アークエンジェル〟を映しているサイドモニターに、さっと目をやった。——燃えている!?

「〝アークエンジェル〟が……！」

キラは目を見開いた。〝ブリッツ〟が〝アークエンジェル〟に取りつき、至近距離《きょり》からライフルを連射している。艦の装甲は過熱して白く輝《かがや》き、〝ブリッツ〟の黒い機体を暗い宇宙の闇《やみ》の中、赤々と照らし出していた。

『――このお兄ちゃんが戦って守ってくれるからね……』

キラの耳にフレイの声がよみがえった。手をつないで見送ってくれた二人の姿が、燃えるように照り輝く艦の姿にかぶさる。

――沈《しず》めさせるものか……！

そのとき、キラの中で、なにかが弾《はじ》けた。

振り下ろされる〝デュエル〟のサーベルが、その太刀《たち》筋《すじ》がはっきりと見える。

なにもかもが、ひどくクリアに感じられた。〝デュエル〟の装甲にある細かな疵《きず》のひとつひとつ、〝ストライク〟のエンジンの唸《うな》り、すべての計器がしめす数値、吐き出され、拡散するビーム粒子の軌跡《きせき》までもが、すべて同時に知覚される。

キラは軽くレバーをひねり、フットペダルを蹴《け》って戻し、またすぐ踏《ふ》み込む。〝ストライク〟は〝デュエル〟の一撃《いちげき》をかわした。同じ一動作でサーベルをふるい、一瞬にして退《ひ》く。サーベルが〝デュエル〟の脇《わき》を薙《な》ぎ、パッと火花が散った。その火花を知覚する頃《ころ》には、スラスターとバーニアを噴射《ふんしゃ》している。キラは〝デュエル〟を引き離《はな》し、まっすぐに〝アークエンジェ

ル〟を目指した。

〝デュエル〟が追ってくるのが感じ取れる。ビームライフルが連射されるが、銃身《じゅうしん》のわずかな傾《かたむ》きから次の射線が面白《おもしろ》いように読み取れる。キラは無造作にビームをかわし、ただ先を急いだ。その視線の先には〝ブリッツ〟がいた。

「――やめろォォォッ！」

キラが斬《き》りかかると、〝ブリッツ〟はすばやく飛びのこうとする。だがキラの反応の方が速い。〝ストライク〟の膝《ひざ》部分が、〝ブリッツ〟の胴《どう》を蹴り上げる。

そのとき死角から、追いついてきた〝デュエル〟がサーベルをふるった。キラはモニターを切り換え、もう一方の手でボタンを操作する。腰部《ようぶ》から飛び出した〝アーマーシュナイダー〟を目にもとまらぬ速さでつかみ、さっきサーベルの当たった〝デュエル〟の装甲に向け、正確に叩《たた》きつける。

激しいスパークが〝デュエル〟の機体を走った。

なにか決定的な損傷を受けたのか、それきり沈黙《ちんもく》する。慣性で漂《ただよ》う〝デュエル〟を、〝ブリッツ〟が抱《かか》えるようにして離脱《りだつ》していった。

〝アークエンジェル〟の甲板《デッキ》に立ち、キラはそれを見送った。

――守りきれた……。

キラは大きく息をつき、一度、目を閉じた。

〈やつら引き上げて行ったぜ！　よくやったな、坊主《ぼうず》！〉

通信が入り、キラはあわてて目を開けた。モニターからムウがこちらを見ていた。

急に夢から覚めたような気持ちになり、キラはきょろきょろと周囲を見回した。

——なんだったんだ、さっきのは……？

〈坊主……おまえ……〉

「えっ、何ですか？」

キラが目を瞬《またた》かせると、モニターの中でムウが苦笑《くしよう》した。

〈……いや。凄《すご》いやつだよ、おまえは〉

キラはぽやっとした顔で、その賛辞を受けた。

「ディアッカ、引き上げです！　敵艦隊《てきかんたい》が来る！」

タイムリミットの十分が過ぎたのだった。ニコルが呼びかけると、

〈くそうっ！〉

と、ディアッカの毒づく声が聞こえた。

出撃《しゆつげき》したときは、誰《だれ》が十分後にこんな結果を予想しただろう——と、ニコルは苦く思った。

〝アークエンジェル〟は思った以上に手ごわく、ブリッツの特殊機能《ミラージュコロイド》も完全に見切られていた。

もともとはあちらのものなのだから、当然かもしれないが。

それにしても、さっきのモビルスーツ――〝ストライク〟の動きはいったい何だったのか？　あの運動性といい、反応速度といい、パイロットは並の者とは思えない。

彼は〝ブリッツ〟に運ばせている機体に向けて、気づかわしげな声をかけた。

「イザーク、大丈夫《だいじょうぶ》ですか？　イザーク！」

〈痛い……〉

さきほどより〝デュエル〟からは、イザークのうめき声しか返ってこない。

〈いたい……いたい……〉

ただならぬ様子に、ニコルは一刻も早く――と、〝ガモフ〟を目指した。


「お迎えに上がりました」

アスランが声をかけてドアを開けると、目の前にピンクの塊《かたまり》が飛び出した。

〈ハロ・ハロ・アスラーン！〉

彼は飛んできたハロを、あわててキャッチした。ラクスがにこやかに言う。

「ハロがはしゃいでいますわ。久しぶりにあなたと会えてうれしいみたい」

「ハロにはそんな感情のようなものはありませんよ」

久しぶりに見る、ラクスのふんわりした笑顔《えがお》に一瞬《いっしゅん》見とれてしまい、アスランはあわてて目をそむけた。

「……アスラン？」

「いえ……あー……ご気分はいかがですか？　その……人質《ひとじち》にされたり、いろいろとありましたから……」

「わたくしは元気ですわ。あちらの艦《ふね》でも、あなたのお友だちがよくしてくださいました」

「……そうですか」

アスランの声に苦いものが混じる。そんな彼の顔を見、ラクスがふっと寂《さび》しげに笑った。

「キラさまは、とてもやさしい方ですのね。そして、とても強い方……」

「あいつは、馬鹿です！」

思わずアスランは、憤《いきどお》りをあらわにしてしまう。

「軍人でもないのに、まだあんなものに乗って！　あいつは利用されてるだけなんだ！　『友だち』とかなんとか言われて……あいつの両親はナチュラルだし……だから！」

ラクスの手が髪《かみ》に触《ふ》れる。彼女は悲しげに言った。

「――あなたと戦いたくない、とおっしゃってましたわ」

「ぼくだってそうです！　誰があいつと……」

かっとなって叫《さけ》び返してから、アスランは我に返ってうろたえた。ラクスは包みこむような深い瞳《ひとみ》で彼を見上げている。その手が彼の頰《ほお》に触れようとしたが、アスランは気恥《きは》ずかしくなって身を引いた。

この婚約者《こんやくしゃ》と、こんなに言葉をかわしたのは、もしかしたら初めてかもしれない。少なくとも、こんなに自分をさらけ出してしまったことは、かつてないことだ。

彼はなんとか感情を抑制《よくせい》し、事務的な声をつくった。

「――ラコーニ隊長がお待ちです。連絡艇《ランチ》へ」

先に立って部屋を出ようとすると、背後でラクスが小さくつぶやいた。

「つらそうなお顔ばかりですのね、このごろのあなたは……」

アスランは冷たく答えた。

「にこにこ笑って戦争はできませんよ」

格納庫には、ラウたちが見送りに出ていた。先だってのラクスの介入《かいにゅう》を面白《おもしろ》く思っているはずはあるまいが、この上官は仮面の下にその感情を隠《かく》して、まったく感じさせない。ラクスが軽く頭を下げた。

「クルーゼ隊長にも、いろいろとお世話をおかけしました」

ラウはにこやかに一礼して応じる。

「お身柄《みがら》はラコーニが責任を持ってお送りするとのことです」

「〝ヴェサリウス〟は追悼《ついとう》式典には戻《もど》られますの?」

「さあ……それはわかりかねます」

アスラン会いたさゆえの少女じみた問いかけと思ったのか、ラウは軽くいなしたが、ラクスの目を見て表情を改めた。

「戦果も重要なことでしょうが、犠牲《ぎせい》になる者のこともどうか、お忘れなきよう……」

彼女は冷ややかな目でラウを見据《みす》えて言う。ラウは薄《うす》く笑い、顎《あご》を引いた。

「……肝《きも》に銘《めい》じましょう」

ラクスはじっと、仮面の奥の表情を推し量るような目をした。

またただ——と、アスランはわずかに動揺《どうよう》する。以前のラクスは、こんな表情を見せなかった。女王然と——というより、駆《か》け引きを弄《ろう》する老成した政治家のように、彼女は真っ向からラウと渡《わた》り合っている。それとも……もともとあった要素を、アスランが見落としていただけなのだろうか……？

だがアスランに向き直ったとき、彼女はいつもの穏《おだ》やかな顔に戻っていた。

「……何と戦わねばならないのか——戦争は難しいですわね」

寂しげに言う。アスランは答えることができなかった。純真な少女の顔と、刃《やいば》のように冴《さ》えわたる政治家の顔——どちらの言葉も、まっすぐに核心《かくしん》を突《つ》いてくる。

「では、また……お会いできる日を楽しみにしておりますわ」

ラクスは微笑《ほほえ》むと、最後に一礼した。

——何と戦わねばならないのか。

このときアスランは、キラのことを思い浮《う》かべた。同胞《どうほう》のために戦うことを選んだ身が、同胞と戦わねばならない皮肉を思った。

だが――後の大きな流れの中で彼は、再びこの言葉の意味を噛《か》みしめることとなる――。

PHASE 04

大小の艦が近づいてくるさまを、みんな息をつめて見守っていた。

遠くから見るうちは、太陽光を受けて平板に光るそれらの艦は、まるでおもちゃの船のように現実味を欠いて見えたが、近づくにつれその威容《いよう》があきらかとなる。

地球連合軍第八艦隊《かんたい》——智将《ちしょう》ハルバートン率《ひき》いる艦隊は、今、ゆっくりと〝アークエンジェル〟に接近し、その中に包み込もうとしていた。数十にものぼる戦艦、駆逐艦《くちくかん》に取り囲まれ、旗艦〝メネラオス〟がしずしずと近づいてくる。

「——一八〇度回頭、減速、さらに二十パーセント、相対速度合わせ」

「しっかし、いいんですかね？　〝メネラオス〟の横っ面《つら》なんかにつけて」

パイロットのノイマンが冗談《じょうだん》混じりの懸念《けねん》を口にする。

「ハルバートン提督《ていとく》が艦をよくご覧になりたいんでしょ。自《みずか》らこちらへおいでになるということだし」

マリューは微笑《ほほえ》みながら言った。普通《ふつう》はこちらが呼びつけられる立場だ。だがハルバートンはきっと、自分が力を注ぎ込んだこの艦に乗り込みたくて、今もうずうずしているに違《ちが》いない。彼こそが、これからの戦況《せんきょう》を左右する兵器として、誰《だれ》よりも強硬《きょうこう》にこの〝アークエンジェル〟とXナンバーの開発計画を後押しした、マリューからすると直属の上司とも言える人物だ。

艦が慣性航行に入ると、マリューは「ちょっとお願い」と言い置いてブリッジを出た。

「艦長」

あとからナタルの声が追ってくる。二人はエレベータにそろって乗り込んだ。扉《とびら》が閉まると、ナタルが切り出す。

「〝ストライク〟のこと、どうなさるおつもりですか？」

「『どう』とは？」

わからずにマリューが聞き返すと、じれったげにナタルは言う。

「あの性能だからこそ——彼が乗ったからこそ、我々はここまで来られたのだということは、すでにこの艦の誰もがわかっていることです！」

彼女の意図を悟《さと》り、マリューは硬質《こうしつ》な目で相手を見やった。ナタルはそんな彼女の目を見返し、たずねた。

「……彼も、艦を降ろすのですか？」

はじめはコーディネイターに機密を触《さわ》らせることさえ嫌《いや》がったくせに、と、マリューはつい考えてしまう。割り切りがいいのは立派なことだが、割り切りが過ぎるのではないか。

マリューは答えた。

「——あなたの言いたいことはわかる、ナタル。でも、キラ君は軍の人間ではないわ」

「ですが！　彼の力は貴重です。それをみすみす……？」

「力があるからといって、彼を強制的に徴兵《ちょうへい》することはできない。そうでしょう？」

マリューが問い返すと、ナタルは黙《だま》った。だがその目には不満げな色がまだ残っていた。

「艦隊と合流したってのに、なんでこんなに急がなきゃなんないんです？」

〝ゼロ〟のハッチから首を突き出し、キラが口をとがらすと、ムウは憮然《ぶぜん》として答える。

「不安なんだよ、壊《こわ》れたままじゃ！」

整備班は〝ゼロ〟の被弾《ひだん》個所の修理を急ピッチで進め、キラも否応なしに駆り出されていた。

艦隊と合流したら、やっとゆっくりできると思っていたが、完全にあてが外れた状態である。

いつ敵が襲《おそ》ってくるかわからないこれまでならともかく、納得《なっとく》がいかない。これだけの規模の艦隊に、どんな相手も手出しをしてくるはずがないし、もし攻撃《こうげき》されてもほかに使える機体はいくらでもあるはずだ。

だがマードックは笑って言う。

「第八艦隊つったって、パイロットどもはひよっこ揃《ぞろ》いさ！　なンかあったときにゃ、やっぱ大尉《たいい》が出れねえとな」

たしかに、あらためて考えてみると、ムウほどのパイロットがそうそういるとは思えない。さきの戦闘《せんとう》でも被弾はしたものの、モビルアーマーで完全に〝バスター〟を抑《おさ》えていたのだ。コーディネイターで、しかも〝ストライク〟を操《あやつ》っているキラですら、Xナンバー一機で手一杯《いっぱい》になりがちだというのに。

「……そういえば〝ストライク〟は？　本当にあのままでいいんですか？」

キラはたずねた。彼がカスタマイズしたOSを、ナチュラルの手に余るしろものと言いつつ、ムウたちは初期化することを渋《しぶ》っていた。今もムウは、「う～ん」と難しい顔だ。

「わかっちゃいるんだけどさ……わざわざ元に戻してスペック下げるってのも、なんかこう……」

すると上の方から涼《すず》やかな声が応じた。

「できれば、あのままで誰か使えないか、なんて思っちゃいますよね」

一同は驚《おどろ》いて見上げた。マリューがキャットウォークから飛び降りてくる。

「艦長？」

「あらら、こんなむさ苦しいとこへ」

ムウが笑った。マリューは彼らに軽くうなずいてみせたあと、キラの顔を見た。

「ちょっと話せる？」

「え？」

思わず尻《しり》ごみするキラの様子に、マリューは苦笑《くしょう》する。

「そんな疑わないで。……まあ、無理もないとは思うけど」

彼らは作業するクルーから少し離《はな》れた、〝ストライク〟の前に来た。

「私自身とても余裕《よゆう》がなくて、これまであなたとゆっくり話す機会も作れなかったわね……」

「……はあ」

キラはまだ少し警戒《けいかい》していた。そんな彼に向き合い、マリューは微笑《ほほえ》む。

「その……一度、ちゃんとお礼を言いたかったのよ」

「え……？」

「あなたには本当に大変な思いをさせたわ……ここまでありがとう」

彼女は深く頭を下げ、思いもかけぬことにキラは目一杯動転してしまう。

「いやっ、そんな、艦長っ……」

赤くなってしどもどしていると、顔を上げたマリューが、にっこり笑いかけた。

「口には出さなくても、みんな、あなたには感謝しているのよ。——こんな状況《じょうきょう》だから、地球に降りても大変かと思うけど……」

彼女は片手を差し出した。キラはまだ戸惑《とまど》いながら、その手を握《にぎ》る。

「……がんばって」

ぐっと彼の手を握り返したマリューの手は、あたたかかった。

「いや、〝ヘリオポリス〟崩壊《ほうかい》の報《しら》せを受けたときは、もう駄目《だめ》かと思ったよ！　それが、まさかここで諸君と会えるとは……」

大声で話しながら連絡艇《ランチ》から降りてきた長身の将校は、気さくな様子でマリューたちの前へ歩み出た。年齢《ねんれい》を感じさせない引き締《し》まった体つき、ふさふさした黄褐色《おうかっしょく》の口髭《くちひげ》をたくわえ、制帽《せいぼう》の下の目は悪戯《いたずら》っぽく輝《かがや》いている。

彼こそがハルバートン提督《ていとく》、月に駐留《ちゅうりゅう》する第八艦隊の司令官だ。マリューをはじめとするクルーたちが、いっせいに敬礼した。

「ありがとうございます、閣下。お久しぶりです」

マリューが嬉《うれ》しそうに挨拶《あいさつ》する。ハルバートンは敬礼を返した。

「ナタル・バジルールであります」

「第七機動艦隊所属、ムウ・ラ・フラガであります」

「おお、君がいてくれて幸いだった」

ハルバートンがねぎらうと、ムウは苦笑した。

「いえ、さして役にも立ちませんで」

提督は士官たちとの挨拶がすむと、今度は後ろの方で整列しているキラたちに目を向けた。

「ああ、彼らがそうかね」

自分たちとは関係のない人、と思っていたキラたちは、ハルバートンがまっすぐ自分たちの方へやってくるのを見て、あわてて背筋を伸《の》ばした。

「はい、操艦《そうかん》を手伝ってくれた〝ヘリオポリス〟の学生たちです」

マリューがどこか誇《ほこ》らしげに紹介《しょうかい》してくれるのを、彼らはくすぐったい気持ちで聞いた。彼ら一人一人を見つめるハルバートンの目はやさしかった。

「きみたちのご家族の消息も確認《かくにん》してきたぞ。みなさん、ご無事だ」

みなの顔がぱっと明るくなる。なにより嬉しいご褒美《ほうび》だった。

「──とんでもない状況の中、よく頑張《がんば》ってくれた。私からも礼を言う。……あとでゆっくり話をしたいものだな」

提督、と聞くととても偉《えら》くて怖《こわ》い──そしてナタルの三百倍くらいは堅苦《かたくる》しい人じゃないかというイメージがあっただけに、実物を見たキラは意外な印象を受けた。だが、この人のためにマリューが働いているのだと思うと、なんだか納得《なっとく》できる。

ハルバートンは、マリューたちとともに去って行った。あの人と話がしてみたい──と思ったのはキラも同じだった。たぶんそんな機会はないだろうが。

「〝ツィーグラー〟と〝ガモフ〟、合流しました」

アデスが報告すると、ラウは念を押した。

「発見されてはいないな」

「あの位置なら大丈夫《だいじょうぶ》でしょう。艦隊《かんたい》はだいぶ降りていますから」

ラウは顎《あご》に手をやり、小さく息をついた。

「月本部へ向かうものと思っていたが……やつら、『足つき』をそのまま地球へ降ろすつもりとはな……」

集結したのちの針路から推測した結論だった。アデスが確認するように言う。

「目標はアラスカですか」

アラスカは地球連合軍の最重要拠点《きょてん》だ。おそらく〝アークエンジェル〟は大気圏突入《たいきけんとつにゅう》後、まっすぐに最高司令部のあるユーコン・デルタを目指すと思われた。そこへ入り込まれてしまったら、もはや容易には手出しできない。

「なんとかこちらの庭にいるうちに沈《しず》めたいものだが……どうかな」

「……〝ツィーグラー〟に〝ジン〟が六機、こちらに〝イージス〟を含《ふく》めて五機。〝ガモフ〟も〝バスター〟と〝ブリッツ〟は出られますから……」

アデスが数え上げる戦力と相手のそれとを、頭の中で秤《はかり》にかけ、しばらく考え込んだのち、ラウはふっと底冷えのする笑《え》みを漏《も》らした。

「智将《ちしょう》ハルバートンか……そろそろ退場してもらおうか……」

「しかしまあ、この艦一つと〝G〟一機のために、〝ヘリオポリス〟を崩壊させ、〝アルテミス〟までも壊滅《かいめつ》させるとはな……」

いきなり苦々しい口調でホフマン大佐《たいさ》が言った。ハルバートンの副官である。マリューは返す言葉もなく、姿勢を正してただまっすぐに前を見ていた。

この会談には〝アークエンジェル〟の艦長室が選ばれた。ハルバートンがデスクにつき、脇《わき》に小柄《こがら》で小太りなホフマンが控《ひか》え、マリューとナタル、ムウがその前に起立している。ハルバートンがむっつりと擁護《ようご》の言葉を口にした。

「だが、彼女らが〝ストライク〟とこの艦だけでも守ったことは、いずれ必ず我ら地球軍の利となる」

ホフマンが冷ややかに切り返す。

「アラスカは、そうは思っていないようですが？」

「ふん！　やつらに宇宙《ソラ》での戦いの何がわかる！」

ハルバートンが侮《あなど》るように鼻を鳴らす。マリューは内心眉《まゆ》をひそめた。司令官と副官の間に漂《ただよ》うこの雰囲気《ふんいき》は何なのだろう。

「──ラミアス大尉《たいい》は私の意志を理解してくれていたのだ。問題にせねばならぬことは、何もない！」

ハルバートンはきっぱりと言い切り、あたたかい目でマリューを見た。彼女は罪悪感と緊《きん》張《ちょう》が一気に緩《ゆる》むのを感じる。これまでの苦難が、一瞬《いっしゅん》にして報《むく》われたような気がした。

「では、このコーディネイターの子供の件は？　これも不問ですかな」

ホフマンがなおも含むところのある調子で言う。マリューは決然と口をひらいた。

「キラ・ヤマトは、友人たちを守りたい——ただその一心で〝ストライク〟に乗ってくれたのです。我々は彼の力なくば、ここまでたどり着くことはできなかったでしょう。……ですが、成り行きとはいえ自分の同胞《どうほう》たちと戦わねばならなくなったことに、彼は非常に苦しんでいました……」

マリューはそれに気づいていた。気づいていながら彼に戦いを強《し》いた、その罪滅《つみほろ》ぼしになるとも思えないが、彼女は一歩も引かぬつもりで主張した。

「……誠実でやさしい子です。彼には信頼《しんらい》で応《こた》えるべきと、私は考えます」

「しかし、このまま解放するには……」

ホフマンの反論にかぶせるように、ナタルが一歩出た。

「僭越《せんえつ》でありますが、私はホフマン大佐と同じ考えです！」

マリューと、そしてムウも、不意打ちをくらったように彼女を見やった。ナタルは彼らを見もしない。

「——彼の能力には目を見張るものがあります。〝G〟の機密を知り尽《つ》くした彼を、このまま解放するなど……」

「ふん、すでにザフトに四機渡《わた》っているのだ。今さら機密もない」

それが口実に過ぎないことを、ハルバートンがあっさり指摘《してき》した。ナタルは一瞬動揺《どうよう》したが、「しかし！」と言葉を継《つ》ぐ。

「彼の力は貴重です！　できればこのままわが軍の力とすべきです！」

「だが、ラミアス大尉の話だと、本人にその意志はなさそうだが？」

「彼の両親はナチュラルで、〝ヘリオポリス〟崩壊《ほうかい》後に脱出《だっしゅつ》し、今では地球にいます。彼らを我々が保護することができるのでは……」

あくまで淡々《たんたん》と話し続けるナタルに、マリューは戦慄《せんりつ》さえおぼえた。彼女の提案はつまり、キラの両親を人質《ひとじち》に取って、キラに戦いを無理強《じ》いするというものだ。

たぶんナタルは、軍という組織に馴染《なじ》みすぎているというだけの人間なのだろう、と、マリューは思う。ある意味、彼女は純粋《じゅんすい》なのだ。任務に忠実に、勝利を得るため必要と思われることなら——軍則の範囲《はんい》内で——手段を選ばず行ない、それに疑問をさし挟《はさ》んだりしない。だから、誰《だれ》もが心の中で一度は考え、考えたことにすら嫌悪《けんお》感や後ろめたさをおぼえるようなことを、ためらいもなく口に出し、あるいは行動に移してしまう。

それにしても……年端《としは》も行かない少年から両親を取り上げ、その命をたてに「同胞を殺せ」と強制する——そのために彼が命を落とすかもしれない戦場へ送り込むなどと——考えただけでマリューの肌《はだ》は粟立《あわだ》った。

だがナタルの言葉は、ハルバートンの拳《こぶし》が激しくデスクを打った音で中断した。彼は一喝《いっかつ》した。

「ふざけたことを言うな！　そんな兵がなんの役に立つ！」

さいぜんからの気さくな物腰《ものごし》と、うって変わったような厳しい声と顔つきだった。凍《こお》りつくような目で射すくめられ、さすがのナタルも縮み上がった。

「も、申し訳ありません！」

彼女が引き下がると、ハルバートンは立ち上がった。

「過去のことはもういい。問題はこれからだ……」

また少しトーンの違《ちが》う厳粛《げんしゅく》な声に、マリューは思わず上官の表情をうかがった。彼は沈痛《ちんつう》な面持《おもも》ちで告げる。

「このあと、〝アークエンジェル〟は現状の人員編成のまま、アラスカ本部に降りてもらう」

マリューたちは息を止めた。

「どうにもならん。補充要員《ほじゅう》を乗せた先遣隊《せんけん》は沈んだ。今の我々にはもう、貴艦《きかん》に割《さ》ける人員はないのだ」

副官のホフマンが事務的に補足した。ハルバートンはしばし沈んだ顔でマリューたちを見つめていたが、ふとその目に猛々《たけだけ》しい光をやどす。

「だが！　〝ヘリオポリス〟が崩壊し、すべてのデータが失われた今、〝アークエンジェル〟と〝G〟はなんとしてもアラスカへ送らねばならん！」

「し、しかし、我々は……」

マリューは反論しようとした。ここまでやって来れたのはまったくの僥倖《ぎょうこう》だ。この艦《かん》と〝ストライク〟の重要性は理解しているが、理解しているからこそ、ムウをのぞけばほとんど実戦経験のない彼女らには、荷が重すぎる大任としか思えない。

「なに、軌道《きどう》離脱《りだつ》ポイントまでは我々が護衛する。君らはそこからまっすぐ本部へ降下すればいいだけのことだ」

ホフマンはあっさり言うが、そんな簡単なものだろうか。だが、彼女はハルバートンの顔を見て、反論を思いとどまった。

「――〝G〟の開発を軌道に乗せねばならん」

彼はまっすぐにマリューの目を見据《みす》えて言った。

「ザフトは次々と新しい機体を投入してくるというのに、馬鹿な連中は、利権がらみで役にも立たんことにばかり予算をつぎ込んでおる！　やつらは戦場でどれほどの兵が死んでいるか、数字でしか知らん！」

ハルバートンの憤《いきどお》りが、マリューの胸にも伝わる。ザフトのモビルスーツに、ほとんど抵抗《ていこう》することもできずに落とされていった戦艦やモビルアーマーの最期がよみがえり、彼女はきっと頭をもたげた。

「わかりました」

ホフマンとハルバートンのどこか隙間《すきま》の開いたやりとり――これが、本部と現場の距離《きょり》なのだ。ならば自分が、本部の連中の目を覚まさせてやる。

彼女は決意をこめて、敬礼した。

「――閣下のお心、しかとアラスカへ届けます!」

すると横でムウも敬礼した。

「アーマー乗りの生き残りとしては、お断りできませんな」

いつもどおりのどこかひねくれた言いように、マリューは微笑《ほほえ》みそうになった。

ハルバートンは深い目で二人を見つめ、頭を垂れた。

「たのむ……!」


「……除隊許可証?」

さし出された書類を見て、トールは狐《きつね》につままれたような表情になる。自分たちは軍人でもないのに『除隊』とは、どういうことだろう。書類を配っていたナタルが、「キラ・ヤマトは?」といらいらした調子で彼らを見回す。そういえば、キラの姿はなかった。

「……まあいい、あとで渡してやれ」

彼女はトールにキラの分の許可証を渡した。彼女の横にいた小太りの大佐《たいさ》――たしかハルバートン提督《ていとく》の副官だった――が、不審《ふしん》そうな彼らに向かって説明する。

「たとえ非常事態でも、民間人が戦闘行為《せんとうこうい》を行なえば、それは犯罪となる。それを回避《かいひ》するための処置として、日付を遡《さかのぼ》り、諸君がそれ以前に志願兵として入隊したことにしたのだ。――なくすなよ」

ややこしいことだ、とトールは思った。まあ、どんな形にされようと、降りられるなら一緒《いっしょ》だ。それに何日かだけとはいえ軍人だったたというのは、ある意味面白《おもしろ》いことかもしれない。

「なお、軍務中に知り得た情報は、たとえ除隊後といえ……」

説明を続けていた大佐に向かって、遠慮《えんりょ》がちに「あの……」と声をかけた者があった。フレイだった。ナタルが不審げな表情を浮《う》かべて言う。

「君は戦っていないだろう。彼らと同じ措置《そち》は必要ないぞ」

「いいえ、そうではなくて……」

フレイはうつむきかげんで前へ出て、ふいに心を決めたように顔を上げた。

「……私、軍に志願したいんです」

みなが同時に「えええっ！」と声を上げた。サイまで驚《おどろ》いた顔をしているということは、彼も聞かされていなかったのだろう。驚くのも無理もない。フレイほど『軍』にそぐわない者はいないだろう。ナタルは眉《まゆ》をひそめた。

「なにを馬鹿な」

「いいかげんな気持ちで言ってるんじゃありません！」

フレイは必死に食い下がる。

「先遣隊《せんけんたい》とともに父が殺されて、私……いろいろと考えたんです……」

「あ……では君があの、アルスター事務次官の……」

例の大佐が思い当たったようにうなずいた。フレイはぎゅっと両手を握《にぎ》りあわせ、うつむく。

「父が討たれたときはショックで……もうこんなのは嫌《いや》だ。こんなところにいたくない――と、そんな思いばかりでした……でも！　艦隊《かんたい》と合流できて、やっと地球に降りられると思ったとき、なにかとても、おかしいと思ったんです」

「――おかしい？」

ナタルが聞き返すと、フレイはぱっと顔を上げた。

「だって……！　これでもう安心でしょうか？　これでもう平和なんでしょうか？　そんなこと、全然ない！」

彼女は激しく首を振《ふ》り、うるんだ目でナタルを見た。

「……世界は依然《いぜん》として、戦争のままなんです」

みな、しんと黙《だま》りこくって、彼女の言葉を聞いていた。

「私……今まで中立の国にいて全然気づかなかった……。父は戦争を終わらせようと必死で働いていたのに……」

それは、トールたちにも言えることだった。

自分たちだけが平和の中にいて、それがどれほどの幸福かということさえ知らなかった。

「……本当の平和が、本当の安心が、戦うことによってしか得られないのなら……私も……父の遺志を継《つ》いで戦いたいと……」

フレイは声をつまらせ、顔をおおった。

「……私の力などっ……何の役にも立たないかもしれませんが……っ」

「フレイ……」

サイがそっと、彼女の肩《かた》を抱《だ》いた。

フレイがまだ泣きじゃくりながら、ナタルたちに伴《ともな》われて出ていったあと、部屋にはしばらく沈黙《ちんもく》が落ちた。

——世界は依然として戦争のまま……。

トールはうつむいた。地球に降りることばかり考えて浮かれていた自分が恥《は》ずかしかった。

ふいに、サイがさっきから見つめていた除隊許可証を、勢いよく引き裂《さ》いた。

「サイ！」

彼はトールを見ると、せいせいしたような顔で笑った。

「……フレイの言ったことは、俺も感じてたことだ。——それに、彼女だけ置いていくなんてできないしさ」

その笑顔《えがお》を見て、トールの心も決まった。彼がびりびりと書類を破り捨てると、ミリアリアが目を見開く。ふうっと息をついて、トールは言った。

「〝アークエンジェル〟、人手不足だしなぁ。俺が降りたあと落とされちゃったら、なんかやっぱ嫌だし」

するとと、

「トールが残るんなら、私も」

と、ミリアリアも許可証を破り、

「みんな残るってのに、俺だけじゃやな」

と、カズイも続いた。床《ゆか》に引き裂かれた紙切れが散らばると、みんな、顔を見合わせて笑った。ちょうどゼミの仲間で悪戯《いたずら》をしかけたときのような気分だった。

ふと、トールは片手に持ったままの許可証に目をとめた。『キラ・ヤマト』あての許可証だった。あいつはどうするだろう——と考えかけ、彼の置かれた状況《じょうきょう》が、自分たちとまったく違《ちが》うことを思い出す。

「……降りるよな。あいつは」

寂《さび》しげに、トールはつぶやいた。

「——降りるとなると、名残惜《なごりお》しいのかね？」

ふいに背後から声をかけられて、キラは振り返った。キャットウォークの上に、ハルバートン提督《ていとく》がたたずんでいた。

キラはすでに私服に着替《きが》えていた。それなのに、なぜかまた格納庫に来て、見納めのように〝ストライク〟の前で漂《ただよ》っていたのだ。

「キラ・ヤマト君だな？」

ハルバートンはやさしい声音でたずねた。名前を呼ばれると思っていなかったキラは、少し硬《かた》くなってうなずく。

「報告書を見ているんでね。――しかし、改めて驚《おどろ》かされたよ。君たちコーディネイターの力というものに」

キラはさらに硬くなった。だが、ハルバートンの目には、ごく普通《ふつう》の少年を見るような色しか見出《みいだ》せなかった。

「ザフトのモビルスーツに、せめて対抗《たいこう》せん――と造ったものだというのに、君らが扱《あつか》うと、とんでもない怪物《かいぶつ》になってしまうようだな、こいつは」

「ええと……」

キラは返答につまる。さっきは話をしたいと思ったのに、実際に会うと、何を言えばいいかわからない。ハルバートンはそんな彼をあたたかい目で見つめ、ふと言った。

「君のご両親はナチュラルだそうだが？」

「え、あ……はい」

「どんな夢を託《たく》して、君をコーディネイターとしたのか……」

キラはどきっとした。そんなことを、両親に聞いてみたことがなかったのだ。

「……何にせよ、早く終わらせたいものだな。こんな戦争は」

そのとき、キャットウォークの向こうから一人の士官がやってきて、ハルバートンに声をかけた。

「閣下、〝メネラオス〟から至急お戻《もど》りいただきたいと……！」

「やれやれ、君らとゆっくり話す間もないわ」

ハルバートンは広い肩をすくめたあと、まっすぐキラを見た。

「ここまで〝アークエンジェル〟と〝ストライク〟を守ってもらって感謝している。――良い時代が来るまで、死ぬなよ」

そのまま身を返して行こうとするところを、キラはあわてて「あのっ」と呼びとめた。足を止めてくれたハルバートンに向かって、キラは遠慮《えんりょ》がちにたずねる。

「あの……〝アークエンジェル〟……ラミアス大尉《たいい》たちは、これから……？」

「〝アークエンジェル〟はこのまま地球へ降りる。彼女らはまた戦場だ」

当たり前のようにハルバートンは答えた。

いや、当たり前なのだ。マリューたちは軍人でこの艦《ふね》は戦艦《せんかん》なのだから。だが……キラがいなくてこの艦はどうなるのだろう。〝ストライク〟は？

キラはいつのまにかこの艦に――クルーに、そして〝ストライク〟に対してさえも、愛着のようなものを感じていた自分に気づく。

彼の逡巡《しゅんじゅん》を見てとったハルバートンが、口をひらいた。

「君がなにを悩《なや》むかはわかる。……たしかに魅力《みりょく》だ、君の力は。軍にとってはな」

キラは彼の意図を読み取ろうと、その表情をさぐった。だがハルバートンには、言葉と裏腹にものほしそうな様子はまったくうかがえなかった。彼は笑って言う。

「だが、君がいれば勝てるというものではない。戦争はそんな甘いものではな。……自惚《うぬぼ》れるな」

「で、でも……『できるだけの力があるなら、できることをしろ』と！」

かつてムウに言われた言葉を口にすると、ハルバートンはちょっと唇《くちびる》の端《はし》を上げた。

「その意志があるなら――だ」

キラは言葉をのんだ。

「意志のないものに、何もやりぬくことはできんよ」

そう言った男の目には、たしかに強固な意志の存在をうかがわせる光があった。

〝メネラオス〟の管制から敵艦発見の報《しら》せが届くころには、〝アークエンジェル〟の艦橋でもその動きをとらえていた。

「ナスカ級一、ローラシア級二、方位グリーン八アルファ五〇〇、会敵予測十五分後です！」

マリューは思わず立ち上がった。おそらくずっと彼らを追ってきた敵だろう。増援《ぞうえん》部隊が到《とう》着《ちゃく》したということか？

それにしても、これだけの艦隊を相手にしかけてくるつもりか？〝アークエンジェル〟一隻《せき》のために。

マリューはぞくっと身をすくませる。ムウはあれをクルーゼ隊だと言っていた。顔が見えない敵の、異常とも思えるほどの執念《しゅうねん》深さを思い知らされたような気分になり、彼女は冷たい手が喉元《のどもと》に迫《せま》るような圧迫《あっぱく》感に襲《おそ》われた。

その感覚を振《ふ》り払《はら》うように、彼女はてきぱきと命令を下しはじめる。

「搬入《はんにゅう》作業中止、ベイ閉鎖《へいさ》！〝メネラオス〟へのランチは!?」

「まだ出ていません！」

「急がせて！——総員第一戦闘《せんとう》配備！」

カタパルトデッキに行き、キラはあたりを見回した。〝ヘリオポリス〟からの避《ひ》難《なん》民《みん》は、ここでランチに乗り、〝メネラオス〟へ移動してからシャトルで地球へ降ろされるという手はずになっていた。

「あとは——〝スカイグラスパー〟二機!?　おいおい……」

搬入作業中らしいマードックの声が聞こえる。キラは運ばれてくる機体をちらりと見た。大気圏《けん》用の戦闘機らしい。あれにムウが乗るのだろうか……？

作業中のクルーにまじって、ランチに乗る避難民が集まり、デッキはごった返していたが、そこにトールたちの姿はなかった。キラを待たずにランチへ乗り込んでしまったということはあるまい。念のためハッチから中をうかがったが、乗客はまだまばらで、やはりその中にも仲間たちはいないようだ。キラはデッキに戻り、待つことにした。

「あー」

子供特有の高い声が響《ひび》き、キラは振《ふ》り返る。避難民たちのマスコット的存在だったあの女の子が、キラを見つけて飛び出した。不器用に浮《う》き上がった体を受けとめ、キラは彼女を自分の前に降ろした。女の子は頰《ほお》を赤くしてにっこり笑う。

「おにいちゃん、これっ」

舌足らずな調子で言うと、片手をさし上げる。その手には折り紙の花がしっかりと握《にぎ》られていた。キラは目を瞬《また》かせる。

「……ぼくに？」

「うん。いままでまもってくれて、ありがと」

キラは汗《あせ》ばんだ小さな手から、その花を受け取った。なんだか鼻の奥がつんとして、なにも言えなくなる。女の子はバイバイと手を振り、母親に手を引かれてランチに乗り込んで行った。

じっと紙の花を見つめていると、後ろから急にヘッドロックをかけられた。こんなことをする相手は決まっている。

「うわ、やめろよトール！　なに、みんないないから……」

笑いながら肩《かた》ごしに振り返り、キラは言葉をとぎらせた。背後には仲間たちの姿があった。トール、ミリアリア、サイ、カズイ——ただ、みんな軍の制服のままだ。けげんな顔のキラに、トールがひらっと一枚の紙を突《つ》きつける。

「これ。持ってけって、除隊許可証」

受け取りながら、「え」と聞き返す。するとサイが言った。

「俺たちさ、残ることにしたから」

「残る……？」

「〝アークエンジェル〟——軍にさ」

キラは目を見開き、仲間たちの顔をまじまじと見た。

「どういう……こと？　なんで……」

「フレイが志願したんだ。それで俺たちも……」

サイが答え、キラはさらに驚愕《きょうがく》する。彼もやはり、フレイが軍人になりたがるなんて予想もできなかったのだ。細かく問いただそうとしたとき、ふいに艦内《かんない》に警報が鳴り響いた。

〈総員第一戦闘配備！　繰《く》り返す、総員第一戦闘配備！〉

みんな、反射的に持ち場へ急ごうとする。背後から声がかかった。

「おい、そこの！　乗らんのか？　出すぞ！」

ランチの搭乗員《とうじょういん》だ。トールが振り返ったキラを、前へ押し出す。

「待ってください、こいつも乗ります！」

「トール!?」

トールはキラの肩をぐっとつかみ、しばしその顔を見つめたが、やがてにやっとして片目を閉じた。

「これも運命だ！　じゃあな、おまえは無事に地球に降りろ！」

「元気でね、キラ」

「生きてろよ！」

みなが口々に別れの言葉を口にし、最後にカズイが、

「なにかあってもザフトには入らないでくれよな！」

と、彼らしいことを言った。彼らはキラに手を振ると、あっさりと去って行く。

そんな――――！

キラは呆然《ぼうぜん》と立ちつくした。

取り残される不安感が急速に襲ってくる。同時に、さっきからじりじりと感じていた、これでいいのか、という焦燥《しょうそう》が、さらに強さを増してのしかかってきた。

本当に、これでいいのか？　なにもかも放《ほう》り出して、自分は平穏《へいおん》な生活に戻《もど》れるのか？　それでいいのか？

敵の存在を知らせる警報が、耳に突き刺《さ》さって思考をかき乱す。

〝アークエンジェル〟は地球へ降りる。そのあとはどうなるのだろう。〝ストライク〟を操《あやつ》れる人が見つかるだろうか。

そして、アスランとのことはどうなる？　彼と戦うのは嫌《いや》だとずっと思ってきた。だがここで戦場を離《はな》れれば、確かに戦わなくてすむかもしれないが、彼とはこれきりになってしまうかもしれない。こんな中途半端《ちゅうとはんぱ》のまま、すべてを投げうって逃《に》げ出していいのだろうか？

彼は両手を目の前にかざす。右手には除隊許可証、左手にはさっき女の子がくれた折り紙の花がある。それらを交互《こうご》に見て、彼はかたく目を閉じた。

これ以上同胞《どうほう》たちと戦わないですむ。この苦しみから逃げ出せる……。

でも――自分には力がある。みんなを守れるだけの力。ハルバートンはああ言ったが、それは否応《いやおう》なしにキラの肩にのしかかる軛《くびき》だ。ここからたとえ逃げ出したとしても、その重みはいつまでも肩の上から消えない。

「おい、早くしろよ！」

背後から搭乗員のせわしげな声がかかる。その声にせかされるように、キラは決断した。

彼はぎゅっと右手を握りしめた。同時に床《ゆか》を蹴《け》る。

「――行ってください！」

彼は肩ごしに搭乗員へと叫《さけ》び返し、くしゃくしゃになった除隊許可証を投げ捨てて、カタパルトデッキを離れた。

――ぼくが、みんなを守らなければ……！

〈全隔壁閉鎖《かくへきへいさ》、各科員は至急持ち場につけ！〉

〝ガモフ〟の艦内に、戦闘が近づいていることを報《しら》せるアナウンスが響《ひび》く。

〈モビルスーツ発進は三分後、各機システムチェック……〉

医務室のドアを開け、荒々《あらあら》しく飛び出してきたのはイザークだった。切れるように端整《たんせい》な顔の半ばは包帯で覆《おお》われ、苦痛にやつれている。

「駄目《だめ》ですよ！　まだ安静に……」

「うるさい！　離せ！」

追いすがって捕《と》らえようとした衛生兵の手を振《ふ》り払《はら》い、イザークは鬼気《きき》迫《せま》る形相でモビルスーツデッキに急いだ。顔に負った傷は熱をもってずきずきと疼《うず》いたが、より深く傷ついていたのは、彼の自尊心だった。

前回の戦いで、〝ストライク〟によって〝デュエル〟は電気系統にダメージを受け、コクピット内で小規模の爆発《ばくはつ》を起こした。その爆発でイザークのヘルメットは損傷し、バイザーの破片が彼の顔を傷つけたのだった。もしコクピットに亀裂《きれつ》が生じていたならば、即《そく》、生命にかかわる事態となっていたはずだ。

だが、イザークには生還《せいかん》できたことを喜ぶ気持ちなど、欠片《かけら》もなかった。

地球連合軍のモビルスーツなど、簡単に撃破《げきは》できるはずだった。彼にはエースパイロットとしての自負があったし、それだけで終わるつもりもなかった。自分には当然その能力があると信じ、そしてそれを証明するように、これまで数々の実績を上げてきたのだ。それなのに——。

はじめの失敗は、アスラン・ザラのせいだと思った。その次の機会にもアスランが〝ストライク〟を討ちもらしたと聞いて、ライバルの無能を証明する事実に、むしろあざ笑う気持ちの方が強かった。

自分は違《ちが》う。邪魔《じゃま》をするアスランさえいなければ、今度こそしとめてやる。そう思って臨《のぞ》んだ、月艦隊《かんたい》合流前のあの一戦——。

だが〝ストライク〟は自分の攻撃《こうげき》を、まるで児戯《じぎ》のごとくかわした。〝デュエル〟と〝ブリッツ〟を同時に相手にし、あまつさえ機体に——そしてイザークに、傷を負わせた。こんなことはありえない。自分より本来劣《おと》った種——ナチュラルのパイロットを相手に傷を受けるなど、ありえないことだった。

これまでおのれの能力を信じ、人間の価値は個人の能力によって決まると信じてきたイザークにとって、この傷は死にもひとしい恥辱《ちじょく》に他ならない。

──この恥辱は必ず濯《そそ》いでみせる！

イザークはパイロットスーツに着替《きが》え、〝デュエル〟に乗り込んだ。〝デュエル〟にはすでに肩《かた》、腕《うで》、胸《むね》、腰《こし》、踝《くるぶし》と、まるで鎧《よろい》のように機体全体を覆う追加装備──〝アサルトシュラウド〟が装着されている。それは〝デュエル〟の火力、推進力を格段に強化するものだ。右肩には一一五ミリレールガン〝シヴァ〟が、左肩には二二〇ミリ径五連装ミサイルポッドがマウントされる。

〈よせ、イザーク！　おまえはまだ……〉

「うるさい！　さっさと誘導《ゆうどう》しろ！」

驚《おどろ》いた管制官の制止をヒステリックにはねつけ、彼は〝デュエル〟を発進させた。無線から全モビルスーツに呼びかけるラウの声が流れてくる。

〈目標はあくまでも『足つき』だ！　ほかに時間を食うなよ！〉

もちろんイザークも、ほかに時間を食うつもりなどなかった。


地球連合軍の駆逐艦《くちくかん》、戦艦から、次々と〝メビウス〟が飛び立って行く。そしてザフト艦からもモビルスーツが放出された。

〈全艦密集陣形《じんけい》にて迎撃《げいげき》態勢！〉

通信機を通して、〝メネラオス〟のハルバートン提督《ていとく》から命令が下される。

〈〝アークエンジェル〟は動くな。そのまま本艦につけ！〉

〝アークエンジェル〟の艦橋では、重苦しい不安を感じながら、みながモニターを見つめた。

敵艦は三隻《せき》、モビルスーツも〝ジン〟だけで十機を数える。ジン三機と〝イージス〟相手にあまりにも脆《もろ》く沈《しず》んだ〝モントゴメリ〟を思い出し、これだけの数の戦艦に守られているにもかかわらず、クルーたちは少しも楽観的になれずにいた。

「〝イーゲルシュテルン〟起動！　後部ミサイル管〝コリントス〟装塡《そうてん》！」

ナタルが次々と武装システムの立ち上げを命じていく。

「〝ゴットフリート〟、〝ローエングリン〟発射準備！」

手一杯《いっぱい》のトノムラが小さく「くそっ」と毒づく。この少ないクルーで、アラスカまではなんとかやっていかなければいけないのだ。そのとき――。

「すみません、遅《おく》れました！」

ドアが開き、少年たちの明るい声が響《ひび》いて、マリューたちは驚《おどろ》いて振《ふ》り返る。トール、サイ、ミリアリア、カズイ――〝ヘリオポリス〟の学生たちが、元気よく入ってきて以前からの自分たちの席についた。

「あなたたち……」

マリューが呆然とつぶやく。

「志願兵です。ホフマン大佐《たいさ》が受領し、私が承認《しょうにん》いたしました」

事態を知っていたらしいナタルが短く説明した。マリューは目を見開く。

「あ、キラは降ろしました」

CICに入ったサイが、マリューの困惑《こんわく》に答えるように言う。

「俺たちじゃあいつの代わりまでは無理かもしんないけど、ま、ないよりマシでしょ？」

コパイロット席についたトールは、パイロットのノイマンに合図を送り、トノムラは背後の二人をちらと見て笑《え》みを浮《う》かべる。はじめはあっけにとられていたクルーたちも、今は嬉《うれ》しそうに彼らの存在を受け入れていた。

だが、マリューの胸中は複雑だった。少年たちの決意がありがたいと同時に、重荷となって彼女の肩にのしかかる。彼らなりに思うところあっての決意なのだろうが、それはあまりに幼く、甘いものだ。今後の彼らの人生に、この決意はいったいどんな影《かげ》を落としていくのだろう——と、彼女は考えずにはいられなかった。


キラがパイロットロッカーへ飛び込むと、そこには先客がいた。

「フレイ……!?」

キラが声を上げると、彼のロッカーを前にたたずんでいた少女が、はじかれたように振り向いた。

「キラ……」

次の瞬間《しゅんかん》、その体がキラの胸に飛び込んでくる。柔《やわ》らかくあたたかいその質感に、キラは戸《と》惑《まど》った。

「フ……フレイ……なんで……？」

やっと言葉を発すると、フレイは涙《なみだ》でうるんだ目を上げた。

「あなた、行っちゃったと思ってた……」

以前から憧《あこが》れていた少女に至近距離《きょり》から見つめられ、その体を腕の中に感じて、キラの頭は加熱状態だ。そんな彼の様子に気づいているのかいないのか、フレイはつづける。

「私……みんな残って戦ってるのに……最初に言い出した私だけが……なにも……。だから私……」

キラはこのときようやく自分のロッカーが開き、中からパイロットスーツがのぞいているのを見て、フレイの意図に気づく。

「——まさか！」

彼はフレイの肩をつかみ、その体を引き離《はな》す。フレイは涙に濡《ぬ》れた目で彼を見上げた。

「フレイ……そんなこと……」

胸がつまった。彼女はキラの代わりに、〝ストライク〟に乗ろうとしていたのだ。こんなに華奢《きゃしゃ》で、壊《こわ》れやすそうなやさしい女の子が、そこまでの決意をしていたなんて……。

「……無理だよ……きみには……」

「でも……！」

必死に訴《うった》えかけようとするフレイに、キラはやさしく微笑《ほほえ》みかけた。

「大丈夫《だいじょうぶ》……〝ストライク〟にはぼくが乗る。フレイの……」

フレイのために——と言いかけて、キラの頭にサイの顔が浮かぶ。彼はあわてて言いなおした。

「——フレイの思いのぶんも、戦うから……。もう、逃《に》げない。決めたんだ」

みんなを守るために戦う。戦争を少しでも早く終わらせるために、自分にしかできないことをする。自分にはその力がある——。

フレイはそんなキラを見つめ、ついと体をすり寄せた。

「なら……」

その顔が近づき、唇《くちびる》が触《ふ》れる。

「私の思いは、あなたを守るわ……」

唇に熱く触れた吐息《といき》に、その言葉に、キラは酔《よ》った。


〝ジン〟が散開した。

暗い真空の海に、ぽつぽつと炎《ほのお》の花が咲《さ》く。〝メビウス〟と〝ジン〟が互《たが》いの砲門《ほうもん》を開いた。

〝メビウス〟の放つミサイルをかわし、〝ジン〟がバズーカを撃《う》ち込む。爆発《ばくはつ》するモビルアーマーを尻目《しりめ》に、戦線をかいくぐってくる赤い機体があった。

〝イージス〟がくるりと変形し、鉤爪《クロー》の合間から〝スキュラ〟を撃った。たちまち三機の〝メビウス〟が炎に包まれる。〝バスター〟と〝デュエル〟もその機動力と圧倒《あっとう》的な火力で、次々と地球連合軍のモビルアーマーを落とし、艦隊《かんたい》へ迫《せま》る。

〝メネラオス〟の艦橋でそれをモニターしていたハルバートンがうめく。

「くそっ……Xナンバーか……！」

「確かにみごとなモビルスーツですな……だが、敵に回しては厄介《やっかい》なだけだ」

副官のホフマンが隣《となり》で冷ややかに言った。

先鋒《せんぽう》の駆逐艦が〝イージス〟をとらえる。〝イージス〟は優雅《ゆうが》にさえ見える動きでその砲撃《ほうげき》をかわし、艦の懐《ふところ》まで入り込んで、その鉤爪でがっしと砲台に取りつき、〝スキュラ〟を放った。激しい誘爆《ゆうばく》が起こり、駆逐艦は戦線から離脱《りだつ》してゆく。

〝ブリッツ〟も一隻の駆逐艦に接近していた。黒い機体が、途中《とちゅう》で宇宙空間に吸い込まれたかのように消え失《う》せる。〝ミラージュコロイド〟を展開したのだ。その機体を完全にロストして混乱するうちに、艦橋の間近に〝ブリッツ〟は出現した。左腕《ひだりうで》にマウントされたアンカー、〝グレイプニール〟を射出して、艦橋を潰《つぶ》す。

〝バスター〟は両肩に装着していたランチャーとライフルを、中央でドッキングさせ、構えた。二つの武器はこうして繋《つな》ぎあわせることにより、長射程の超高インパルスライフルと対装甲散《そうこうさん》弾砲《だんぽう》に変わる。今はライフルとして右手に保持された、その砲口が火を噴《ふ》いた。ビームに直撃《ちょくげき》された艦は、一瞬《いっしゅん》にして爆散する。

〝デュエル〟も〝シヴァ〟とキャノンを次々と発射し、駆逐艦の横腹に穴を空けていく。大きく穿《うが》たれた穴から紅蓮《ぐれん》の炎を噴き出し、艦は沈んだ。

「〝セレウコス〟被弾《ひだん》、戦闘《せんとう》不能！　〝カサンドロス〟沈黙《ちんもく》！」

「〝アンティゴノス〟、〝プトレマイオス〟撃沈《げきちん》！」

〝メネラオス〟の艦橋に、オペレータのうわずった声が響く。当初は冷笑《れいしょう》的だったホフマンが、愕然《がくぜん》として立ち上がった。

「なんだと!?　戦闘開始後たった六分で……四隻をか!?」

そのとき、はるか前方の敵艦が動いた。

「――敵ナスカ級、およびローラシア級接近！」

「〝セレウコス〟、〝カサンドロス〟にレーザー照射！」

「なにっ……!?」

クルーの報告に、ハルバートンは耳を疑う。敵艦がレーザーを照射して砲撃の狙《ねら》いを定めたのは、たった今被弾して戦闘能力を失った二艦だった。

「離脱中の艦を……!?　おのれ……クルーゼ！」

「アスランとニコルは甘いな……」

〝ヴェサリウス〟の艦橋では、ラウが薄《うす》く笑いながらひとりごちた。

「……人を残せば、そいつはまた新たな武器を手に、来るぞ」

〝ヴェサリウス〟と〝ガモフ〟の主砲《しゅほう》が火を放った。パッと目を射る一瞬の輝《かがや》きとともに、二隻《せき》の駆逐艦《くちくかん》は沈《しず》んだ。

そうするうちにもモビルスーツたちは、次々に新たな標的を屠《ほふ》っていく。だが、艦隊中央には動きがなかった。つまらなそうにラウが言う。

「ハルバートンはどうあっても、あれを地球に降ろす気だな。大事に奥にしまい込んで何もさせんとは……」

「こちらはおかげで楽ですな。〝ストライク〟も出て来ないとなると」

アデスがなかば冗談《じょうだん》、なかば本音でそう応じる。ラウは笑った。

「戦艦とモビルアーマーだけでは、もはや我らに勝てぬと知っている……良い将だ。あれを造らせたのも彼ということだしな……」

ラウは氷のような声で言った。

「——ならばせめてこの戦闘で、自説を証明してさし上げよう……！」

虚空《こくう》に散った〝セレウコス〟、〝カサンドロス〟の映像がモニターに映し出されていた。クルーゼ隊の非道とさえ言える容赦《ようしゃ》ない戦いぶりに、〝アークエンジェル〟クルーの上に冷たい沈黙が落ちた。キャプテンシートの通信機が着信し、マリューは受話器を取った。

〈おい！　なんで俺は発進待機なんだよ！〉

焦《じ》れたようなムウの声が伝わってくる。

〈第八艦隊ったって、あれ四機相手じゃヤバイぞ！〉

「フラガ大尉《たいい》……」

〈……ってまあ、俺一機出たとこで、たいして変わんねえだろうがさあ！〉

「本艦への出撃《しゆつげき》指示はまだありません！　引き続き待機してください！」

しかし、と受話器の向こうの相手が言いつのろうとするところで、マリューは通信を一方的に切った。ムウはめったになく苛立《いらだ》っているようだ。修理を急がせただけに、〝ゼロ〟の状態は万全《ばんぜん》で、それだけに味方の劣勢《れっせい》を指をくわえて見守るばかりの現状に、ストレスを感じているのだろう。

マリューも彼と同じ気持ちだった。この艦を守り、無事に本部へ送り届けることが、現在の第八艦隊——マリューたち自身を含《ふく》む——の最重要課題だ。たとえ参戦し、それで艦隊を守れたとしても、〝アークエンジェル〟が落とされたり、地球へ降下するタイミングを失えばなんの意味もない。わかってはいる。だが——このまま手をこまねいていていいのだろうか。

彼女はしばし思い悩《なや》み、そして、決断に至った。

「〝メネラオス〟へつないで！」

　モニターにあわただしげな表情のハルバートンが映った。背後で「ビームを使え！」「落とせ！」などという怒鳴《どな》り声がしている。

〈——なんだ!?〉

　ハルバートンも怒鳴るのに近い声でただした。マリューは答える。

「本艦《ほんかん》は艦隊を離脱し、ただちに降下シークエンスに入りたいと思います。許可を！」

〈なんだと!?〉

　ハルバートンの表情から片手間の調子が消え、驚愕《きょうがく》に置き換《か》わる。横から副官のホフマンが割り込む。

〈自分たちだけとっとと逃《に》げ出そうという気か!?〉

　マリューはきっとして答えた。

「敵の狙いは本艦です。本艦が離《はな》れないかぎり、このまま艦隊は全滅《ぜんめつ》します！」

　ハルバートンが苦いものでも嚙《か》んだような顔になる。これだけの艦隊が、たった三隻の艦と十数機のモビルスーツ相手に持ちこたえられないという現実、それを自《みずか》らの部下にあっさりと告げられたのだ。

「——アラスカは無理ですが、この位置なら地球軍制空圏内《けんない》へ降りられます！　突入《とつにゅう》限界点まで持ちこたえさえすれば、〝ジン〟とザフト艦は振《ふ》り切れます！」

マリューは懸命《けんめい》に訴《うった》えた。一歩も退《ひ》く気はなかった。

「閣下――!」

ハルバートンの顔に、苦笑《くしょう》が浮《う》かんだ。

〈……相変わらず無茶なやつだ。マリュー・ラミアス〉

マリューも笑ってみせる。

「……部下は上官に習うものですから」

〈いいだろう! 〝アークエンジェル〟はただちに降下準備に入れ。限界点まできっちり送ってやる。送り狼《おおかみ》は一匹《ぴき》も通さんぞ!〉

マリューの熱意が提督《ていとく》の心にも火をつけたようだった。彼は頼《たの》もしげな笑《え》みを片頬《かたほお》に浮かべ、クルーに向き直った。


「降りる!?　この状況《じょうきょう》でか?」

ムウは振り返ってマードックの顔を見た。この激しい戦闘のさなか、〝アークエンジェル〟は時を移さず地球への降下を開始するという。それは一種の賭《か》けだった。

「俺に怒鳴ったってしゃあねえでしょう?　ま、このまんまズルズルよりゃいいんじゃねえんすか?」

「だがなあ……」

「——ザフト艦と〝ジン〟は振り切れても、あの四機が問題ですよね」

割り込んできた聞き慣れた声に、ムウとマードックがぎょっとして振り返る。

「——坊主《ぼうず》!?」

パイロットスーツを着こんだキラが、いつもとかわりない様子でやってくる。ムウたちはしばし唖然《あぜん》とした。そんな二人の前を通りすぎながら、とっくに艦を降りていたはずの幼いパイロットはあっさり言う。

「〝ストライク〟で待機します。まだ第一戦闘《せんとう》配備ですよね」

コクピットへ漂《ただよ》っていく少年の後ろ姿を見送りながら、ムウが低くつぶやいた。

「あんま若いころから、戦場とか戦争なんかに浮かされちまうと、あとの人生キツイぜ……」

その声にはいつもの飄然《ひょうぜん》とした調子はなく、どこか寂《さび》しげな響《ひび》きがあった。マードックはちらりと、『エンデュミオンの鷹《たか》』と呼ばれる男を見やった。ムウがエースパイロットとして戦場に名を馳《は》せたのは、キラほどではないが、ほんの若造と呼ばれるころだったはずだ。

今漏《も》らした言葉、それは、自らの経験だったのだろうか……。

〝メネラオス〟から全艦へ向けて、通信回線が開かれた。

〈〝メネラオス〟より各艦コントロール——本艦隊はこれより、大気圏突入《たいきけんとつにゅう》限界点までの〝アークエンジェル〟掩護《えんご》防衛線に移行する……〉

ハルバートンの深い声が、真空中で繰《く》り広げられる死闘《しとう》を圧《あつ》して響き渡《わた》る。

〈厳しい戦闘ではあると思うが、かの艦は明日の戦局のために、けっして失ってはならぬ艦である。陣形《じんけい》を立て直せ！　我らの後ろに敵を通すな！〉

彼の情熱を注ぎ込んだ結晶《けっしょう》であり、前線で戦う生身の兵士たちの希望――〝アークエンジェル〟と〝ストライク〟を守れ！

言葉を越《こ》える、強い意志の力が、すべての兵士たちを奮い立たせる。

〈――地球軍の底力を見せてやれ！〉

ハルバートンの演説のさなか、〝アークエンジェル〟では降下シークエンスが進んでいた。

「――修正軌道《きどう》、降角六・一、シータプラス三……」

「降下開始、機関四十パーセント、微《び》速《そく》前進、四秒後に姿勢制御《せいぎょ》……」

「降下シークエンス、フェイズワン……大気圏突入限界点まで十分……」

〝メビウス〟と〝ジン〟が激しく入り乱れ、〝ジン〟の放ったミサイルがコクピットを直撃《ちょくげき》する。その〝ジン〟を側面から駆逐艦の主砲《しゅほう》がとらえる。散っていく命が真空の闇《やみ》を、はかない花火のように照らし出す。

激戦の中、四機のXナンバーに〝ヴェサリウス〟からレーザー通信が届いた。

「〝アークエンジェル〟が降りる!?」

たった今〝シヴァ〟で二機の〝メビウス〟を屠《ほふ》ったイザークが、驚愕の声を上げる。彼はぎりりと歯を食いしばった。

「——させるかよ！」

彼は密集して一機も通すまいという構えの先陣《せんじん》に、〝デュエル〟を駆《か》って斬《き》り込んだ。ほかの三機もそれに続く。

駆逐艦《くちくかん》が退《しりぞ》きながら全砲門《ほうもん》を開いて迎撃《げいげき》する。数知れぬミサイルを、ビームを、しかし四機はものともせずかわしていく。〝デュエル〟の〝シヴァ〟が駆逐艦のエンジンをとらえ、〝バスター〟のランチャーが艦の横っ腹に大きく穴を穿《うが》つ。

〝メネラオス〟の主砲が火を噴《ふ》いた。暗い宇宙空間が一瞬《いっしゅん》あかあかと照らし出される。しかし、彼らを止める力にはならなかった。〝デュエル〟が第一隊列を突破《とっぱ》し、続く第二隊列もかわしていく。〝バスター〟もそれに続いた。

キラは〝ストライク〟のコクピット内でいぜん待機中だった。その手でもてあそんでいた折り紙の花を、コンソールの隙間《すきま》に挟《はさ》み込み、微笑《ほほえ》む。これは彼の人生ではじめての勲章《くんしょう》、誰《だれ》かを守りきれたという証拠《しょうこ》だった。

降下シークエンスが続いていた艦内に、突然《とつぜん》、チャンドラの驚愕の叫《さけ》びが響いた。

〈〝デュエル〟、〝バスター〟、先陣隊列を突破！〉

キラはさっと緊張《きんちょう》する。続いてトノムラの声が、

〈〝メネラオス〟が交戦中〉

と、状況《じょうきょう》を告げる。キラは〝ゼロ〟に向かって呼びかけた。

「フラガ大尉《たいい》！」

〈ああ、わかってる〉

間をおかずムウが応じ、艦橋へ呼びかける。

〈艦長、ギリギリまで俺たちを出せ！　あと何分ある!?〉

〈なにを馬鹿な――『俺たち』……？〉

マリューの声に途中《とちゅう》でけげんな調子が混じる。そこへキラが割り込んだ。

「カタログ・スペックでは〝ストライク〟は単体でも降下可能です」

〈――キラくん……!?〉

マリューが息をのむ雰囲気《ふんいき》が伝わり、ミリアリアの〈キラ!?〉という叫びが重なる。そこでキラは、自分がこの艦をとっくに降りたことになっていたことに思い当たった。ばつが悪いような誇《ほこ》らしいような複雑な気分になる。

〈キラくん、どうしてあなた……そこに！〉

呆然《ぼうぜん》としたマリューの声に、叱《しか》るような調子が加わる。彼女は本当に、キラを解放したつもりだったのだろう。潔《いさぎよ》い人だ。

そんな人が艦長だったからこそ、自分は戻《もど》ってきたのかもしれない、とキラは思った。

この人たちを守りたい。守ってみせる。

それはもはや追いつめられたうえでの決断ではなく、確信にみちた思いだった。少なくとも、このときのキラにとってはそうだった。


〈このままじゃ、〝メネラオス〟も危《せま》ないですよ！　艦長！〉


キラの声に、マリューは決断を迫《せま》られた。トールがさっきから複雑な顔でこちらを見ている。こんなはずではなかったという当惑《とうわく》と、友と離れなくてすんだという喜びが、幼い顔の上でせめぎあっている。

なぜ戻ってきたのだ。マリューは苦い思いをかみしめる。

それは――自分たちの、トールたちのためだろう。やさしすぎる子だ。だが、戦場ではそのやさしさが命取りになりかねない。

そして、この状況で、〝メネラオス〟と〝アークエンジェル〟を救うために彼に戦えと言うのか？　ひとつ間違《まちが》えれば地球という重力の井戸《いど》の底へ落ち込む、ギリギリの縁《ふち》で。

だが彼女の逡巡《しゅんじゅん》は、ナタルによって打ち破られた。

「わかった！　ただしフェイズスリーまでに戻れ」

ナタルはいつもの冷徹《れいてつ》な口調で言った。

「スペック上は大丈夫《だいじょうぶ》でも、やった人間はいないんだ。中がどうなるかは知らないぞ。高度とタイムはつねに注意しろ！」

〈はい！〉というキラの声とともに、通信は切れた。マリューは立ち上がった。

「――バジルール少尉《しょうい》っ！」

ナタルは髪《かみ》の毛ひとすじ乱した様子もなく、彼女の憤怒《ふんぬ》を真っ向から受けとめた。

「ここで本艦が落ちたら！　第八艦隊の犠牲《ぎせい》のすべてが無駄《むだ》になります！」

二人はしばし、睨《にら》み合った。


カタパルトハッチが開くと、視界一面が青い地球で覆《おお》い尽《つ》くされた。まるでそのまま、まっ逆さまに落ちていってしまいそうな錯覚《さっかく》をおぼえる。

〈……こんな状況《じょうきょう》で出るなんて、俺だってはじめてだぜ〉

スピーカーからいつもより硬《かた》いムウの声が入ってくる。キラはぎゅっとレバーを握《にぎ》りしめた。

「――キラ・ヤマト、行きます！」

カタパルトが〝ストライク〟を虚空《こくう》に放《ほう》り出す。淡《あわ》く白い雲のヴェールをまとった地球が、キラの目の前に迫った。方向転換《てんかん》しようとしたが、フットペダルが重い。

「くっ……重力に引かれてるのか？」

キラは操縦系統を微調整《びちょうせい》し、フットペダルを踏《ふ》み込んだ。向かう先は、火線の入り乱れる戦場だ。だが、そこに到達《とうたつ》する前に、コクピットに警告音が鳴り響いた。あちらが先に見つけてくれたらしい。

「――〝デュエル〟？」

Ｘ一〇二〝デュエル〟の表示がモニターに出る。が、目視した機体は記憶《きおく》と外観が異なっていた。装備が変わっているのだ。ライフルで狙撃《そげき》するが、装備のために運動性が高まったのかあっさりかわされ、あっという間に迫られる。

「くうっ……！」

振《ふ》り下ろされるビームサーベルをすんでのところで避《さ》け、キラは焦《あせ》って後退した。


「〝ベルグラーノ〟撃沈《げきちん》！」

「限界点まであと五分！」

〝メネラオス〟艦橋《ブリッジ》で、ホフマンが叫んだ。

「閣下、これ以上は……！　これでは本艦も保《も》ちません！」

だがハルバートンは断固として首を横に振った。

「……まだだ！」

〝バスター〟の超高インパルスライフルが〝メネラオス〟に命中し、艦橋にまでその振動《しんどう》が伝わる。そのとき、オペレータの声に、ハルバートンは顔を上げた。

「〝アークエンジェル〟よりＸ一〇五〝ストライク〟、〝メビウス・ゼロ〟発進！」

「——なんだと!?」

モニターにその姿を求め、地球光を反射して白く輝《かがや》く機体を見つけて拡大する。〝ストライク〟は〝デュエル〟と対峙《たいじ》し、振り下ろされたサーベルをシールドで受けとめた。激しい火花が散る。その一撃《いちげき》をすり流し、〝ストライク〟はビームライフルを撃《う》ちながら下がった。

しかし、あの機には誰が乗っているのか——？

問うまでもない。あのキラ・ヤマトという少年だ。ほかの誰があの機体を、ああも楽々と操《あやつ》れるだろう。ハルバートンの胸に痛ましい思いがあふれた。

けっきょく彼は、戦いつづけることを選んだのか。軍は彼を利用することしかできないと、聡《さと》い彼にはわかっているはずなのに。その事実は、どう言葉を飾《かざ》っても変わらない。

だがしょせん我々は、誰かの思惑《おもわく》どおり機能する歯車のひとつに過ぎぬのかもしれない……。

ムウの〝ゼロ〟も〝ガンバレル〟を展開し、〝バスター〟に撃ちかかる。撃ち返してきたXナンバーの砲弾《ほうだん》をかわしていくのは、さすがに『鷹《たか》』と呼ばれるだけのことはある。だが、〝バスター〟の動きは明らかに鈍《にぶ》くなっている。地球に近づきすぎているのだ。

突然、前方からビームを撃ちかけられ、ハルバートンは目前で戦う機動兵器から目を離《はな》した。

そしてその目を見張る。

「ローラシア級接近——！」

いつのまにかザフト艦《かん》のうちの一隻《せき》が、〝メネラオス〟へと迫っていた。

「〝ガモフ〟、出過ぎだぞ！　何をしている!?――ゼルマン！」

〝ヴェサリウス〟の艦橋で、アデスが身を乗り出して叫んだ。もともと突出《とつしゅつ》ぎみだった〝ガモフ〟が、今は完全に敵の戦列の内側へ入り込んでいる。通信回線が開いた。

〈……ここまで追いつめ……引くことは……元はと言えば我ら……〉

〝ガモフ〟艦長ゼルマンだった。距離《きょり》があるため、ジャマーの影響《えいきょう》で映像も音声もひどく乱れている。ノイズの合間に時折聞こえる声は、妙《みょう》に平静で、アデスはゼルマンがすでに覚悟《かくご》を決めたことを知る。変色し、歪《ゆが》んだ画像が一瞬《いっしゅん》正常になり、ゼルマンの表情を映した。その顔はいつものように、生真面目《きまじめ》そうだった。

〈……『足つき』は、必ず……〉

距離が開きすぎたのだろう、それきり通信はとだえた。アデスは呆然としていた。幾度《いくど》となく機会を得ながら、〝アークエンジェル〟をここまで逃《に》げ延びさせてしまったことは、たしかに失策だ。ことに単独行動中、〝アルテミス〟付近で〝アークエンジェル〟をロストしたことは、ゼルマンにとって予定外の誤算であったろう。だがそれとて、ゼルマンだけの責任ではない。

「――クルーゼ隊長……」

アデスはやりきれない気分で上官の顔を見やり、ふいにぞっとした。

ラウはモニターを見つめていた。そこには〝メネラオス〟の巨体《きょたい》に突《つ》っ込んでいく〝ガモフ〟の映像が映し出されている。

一心に見入るその口元は、かすかに笑っていた。

一斉射撃《いっせいしゃげき》をしながらしゃにむに突き進んでくる〝ガモフ〟を止めようと、駆逐艦《くちくかん》が〝メネラオス〟の前へ出る。激しい応射がなされたが、駆逐艦は炎《ほのお》を上げながら沈《しず》み、その横をゆっくりと〝ガモフ〟が通りすぎる。〝ゼロ〟が接近し、〝ガンバレル〟を展開して全弾《ぜんだん》を撃ち込んだ。

しかし艦の勢いは止まらない。

〝メネラオス〟に〝ガモフ〟の放った砲撃《ほうげき》が着弾《ちゃくだん》し、炎を噴《ふ》き出した。

「——刺《さ》し違《ちが》えるつもりか!?」

揺《ゆ》れる艦橋で、ホフマンが立ち上がる。きつく歯を食いしばっていたハルバートンが、やおら命令を下した。

「すぐに避難民《ひなんみん》のシャトルを脱出《だっしゅつ》させろ」

虚《きょ》をつかれたホフマンが、その意味するところを悟《さと》り、顔色をなくす。ハルバートンはそんな彼を叱咤《しった》するように叫《さけ》んだ。

「ここまで来て、あれに落とされてたまるか!」

〝メネラオス〟の主砲《しゅほう》が〝ガモフ〟を貫《つらぬ》き、激しい爆発《ばくはつ》が起きる。〝メネラオス〟自身もその巨体のあちらこちらに被弾《ひだん》し、大きく傾《かたむ》いていた。その艦底部がうっすらと朱《しゅ》の炎を上げはじめる。二隻は地球の大気の中に、引きずり込まれようとしていた。

〝メネラオス〟から一機のシャトルが放出され、徐々《じょじょ》に離れて姿勢を制御《せいぎょ》する。それを認めたハルバートンの目に、わずかな安堵《あんど》が表われた。

あとは、〝アークエンジェル〟が無事に目的地へたどりつくだけだ。

第八艦隊《かんたい》最大の艦が今、ザフトの勇猛《ゆうもう》な艦を道連れに、沈もうとしていた。

「艦長！　フェイズスリー――突入《とつにゅう》限界点まで二分を切ります！　融除剤《ゆうじょざい》ジェル、展開用意」

ノイマンの声に、ナタルが反応する。

「〝ゼロ〟と〝ストライク〟を呼び戻《もど》せ！」

マリューは凍《こお》りついたようにモニターを見つめていた。

満身創痍《まんしんそうい》の二つの艦は、装甲《そうこう》を大気との摩擦《まさつ》で赤く灼《や》かれながらもなお、互《たが》いを撃ち合うのをやめずにいた。

ふいに、〝ガモフ〟の艦内で連鎖《れんさ》的に誘爆《ゆうばく》が起こり、内側から装甲を持ち上げ、弾《はじ》けた。一瞬ののちには飛び散った破片が、大気の中に放物線を描《えが》き、ちりちりと燃えて消える。

〝メネラオス〟はまだ、かろうじて持ちこたえていた。だが艦の外殻《がいかく》は薄《うす》い空気を切り裂《さ》きながら灼熱《しゃくねつ》し、離脱《りだつ》するにもエンジンはほとんど機能していない。もっともこの段になっては、どんなエンジンもこの巨大《きよだい》な艦を、地球の重力から救い出すことはできなかっただろう。

「ハルバートン提督《ていとく》……！」

燃え上がり、散っていく〝メネラオス〟に向けて、マリューは立ち上がり、ゆっくりと敬礼した。涙《なみだ》があふれて視界を覆《おお》う。最後に見たハルバートンの不敵な笑《え》みが、繰《く》り返し脳裏を去来する。

――閣下……。

その思い、しかと届けます。


〈ゼルマン艦長――！〉

ニコルの悲痛な叫びがスピーカーから聞こえた。アスランはしばし呆然《ぼうぜん》と、燃えてゆく二隻の艦を見ていた。

〈戻れ〉という命令が、レーザー通信で彼らのコクピットには届いていた。

たしかに――今からあとを追っても、彼らにできることなど何一つない。だがアスランは、帰投することも忘れて、目の前で繰り広げられる一大カタストロフに見入っていた。

こんなのは無意味だ。どんな理由も原因も、これほどの犠牲《ぎせい》を正当化することなどできない。

頭ではそう考えているのに、ただこの光景に圧倒《あっとう》されるばかりの自分がいる。これだけの破《は》滅《めつ》を招いたそれぞれの人の思いが、背筋を駆《か》け上り肌《はだ》を粟立《あわだ》たせる。

燃えていく。人々の思いが、憎《にく》しみが、希望が、絶望が、母なる大地に向けて落下していく。

これらの思いが、いつかどんな実を結ぶのか――それとも……大地に根付く前に灼かれて消えてしまうのか――？

アスランにはわからなかった。


〝アークエンジェル〟の後部甲板《かんぱん》にアンカーを打ち込み、〝ゼロ〟が艦内へ滑《すべ》り込んだ。待っていたようにハッチが閉《と》ざされる。ムウは〝ゼロ〟から飛び出し、叫んだ。

「――坊主《ぼうず》は!?」

艦橋では降下シークエンスが最終過程を迎《むか》えていた。

「フェイズスリー！　融除剤ジェル展開！」

「キラ！　キラ、戻って！」

さっきからミリアリアが懸命《けんめい》に〝ストライク〟に呼びかけているが、通信機から返ってくるのは擦過音《さっかおん》に似たノイズばかりだ。

パイロットのノイマンが、緊張《きんちょう》にうわずった声で告げた。

「艦、大気圏突入《たいきけんとつにゅう》！」

〝アークエンジェル〟は艦底部を地上に向け、大気圏に突入した。噴出口《ふんしゅつこう》から透明《とうめい》なジェルが排出《はいしゅつ》され、摩擦熱をもっとも受ける底部全体を包みこむ。ラミネート装甲全体の温度が、じりじりと上昇《じょうしょう》していく。

「キラ……！」

「ええいっ！」

打ち込んできた〝デュエル〟のビームサーベルを、キラはシールドで受け、力一杯《いっぱい》押し返す。〝デュエル〟はね飛ばされながら〝デュエル〟はライフルを撃《う》ち、〝ストライク〟も退《しりぞ》きながら撃った。〝デュエル〟がバーニアを吹かす。

突っ込んでくる〝デュエル〟に、〝ストライク〟も自《みずか》ら向かっていく。シールドで〝デュエル〟のライフルを払《はら》いのけ、相手が体勢を崩《くず》したところでスラスターに点火し、回し蹴《げ》りの要領で地表に向かって蹴り飛ばす。顔面部に蹴りがヒットし、その勢いで〝デュエル〟の機体は大きく後方に飛ばされた。

この隙《すき》に、と、キラは離脱しようとする。逃がすものかとばかりに、離《はな》れていく〝デュエル〟がライフルを構えた。そのとき——

応射しようとしたキラの視界を、さえぎったものがあった。

〝メネラオス〟から放出されたシャトルだった。本来ならキラ自身もその中にいたはずの、〝ヘリオポリス〟からの避難民が乗っているシャトル。それが偶然《ぐうぜん》、〝ストライク〟と〝デュエル〟の間を横切ったのだった。

〝デュエル〟のライフルがビームを放った。

「やめろおぉぉぉぉっ！」

キラは絶叫《ぜっきょう》した。バーニアに点火し、〝ストライク〟の手を精一杯伸《の》ばす。

シャトルの横に並ぶ船窓からのぞく、幼い小さな顔が見えたような気がした。

——いままでまもってくれて……。

次の瞬間《しゅんかん》、シャトルをビームが貫いた。

外殻が噴出する気流に押されてめくれ上がった。衝撃《しょうげき》で降下姿勢が崩れたかと思うと、大気の抵抗《ていこう》で一度バウンドし、あっという間に機体が炎《ほのお》に包まれる。バラバラと散ったのは、機体の破片か、それともあの無邪気《むじゃき》な幼女の体か。

キラはずっと叫び続けていた。出撃する前、コンソールの隙間《すきま》に挟《はさ》み込んだ紙の花が、いつのまにか外れてコクピットの中を舞《ま》った。

守りきれた——その確信が、伸《の》ばした指先で脆《もろ》くも砕《くだ》け散る。

キラは気づいた。自分が間違《まちが》っていたことを。

守れればいいと思った。守っていさえすればいいと思っていた。そうではない。

決意がなくては、なにごともなしとげられない——ハルバートンの言葉は正しかった。

こうなる前に、〝デュエル〟を撃たなければいけなかったのだ。誰《だれ》かを守るためなら、迷ってはいけなかった。そのために、どんなことをしても——たとえおのれの手を同胞《どうほう》の血に染めても。

そうしなければ、誰も守ることなどできはしない。

自分は、間違っていたのだ……。

「キラーっ！」

サイが、トールが叫《さけ》んだ。艦橋《かんきょう》のモニターには、ただ重力に引かれて落ちる〃ストライク〃が映し出されていた。

「キラ！」

「あのまま……降りる気か？」

ナタルが焦《あせ》ったようにつぶやく。だが、いまさら〃ストライク〃を収容できるはずがない以上、カタログ・スペックを信じてそうするしかないのだ。今〃アークエンジェル〃のハッチを開けば、高温の大気で内部を焼かれるか、降下姿勢を保つことができなくなるかだ。

そのときパルが声を上げた。

「本艦と〃ストライク〃、突入角に差異！　このままでは降下地点が大きくずれます！」

ミリアリアが水を浴びせかけられたようにぞっとした表情になり、また必死で呼びかけをはじめる。

「キラ！　キラ、戻れないの!?　艦に戻って！　おねがい！」

「無理だ……　〝ストライク〟の推力ではもう……」

ナタルがさすがに沈痛《ちんつう》な面持《おもも》ちで言う。艦橋に沈黙《ちんもく》が漂《ただよ》った。

しばしの間ののち、沈黙を破り、マリューが決断した。

「艦を寄せて！　〝アークエンジェル〟のスラスターなら、まだ使える！」

「しかしそれでは、艦も降下地点が……！」

ノイマンから上がった抗議《こうぎ》を、ねじ伏《ふ》せるように封《ふう》じ込める。

「〝ストライク〟を見失って、本艦だけアラスカに降りても意味がない！　はやく！」

ノイマンは危《あや》ぶむような表情で、スラスターを操作する。ゆっくりと〝アークエンジェル〟が〝ストライク〟に近づいていく。

「――ただちに降下予定地点、算出して！」

マリューがパルを振《ふ》り仰《あお》ぐ。

「ちょっと待ってください」

パルはあわてて計算している。

その間にも艦は横滑《ドリフト》りするように〝ストライク〟へと進む。

「本艦降下予定地点は……」

パルが叫ぶ。

「アフリカ北部ですっ！　北緯《ほくい》29度、東経18度！」

その声がうわずっている。

一同が、声に反応して凍《こお》りついた。

「……完全に、ザフトの勢力圏です！」

第二巻へつづく

解説

株式会社サンライズ　制作部・第9スタジオ・設定制作　下村敬治《しもむらたかはる》

「万引されてもいいからうちの本を読んで欲しい」

これは紀伊國屋《きのくにや》書店創業者、故・田辺茂一《たなべもいち》さんが大阪梅田《おおさかうめだ》に店を出した時の言葉である。曲解しないでいただきたいが万引は犯罪です。逆さ磔《はりつけ》になります。私も止《や》めまし……アワワワ、してません、してません！………もう。

要は「良い物は出会った時に躊躇《ためら》うと後悔《こうかい》する」ということだ。この小説はそんな本である。

今回、私は設定等の面でアドバイスをさせていただいた。役職上、ストーリーや設定を把握《はあく》しているだろうということであろう。

とんでもない誤解だ。

従来のガンダムシリーズもそうであったが、今回も特殊《とくしゅ》設定の森田繁《もりたしげる》氏やライターの吉野弘《よしのひろ》幸《ゆき》氏の作った資料や年表は既《すで》に大型のバインダークリップでも挟《はさ》みきれなくなっている。しかも、物語の進行に合わせて改稿《かいこう》が続いている。

例えば、プラモデルの解説で「エールストライカーは水中で使える」、「ソードストライカーでバクゥと大立ち回りを演じた」と書いてある。

そんなシーンは放送に無い。

でもねあったんだよ、最初は。それを書いた私が言うんだ、間違《まち》《が》いは無い。

この場を借りて謝る。はっきり言って、正直スマン。

例えば、第十一話でデュエルとストライクのビームサーベルが切り結ぶシーンがある。

某《ぼう》雑誌で語ったが、SEEDのコンセプトではソレはうそっぽいからしないということになっていた。ダビング作業中にちょうどその話を福田《ふくだ》監督《かんとく》としながら画面を観《み》ていたら、まさにそのシーンが映し出された。二人してイスからズリ落ちた。

そんなこんなで、玉稿を拝読《はいどく》させていただきながら冷やあせをかきまくった。

このエピソードの部分については、本書で後藤リウ先生に本来の形へと直していただいた。

もう何度、後藤先生にゴメンナサイをしたことか。

しかし、まぁ、なんだ。格好良ければいいか。マイダスメッサーいいでしょ？　ミラージュコロイド素敵《すてき》でしょ？　私は悪くないぞー！

次の『スーパーロボット大戦』では必ずやストライクがデビルガンダムを倒《たお》すであろう！

……私の間《ま》抜《ぬ》けぶりと設定の話ばかり書いてしまい、本題からかけ離《はな》れてしまったので、強《ごう》引《いん》に戻《もど》そう。

本書はガチガチの戦闘《せんとう》小説では無い。

文字媒体《ばいたい》と放送媒体では表現方法が異なる以上、同じ素材を扱《あつか》っても異なる性質のモノになるのは当然のことなのである。

誤解しないでほしいが、この小説が放送しているSEEDの世界と違うと言っているのでは無い。

一例だが、文章で数ページを費《つい》やした戦闘シーンが映像の二秒のインパクトに負ける場合もあれば、画面で延々向かいあったキャラクターの心理描写《びょうしゃ》は、たった一つの単語にも遥《はる》かに及《およ》ばないこともあるのだ。

昨年の冬に初めて後藤先生とお会いした時にこのことについて話をした。

今回はキャラクターに比重を置いていこうと意見は一致《いっち》した。

先生はトールが特にお気に入りだとおっしゃっていた。私はエルちゃんが好きだったが、変質者扱いされると困るので言わなかった。言っとくがロリコンは病気じゃないぞー。趣味《しゅみ》だ。結婚《けっこん》だってしたことあるんだぞー。一応。

余談だが、アフレコ後たまに声優さん達と食事をしながら、いろいろと話をする事がある。皆《みな》さんそれぞれ、自分の役について思い入れがあり、その行く末を心配していた。（これはキャラがよく死ぬガンダムシリーズならではだろう。監督は初めの頃《ころ》「主人公だからといって最後まで生き残れると思ってはいけない」と、のたまわり保志《ほし》総一朗《そういちろう》さんを涙目《なみだめ》にしていた。声優さんを恫喝《どうかつ》する監督というのは初めてだ）

パルとカズイを演じている高戸靖広《たかとやすひろ》さんはカズイに対する熱い思いを数十分語ってくれたし、サイ役の白鳥哲《しらとりてつ》さんは「最近（二十二話位）、保志さんの顔を見るのが辛《つら》くて（笑）」とのめり込んでくれている。またカガリ役の進藤尚美《しんどうなおみ》嬢《じょう》は西川《にしかわ》〝ミゲル〟貴教《たかのり》さんのご母堂とそっくりということも判明した。

……話を戻そう。最近分裂《ぶんれつ》気味だな……。

この時、私はうちの営業部《サンライズ》の人間が角川書店の方と真面目《まじめ》な話をしている横で、裏情報やバカなネタをパアパア喋《しゃべ》りまくった。先生は名古屋《なごや》から日帰りで来られ、疲《つか》れていたにもかかわらず、初対面のお調子者に嫌《いや》な顔一つせず笑って下さっていた。後でえらく後悔したものだ。

キラとアスラン――

キラとラクス――

ラクスとアスラン――

ムウとラウ――

この他《ほか》にもＳＥＥＤには様々な人間関係の綾《あや》が織り成されている。まだ十三話までしか収めていない本書の中でもキラ、アスラン、フレイなどは既《すで》にその運命が予想だにしない方向に進んでいる。彼らはその中でどういった事を考えているのであろうか？　視聴者《しちょうしゃ》の皆さんは放送を見て想像し、或《あ》るいは妄想《もうそう》を暴走させるのがアニメの楽しみなのではないだろうか？　いわば片想《かたおも》いのラブレターのようなものであろうか。

いいなぁー。片想い。好きな言葉だ。

本書はそういった楽しみの一つの指針となってくれるであろう。

と、まぁ、偉《えら》そうに書いてきたが、キラとアスランの心の機微《きび》は私なんかに想像がつかない。大体、私は昨年の今頃、ひとめぼれした女性の誕生日に「君と同じ歳《とし》のコにプレゼントあげたいから、一緒《いっしょ》に選んで」と言ってついて来てもらい、翌日選んだ品とバラの花束五十本をいきなり渡《わた》して、おもいっきり引かれたトンチキである。

だからこの本を読んで微妙《びみょう》な心理を勉強するのだ。

最後になったが、本書はSEEDファンも後藤先生のファンも楽しんでいただける内容になっている。放送は再び「ガンダムVSガンダム」戦に突入《とつにゅう》する。その前に是非《ぜひ》小説を読んで、おさらいするのも良いのではないだろうか？

次巻は「砂漠《さばく》の虎《とら》」バルトフェルドの登場である。乞《こ》うご期待！

あっ、そうだ、今年はあのコに三石《みついし》さんの声で喋るハロを持っていこう！（笑）

〈口絵初出〉
『ニュータイプ』2003年1月号

機動戦士《きどうせんし》ガンダムSEED《シード》①
すれ違《ちが》う翼《つばさ》

原作 | 矢立《やたて》 肇《はじめ》、富野由悠季《とみのよしゆき》
著 | 後藤《ごとう》リウ

角川スニーカー文庫 12881

2003年4月1日 初版発行
2024年4月10日 24版発行

発行者 | 山下直久

発 行 | 株式会社KADOKAWA
〒102-8177 東京都千代田区富士見2-13-3
電話 0570-002-301（ナビダイヤル）

印刷所 | 株式会社暁印刷
製本所 | 本間製本株式会社

●お問い合わせ
https://www.kadokawa.co.jp/（「お問い合わせ」へお進みください）
※内容によっては、お答えできない場合があります。
※サポートは日本国内のみとさせていただきます。
※Japanese text only

Printed in Japan ISBN 978-4-04-429101-3 C0193

★ご意見、ご感想をお送りください★
〒102-8177 東京都千代田区富士見 2-13-3
株式会社KADOKAWA 角川スニーカー文庫編集部気付
「後藤リウ」先生
「小笠原智史」先生

角川文庫発刊に際して

角川源義

第二次世界大戦の敗北は、軍事力の敗北であった以上に、私たちの若い文化力の敗退であった。私たちの文化が戦争に対して如何に無力であり、単なるあだ花に過ぎなかったかを、私たちは身を以て体験し痛感した。西洋近代文化の摂取にとって、明治以後八十年の歳月は決して短かすぎたとは言えない。にもかかわらず、近代文化の伝統を確立し、自由な批判と柔軟な良識に富む文化層として自らを形成することに私たちは失敗して来た。そしてこれは、各層への文化の普及滲透を任務とする出版人の責任でもあった。

一九四五年以来、私たちは再び振出しに戻り、第一歩から踏み出すことを余儀なくされた。これは大きな不幸ではあるが、反面、これまでの混沌・未熟・歪曲の中にあった我が国の文化に秩序と確たる基礎を齎らすためには絶好の機会でもある。角川書店は、このような祖国の文化的危機にあたり、微力をも顧みず再建の礎石たるべき抱負と決意とをもって出発したが、ここに創立以来の念願を果すべく角川文庫を発刊する。これまで刊行されたあらゆる全集叢書文庫類の長所と短所とを検討し、古今東西の不朽の典籍を、良心的編集のもとに、廉価に、そして書架にふさわしい美本として、多くのひとびとに提供しようとする。しかし私たちは徒らに百科全書的な知識のジレッタントを作ることを目的とせず、あくまで祖国の文化に秩序と再建への道を示し、この文庫を角川書店の栄ある事業として、今後永久に継続発展せしめ、学芸と教養との殿堂として大成せんことを期したい。多くの読書子の愛情ある忠言と支持とによって、この希望と抱負とを完遂せしめられんことを願う。

一九四九年五月三日